HAYMON taschenbuch 46

HAYMON tb **46**

Originalausgabe

www.haymonverlag.at/haymontb

ISBN 978-3-85218-846-1

Buchgestaltung: Kurt Höretzeder, Büro für Grafische Gestaltung, Scheffau/Tirol
Umschlaggestaltung: Kurt Höretzeder, Büro für Grafische Gestaltung, Scheffau/Tirol, nach einem Entwurf von Bastian Zach
Mitarbeit: Ines Graus
Coverabbildung: www.istockphoto.com
Autorenfoto Bastian Zach: Sabine Ranocha
Autorenfoto Matthias Bauer: Wolfgang Bauer

Gedruckt auf umweltfreundlichem,
chlor- und säurefrei gebleichtem Papier.

Bastian Zach
Matthias Bauer

Morbus Dei:
Die Ankunft

Roman

Bastian Zach/Matthias Bauer

Morbus Dei: Die Ankunft

Bastian Zach – *Für meinen Vater*
Matthias Bauer – *Für meine zwei: Moni und Hannah*

Prolog

In occulto vivunt.

Das Pergament saugte die schwarze Tinte auf, sodass der Punkt am Ende des Satzes zu verlaufen begann. Eilig drückte der Schreiber ein Löschblatt auf den Überschuss, dann lehnte er sich zurück und schloss die Augen.

Sie leben im Verborgenen.

Der karge Raum, in dem der Schreiber saß, wurde von den wenigen Kerzen nur unzureichend erhellt. Alles strahlte eine tiefe Ruhe aus, allein die flackernden Schatten auf den roh gekalkten Steinmauern schienen einen unablässigen Tanz zu vollführen.

„Gratia. Du kannst nun gehen." Die kauernde Gestalt vor dem Schreiber richtete sich auf, zog sich eilig die grobfasrige Kutte über und hastete aus dem Raum. Hinter ihr fiel die schwere Holztür ins Schloss.

Nachdenklich trank der Schreiber einen Schluck Rotwein und starrte in die Dunkelheit. Wie lange würde er noch die Möglichkeit haben, das Unausgesprochene zu dokumentieren? Wie lange würden *sie* noch geduldet werden? Er legte die Feder neben das Tintenfass und musterte die letzten Seiten seiner Eintragungen. Der lateinische Text wurde immer wieder von Illustrationen unterbrochen, die Gesichter, Hände und Zähne dokumentierten, allesamt schrecklich entstellt, verschiedene Stationen einer Krankheit ...

Je weiter der Schreiber zurückblätterte, desto unauffälliger wurden die Merkmale der Krankheit. Er schüttelte nachdenklich den Kopf, dann griff er wieder zum Federkiel.

Gerade als er die Feder in das Tintenfass tauchte, war hinter der wuchtigen Holztür ein lauter Knall zu hören.

Der Schreiber erstarrte.

Gesprächsfetzen drangen in den Raum, er hörte weinende Frauen und Kinder, dann tiefe, brüllende Stimmen, die immer lauter wurden.

Es war also so weit.

Der Schreiber schloss die Augen und atmete müde aus. Es hatte alles nichts genutzt – das Schlimmste war eingetroffen. Er blätterte zu seinem letzten Eintrag und datierte ihn: *November 1647 AD*. Dann legte er die Feder neben den Berg aus zerflossenem Kerzenwachs und klappte das kunstvoll in Leder gebundene Buch zu. Der alte Mann wusste, dass von nun an nichts mehr so sein würde, wie es einmal gewesen war.

Dröhnende Schritte näherten sich, die Tür wurde aufgerissen.

Ein kalter Windstoß ließ alle Kerzen im Raum erlöschen.

Adventus

Tyrol,
Anno Domini 1703

I

Johann List schlug mit dem Gesicht hart auf und blieb regungslos im Schlamm liegen. Blut tropfte von der Platzwunde über seinem Auge, vermischte sich mit dem schmutzigen Wasser unter ihm. Johanns Kopf schmerzte, er nahm alles wie durch einen Nebel wahr – das Heulen des Unwetters, Regentropfen, die auf ihn herabprasselten, Schritte, die sich ihm näherten. Dann begann alles zu verschwimmen, Johann schloss die Augen ...

Lass dich nicht in die Enge treiben.

Johann gehorchte der Stimme in seinem Inneren, wie schon so oft in seinem Leben. Er rollte sich mühsam auf den Rücken.

Über ihm, kaum auszumachen gegen den strömenden Regen und die gleißenden Blitze, stand bedrohlich eine Gestalt. Sie beugte sich zu ihm hinab. Johann erkannte das wieselgleiche Gesicht des Bauern, bei dem er einige Nächte lang Quartier bezogen hatte – und der ihn vorhin so hinterhältig überrascht hatte. Bei dem Gedanken daran wurde Johann wütend, seine Hände krampften sich in den Schlamm, er stemmte sich mühsam empor. Der Bauer grinste, dann prasselte ein Hagel von Schlägen auf Johann ein.

Dunkelheit senkte sich auf ihn herab.

Der Bauer kniete sich über den Bewusstlosen und filzte ihn mit geübten Fingern. Immer wieder streiften die Augen des Bauern das Gesicht seines Opfers, suchten nach einer Bewegung in dessen leblosem Gesicht. Plötzlich hielt er inne, zog dann langsam einen Gegenstand aus Johanns Hosentasche. Es war ein Messer, aber nicht irgendeines: Die feinen Silberziselierungen und die makellose Schneide verrieten dem Bauern, dass es für seinen Besitzer mehr war als nur ein Gebrauchsgegenstand.

„Dich werde ich ab jetzt behalten …“, flüsterte er andächtig.

„Wirst du nicht.“

Als der Bauer die Stimme hörte, war es schon zu spät. Er wurde blitzschnell am Handgelenk gepackt, und ehe er es sich versah, sprang Johann auf und verdrehte ihm den Arm. Der Bauer schrie vor Schmerzen auf und ließ das Messer in den Schlamm fallen. Johann trat ihm gezielt in den Magen, der Bauer fiel auf den Rücken und blieb ächzend liegen.

Johann nutzte den Moment und suchte hastig das Messer, seine Finger durchwühlten den schlammigen Boden. Als ein Blitz einschlug und es für einen Augenblick taghell wurde, sah Johann das Messer in einer Pfütze liegen. Erleichtert griff er hin und hob es auf, als plötzlich ein schneidender Schmerz seine Seite durchfuhr.

Der Bauer hatte ihm den Spieß einer Heugabel in die Seite gerammt.

Johanns Füße gaben nach, er fiel zu Boden. Als der Bauer die Heugabel drehte und dann langsam herauszog, schien Johanns ganzer Körper nur noch aus glühendem Schmerz zu bestehen. Er konzentrierte sich mit aller Kraft, nicht das Bewusstsein zu verlieren, denn das hätte sein Ende bedeutet – noch einmal würde sich der Bauer nicht überraschen lassen.

Johann presste sich die linke Hand auf die stark blutende Wunde und drehte sich auf den Rücken. Der Bauer tauchte über ihm auf, immer noch die Heugabel in der Hand. „Ich bin schon mit ganz anderen fertig geworden, Bursche!“, keifte er Johann mit schriller Stimme an, dann hob er die Gabel und setzte grinsend zum entscheidenden Stoß an.

Diese Bewegung verschaffte Johann die Zeit, die er brauchte – er wirbelte herum, das Messer in der Hand, und durchtrennte seinem Gegner gezielt die Sehnen des linken Knies.

Der Bauer erstarrte, einen fast komischen Ausdruck der Überraschung auf seinem Gesicht. Nichts, aber auch gar nichts war so gelaufen, wie er es geplant hatte. Er sah an sich hinab, sah entsetzt, wie sich der Stoff seines linken Hosenbeins dunkel verfärbte. Er begann zu schwanken, aber bevor ihm der Fuß wegknicken konnte, war Johann aufgesprungen und hatte ihn an der Gurgel gepackt. Dem Bauern blieb sein Schmerzensschrei im Hals stecken, dann trieb Johann ihn erbarmungslos zurück, quer über den ganzen Hof, bis der Bauer mit dem Rücken an die Wand seines Hauses knallte.

Mit weit aufgerissenen Augen starrte er Johann an. Dieser hob das Messer, offenbar bereit, ihm den letzten Stoß zu versetzen.

„Sei barmherzig!“, schluchzte der Bauer.

Johann stieß zu.

Der Bauer schloss reflexartig die Augen.

Dann öffnete er sie wieder. Das Messer steckte nur um Haaresbreite neben seinem Kopf. Unsicher blickte er Johann an.

„Was weißt du schon von Barmherzigkeit?“ Verächtlich zog Johann die Klinge mit einem heftigen Ruck aus dem geschwärzten Holz. Er ließ den Bauer los, der zusammensackte und wimmernd am Boden liegen blieb.

Johann steckte sein Messer ein und griff das Bündel mit seinen Habseligkeiten, das neben dem Hauseingang im Schlamm lag. Er presste mit der Hand die Wunde an seiner Seite zu und machte sich auf in Richtung Wald, ohne den Bauern noch eines Blickes zu würdigen.

Der Sturm wiegte die Baumwipfel bedrohlich hin und her. Der Wald bot nur wenig Schutz vor dem herunterprasselnden Regen und dem heulenden Wind.

Johann stakste mühsam bergauf durch das morsche Unterholz. Er war völlig durchnässt und durchgefroren, sein Hemd und die Lederhose klebten ihm auf der Haut. Zudem begann die Wunde an seiner Seite wieder stark zu bluten. Als Johann das bemerkte, kniete er sich schutzsuchend unter eine knorrige Föhre, zog das Hemd auf der Seite hoch und versuchte trotz der Dunkelheit die Schwere der Verletzung zu erkennen.

Der Einstich war tief, schien aber nur ins Fleisch gegangen zu sein und keine Organe verletzt zu haben. Johann atmete auf, er wusste, dass er vor einem Wundbrand sicher war, solange er die Blutung stoppen konnte und die Wunde halbwegs sauber hielt. Er hatte Männer mit schlimmeren Verletzungen überleben sehen.

Johann öffnete das Bündel und nahm sein anderes Hemd heraus. Mit einem festen Ruck riss er die Ärmel ab, knotete sie zusammen und band sie sich um die Hüfte. Der Schmerz war grauenhaft, aber Johann biss die Zähne zusammen und zog den Knoten, so eng er konnte.

Als er sein Bündel danach wieder zuschnürte, überkam ihn plötzlich ein schrecklicher Verdacht. Hastig durchsuchte er seine wenigen Habseligkeiten, aber sie war verschwunden.

Der Bauer hatte ihm seine Geldkatze geraubt.

Der gesamte Sold der letzten Zeit, alles, was er sich vom Munde abgespart hatte, war fort. Wut stieg in Johann hoch, er umfasste unwillkürlich sein Messer.

Zeig Barmherzigkeit, auch denen, die ihrer nicht würdig sind.

Diese verlogenen Gebote, wenn er jetzt nur –

Ein heftiger Schmerz in der Seite brachte ihn wieder zur Besinnung. In seiner jetzigen Verfassung war er kein Gegner für den Bauer. Aber er würde zurückkommen, und dann Gnade ihm Gott ...

Johann atmete tief durch. Es fröstelte ihn, und er spürte erst jetzt, wie müde er war. Er blickte sich um, suchte nach einem Unterschlupf, wo er die Nacht verbringen konnte. Für einen Augenblick riss ein Blitz die Umrisse eines entwurzelten Baumes aus der Finsternis. Johann breitete so viel Reisig, wie er tragen konnte, aus und kauerte sich unter die riesigen Wurzeln.

Augenblicke später war er eingeschlafen.

II

Johann erwachte zitternd. Es war eisig kalt, sein Atem schien in der Luft zu gefrieren. Die Reisigzweige hatten dem ersten Nachtfrost in diesem Jahr nichts entgegensetzen können, die Kälte war Johann tief ins Gebein gekrochen, seine Kleidung war feucht und klebte auf der Haut.

Noch leicht benommen versuchte Johann sich zu orientieren, blickte um sich, konnte aber nichts erkennen. Erst als er sich den Schlaf endgültig aus den Augen gerieben hatte, sah er warum: Dichter Nebel war aufgekommen und ließ ihn nur wenige Meter weit blicken.

Der Winter stand vor der Tür.

Das hieß, Johann durfte keine Zeit verlieren. Er streckte sich vorsichtig, dann begutachtete er seine Wunde: Der notdürftige Verband hatte sich mit Blut vollgesogen und klebte an der verkrusteten Wundöffnung. Vorsichtig tippte Johann auf die Stelle. Ein leichter, aber ziehender Schmerz strahlte von der Wunde aus und verkündete eine beginnende Entzündung.

Wundbrand.

Wahrscheinlich war ein Splitter stecken geblieben. Johann wusste, was das für ihn bedeutete: Er musste den

Eiterherd so schnell wie möglich entfernen, sonst würde eine Blutvergiftung sein Schicksal besiegeln. Das alte Lied: Es starben mehr Soldaten im Nachhinein an den Verletzungen der Schlacht als auf dem Schlachtfeld selbst.

Johann raffte sich auf, ging ein paar Schritte – und schwankte. Sein ganzer Körper, sogar sein Gesicht fühlte sich geschwollen an, die Muskeln schmerzten. Vorsichtig bückte er sich, griff sein Bündel und versuchte sich dann aufs Neue zu orientieren.

Die Sonne wurde vollständig vom diffusen Nebel absorbiert. Johann versuchte die moosbewachsene Nordseite der Bäume zu erkennen, allerdings waren die Bäume hier allesamt von Moos vollständig ummantelt, als hätten sie sich ein weiches Kleid für den Winter umgelegt.

Johann schloss die Augen und versuchte nachzudenken. Der gestrige Weg blitzte auf, der Pfad, auf dem er zur Gaststätte des Bauern gekommen war, Erinnerungen, die ihn weiter weg trugen, seinem Ausgangpunkt entgegen, an dem das begann, was –

Johann riss die Augen wieder auf. Er musste weiter. Sein Instinkt würde ihm den Weg weisen, er hatte Johann noch nie im Stich gelassen.

Nie? Bist du dir sicher?

Entschlossen ging Johann los, auf der Suche nach einer Unterkunft, in der er sich ausrasten und seine Wunde heilen lassen könne.

Wenn man allein unterwegs war, verging die Zeit scheinbar langsamer, das wusste Johann nur zu gut. Vielleicht deshalb, weil man sich in den eigenen Gedanken verlieren konnte – oft mehr, als für einen gut war. Doch jetzt, mit seiner Verwundung, schien sich die Zeit für Johann endlos zu dehnen, jeder Schritt wurde zur Stunde, jede Meile zur Ewigkeit.

Vielleicht war es ein Fehler gewesen, das zu verlassen, was er –

Ein Knacksen riss Johann aus seinen Gedanken. Er erstarrte, blickte dann langsam zurück.

Nichts.

Es war höchst unwahrscheinlich, dass ihn der Bauer verfolgte, aber vielleicht ein Tier? Ein Wolf? Johann ging vorsichtig weiter, immer wieder zurückblickend, und – machte einen Schritt ins Leere. Unfähig, sich festzuhalten, stürzte er einen laubbedeckten Abhang hinunter, bis er hart am Boden aufschlug.

Johann blieb still liegen. Sein Herz raste, sein Atem ging unregelmäßig, er zitterte am ganzen Körper.

Dann holte er tief Luft, zwang sich gewaltsam zur Ruhe.

Atme. Konzentrier dich nur aufs Atmen.

Nach kurzer Zeit hatte Johann sich wieder unter Kontrolle. Er blickte sich um: Er lag in einer riesigen Grube, die gut drei Klafter im Durchmesser hatte. Der Boden war mit Laub bedeckt, über der Grube bildeten wabernde Nebelschwaden eine weiche Decke. Johann sah, dass der Aufstieg zwar mühsam, aber zu bewältigen sein würde, und –

Dann roch er ihn.

Den süßlichen Gestank, den er nur zu gut kannte. Wem er einmal in die Nase gestiegen war, der vergaß ihn niemals – den Geruch nach Verwesung ...

„Offensivparfum" hatten ihn seine Kameraden zynisch genannt.

Johann holte tief Luft, dann strich er das Laub beiseite. Nach wenigen Augenblicken hielt er inne.

Augen starrten ihn aus verrottenden Blättern an, gebrochen und starr.

Johann entfernte weiteres Laub, dann lagen sie vor ihm – Leichen, manche bereits völlig verwest. Er fragte sich, was hier vorgefallen war und woher die Toten kamen, denn es gab weit und breit kein Dorf.

Johann bemerkte, dass bei manchen der Leichen Schuhe und Kleidung fehlten. Er hatte in seinem Leben viel gesehen, aber dieser Anblick schnitt ihm ins Herz: der einsame Wald, die Totengrube, die nackten Körper – es wirkte, als hätte jemand die Leichname achtlos weggeworfen und wie Unrat entsorgt.

Eine Leiche lag auf dem Bauch vor ihm, die Joppe in Fetzen, auf dem Rücken waren drei tiefe Einstiche zu erkennen. Nicht so breit wie von einem Messer, eher von einer Lanze.

Oder von einer Heugabel.

Die Erkenntnis traf ihn wie ein Steinschlag. Er war an seinem Bestimmungsort angelangt – zumindest, wenn es nach dem Bauern von gestern Nacht ging. Johann war offensichtlich nicht sein erstes Opfer gewesen, nicht der Einzige, den er bestehlen und dann beseitigen wollte. Die armen Teufel hier in der Grube würden das bezeugen. Johann ärgerte sich jetzt, dass er mit diesem Schwein nicht sofort kurzen Prozess gemacht hatte.

Er stand auf und konnte mindestens sieben – nein, neun – Tote ausmachen: Weiter hinten ragten noch der Kopf einer Frau und die Hand eines Kindes aus dem Laub.

Dieser Hundesohn!

Johann bekreuzigte sich und wollte eben nach oben klettern, als ihm ein großes Stück Leder auffiel, das den Leichnam neben ihm bedeckte. Er zog daran, ein hervorragend gearbeiteter, wenn auch schon ein wenig abgegriffener Ledermantel kam zum Vorschein. Es war ein weit besserer Schutz gegen die Kälte als seine eigene Bekleidung, und der Tote würde es ihm wohl nicht neiden. Ohne zu zögern zog sich Johann den schweren Mantel über und schnürte ihn zu. Dann kletterte er mühsam den steilen Abhang nach oben, jede Wurzel als Halt nutzend.

Außer Atem erreichte er den Rand der Grube und zog sich heraus. Er stand auf, blickte noch einmal in das feuchte Grab zurück und bekreuzigte sich erneut.

Dann setzte er seinen Weg fort.

III

Wie lange war er schon in diesem gottverfluchten Wald unterwegs? Es gab keinen Weg, das Unterholz war verspießt und gefährlich und ließ ihn nur sehr langsam vorwärts kommen, außerdem schien das Tal immer enger zu werden.

Aber es gab kein Zurück. Das würde er nicht mehr schaffen, nicht mit seiner Verwundung. Seine einzige Chance war, aus dem Wald heraus in ein anderes Tal zu kommen und ein Dorf oder wenigstens einen Bauernhof zu finden.

Einmal büßt du, List. Der Tag wird kommen.

Eine andere Stimme – eine, die er eigentlich nie mehr hatte hören wollen. Dass sie sich gerade jetzt meldete, schien ihm ein böses Omen. Vielleicht ist die Zeit da, sagte er sich, vielleicht sollte er sich einfach hinsetzen und abwarten.

Gerade als seine Gedanken am düstersten waren, begann sich der Wald vor Johann zu lichten, eine Gebirgskette lugte zwischen den Stämmen hindurch. Johann stieß innerlich einen Freudenschrei aus, zwängte sich hastig zwischen den letzten Bäumen hindurch und schob einen verdorrten Haselnussbusch auf die Seite.

Die imposanten Berge Tyrols entfalteten sich vor ihm, sie reichten, so weit das Auge sehen konnte. Die verschneiten Gipfel waren von schweren Wolken verhangen, aus den Wäldern, die bis fast an die Schneegrenze heranreichten, dampfte der Nebel, als würden sie atmen.

Eine raue, urwüchsige, aber traumhaft schöne Landschaft.

Deine Heimat.

In der Ferne konnte Johann vereinzelt Falken ausmachen, die lange Kreise zogen und auf Beute spähten. Weit und breit waren weder ein Dorf noch ein Gehöft zu sehen, dennoch erfüllte Johann ein erhebendes Gefühl: Für einen Augenblick war ihm, als wäre er Herr über das ganze Land vor ihm.

Was natürlich nicht stimmte – niemand konnte dieses Land beherrschen. Nicht der Kaiser, nicht bayerische Invasoren, ja, nicht einmal die Tyroler selbst hatten der gewaltigen Natur etwas entgegenzusetzen.

Johann zog sich den Kragen seines Mantels hoch und stieg talwärts.

Die Wiesen waren vom Dauerregen rutschig geworden und verhinderten so einen zügigen Abstieg. Immer wieder sah Johann sich um und hielt Ausschau nach einer Unterkunft, doch es schien, als wäre das gesamte Gebiet entvölkert, nicht einmal Hochalmen waren zu finden.

An der schmalen Talsohle angelangt, setzte Johann sich auf einen großen, vermoosten Stein, über den eine verwachsene Kiefer wachte. Er versuchte, wieder zu Atem zu kommen. Von dem fast euphorischen Gefühl, das er vorhin noch verspürt hatte, war nichts mehr übrig. Es hatte wieder stärker zu regnen begonnen, das Wasser hatte bereits seinen Weg durch die Nähte des Mantels gefunden und begann, sich seine Bahnen entlang seines Rückens zu suchen.

Johann versuchte sich erneut zu orientieren. Wenn er sich südöstlich hielt, müsste er über kurz oder lang nach Schwaz kommen, so seine Vermutung. Und dann weiter, über die alten Straßen Richtung Westen, weg vom Krieg und den verwüsteten Dörfern, die der Bayrische Rummel in Tyrol hinterlassen hatte.

Ein ziehender Schmerz meldete sich wieder von der Seite. Johann zog den Verband ein wenig auf und untersuchte seine Wunde. Der entzündete Wundherd war größer geworden. Johann wusste, was er früher oder später tun musste, ihn schauderte bei der Vorstellung. Er zog den Verband wieder fest, dann ließ er seinen Blick finster über die verlassene Landschaft schweifen.

Plötzlich machte sein Herz einen Sprung: Links von ihm, kaum wahrnehmbar, schlängelte sich ein überwachsener Pfad der Talsohle entlang Richtung Osten.

Ein Pfad, der vielleicht zu einem Dorf führte. Zu Menschen, die ihn aufnehmen würden.

Mit neuem Mut schulterte Johann sein Bündel und folgte dem Pfad.

Als die Dämmerung hereinbrach und die Landschaft in fahles Zwielicht tauchte, war es für Johann Gewissheit geworden: Er war auf einen toten Weg geraten. Der Pfad war in den letzten Stunden immer schmäler geworden, die Berge rings um Johann schienen mit jedem Schritt näher zu kommen – ein Gefühl, das er früher als Geborgenheit empfunden hatte. Nun empfand Johann das Gebirge als kalt und bedrohlich. Die Wunde an seiner Seite schmerzte zudem von Schritt zu Schritt mehr, und da der Regen kein Ende nahm, würde noch eine Nacht unter freiem Himmel für ihn vermutlich den Tod bedeuten.

Johann hatte die Hoffnung auf eine feste Unterkunft schon fast aufgegeben, als er plötzlich stutzte. In gut zwei Meilen Entfernung schälte sich etwas aus der Landschaft: ein Holzgebäude, eine sichere Zuflucht für die Nacht! Johann biss die Zähne zusammen und kämpfte sich weiter, er musste diese letzte Strecke unbedingt vor Anbruch der Dunkelheit zurückgelegt haben ...

Die morschen Bretter und das löchrige Dach bezeugten, dass der Heustadl schon seit Jahrzehnten nicht mehr genutzt worden war. Durch den Bretterboden hatten sich Pflanzen einen Weg gesucht, aber wenigstens musste Johann nicht auf der bloßen Erde schlafen.

Er schob einige Holzlatten vor den Eingang, raffte das letzte Häufchen Stroh zusammen und setzte sich darauf. Sobald er saß, spürte er die Erschöpfung, er schloss die Augen und gestattete sich einen kurzen Moment der Ruhe.

In der letzten halben Stunde hatte der Regen endlich aufgehört und der Wind hatte den Himmel beinahe wolkenfrei gefegt. Kaltes Mondlicht drang durch die löchrigen Wände des Heustadls und warf ein streifenartiges Muster über seinen einsamen Bewohner.

Johann öffnete sein Bündel und nahm das letzte Stück Brot heraus, das einem Schwamm aus grünlichem Schimmel glich. Er betrachtete den übel riechenden Klumpen: Mit richtigem Essen hatte das nichts zu tun. Erinnerungen an sämige Suppen, gehaltvolle Eintöpfe und knusprig gebratenes Fleisch breiteten sich in seinem Kopf aus, Johann konnte sie beinahe riechen. Aber von Erinnerungen wurde er nicht satt, also gab er sich einen Ruck, biss von dem Brot ab und zwang sich, die breiige Masse zu schlucken. Nach wenigen Bissen war das Brot hinuntergewürgt und damit seine letzte Ration aufgebraucht.

Was nun? Wie sollte er die nächsten Tage überleben? Für die Jagd war er zu schwach, Beeren und Wurzeln gab es kaum, und –

Ein ziehender Schmerz riss Johann jäh aus seinen trüben Gedanken. Seine Wunde hatte in den letzten Stunden immer stärker geschmerzt, er hatte wohl keine andere Wahl mehr, als sie zu behandeln.

Johann zog sein Hemd aus und versuchte zunächst vorsichtig, den verkrusteten Verband zu lösen. Immer wieder hielt er inne, da ihm jeder Punkt, jede Linie, die er den Verband von der Wunde löste, stechende Schmerzen bereitete.

Und er hatte noch keinen Handbreit geschafft.

Das musste er anders lösen. Johann biss die Zähne zusammen, dann riss er sich mit einem schnellen Ruck den Stoff von der Wunde.

Ein kurzer Schrei hallte durch die Nacht, dann war es wieder still.

Zitternd sah sich Johann die Wunde an. Die Ränder waren stark entzündet, die Haut wirkte blass und die Adern schimmerten bläulich hindurch. Dicker Eiter quoll heraus.

Der Wundbrand hatte eingesetzt.

Johann griff zitternd nach seinem Messer und redete sich ein, dass es nicht mehr schlimmer werden könne.

Lügner.

Sorgfältig wischte er die Klinge an seiner Hose ab, dann schnitt er die Verkrustung auf. Der Schmerz trieb ihm sofort wieder den Schweiß auf die Stirn und Tränen in die Augen, er atmete schwer, verharrte. Dann nahm er einen Holzspan und schob ihn in den Mund, seine Zähne bohrten sich in das morsche Faserwerk.

Er spreizte mit seiner linken Hand die Wunde, seine Finger bohrten sich suchend in vereitertes Fleisch, tiefer und tiefer …

Lichtblitze begannen vor seinen Augen zu tanzen, Johann wusste, dass er dies nicht mehr lange durchstehen konnte. Schließlich, nach einer schieren Unendlichkeit und dem Kollaps nahe, zog er heraus, wonach er gesucht hatte: den abgebrochenen Span der Heugabel.

Angewidert warf Johann den blutigen Splitter weg, dann spuckte er das jetzt nutzlose Holzstück aus – er hatte es in seinem Schmerz glatt durchgebissen. Die Wunde begann wieder heftig zu bluten, aber das war gut, so würde sie wenigstens leidlich gereinigt werden. Die Stelle lag ungünstig, er konnte sie nicht einmal anpinkeln, um sie zu desinfizieren, eine Praktik, von der ihm ein Bergmann aus Schwaz berichtet und die ihm schon oft geholfen hatte. Aber dafür war es wahrscheinlich ohnehin schon zu spät.

Johann suchte den saubersten Flecken auf seinem notdürftigen Verband und presste ihn auf die Wunde. Nachdem er sich mit letzter Kraft wieder angezogen hatte, deckte er sich mit seinem Mantel zu und kauerte sich in eine Ecke.

Er spürte die Kälte, die durch den Bretterboden aufstieg und war sich sicher, dass er kein Auge zumachen würde.

Wenig später schlief er tief und fest.

IV

Er stand vor einer Wand aus weißem Pulverdampf, eine Kakophonie aus Geschrei, Explosionen und Trommelwirbel umgab ihn, wurde immer lauter und verstummte in einem gleißenden Blitz.

So erdrückend und unerträglich Johann den Lärm empfunden hatte, so grausam schien ihm nun diese absolute Stille.

Gestalten zeichneten sich im Nebel ab, die dann genauso schnell verschwanden, wie sie aufgetaucht waren. Johann fühlte sich alleine, aber nicht fremd. All das hatte etwas Vertrautes, etwas, das zu benennen ihm jetzt die Worte fehlten. Er hielt den Atem an, etwas schien auf ihn zuzukommen, es sah aus wie –

Johann erwachte schweißgebadet, er zitterte am ganzen Leib. Sein Atem ging stoßweise, bildete weiße Wolken, die wie Rauchzeichen in der eisigen Luft aufstiegen und sich gleich wieder verflüchtigten. Johanns Blick fiel auf das Regenwasser, das gestern Nacht eine Pfütze vor ihm auf dem Bretterboden gebildet hatte – es war gefroren. Dann sah er in der gegenüberliegenden Ecke einen großen Haufen Schnee.

Der Winter war angebrochen.

Johann stand hastig auf, schwankte aber und musste sich an dem Holzträger über ihm festhalten. Die linke Seite seines Körpers glühte, er hörte das Blut in seinem Kopf rauschen, spürte, wie Arme und Beine schwächer wurden, ihm den Dienst zu versagen drohten.

So kann es nicht enden, so darf es nicht enden – reiß dich zusammen! Fass dir ein Ziel!

Das tat Johann. Er konzentrierte sich auf sein heutiges Ziel – eine feste Unterkunft, wo er gesund werden konnte. Obwohl Tyrol dünn besiedelt war, gab es in diesen Tälern doch hin und wieder eine kleine Siedlung, ein Bergdorf oder zumindest eine Ansammlung von Weilern oder Hochalmen.

Dann los!

Johann drückte sich mit einem Ruck vom Träger weg, öffnete den Verschlag und blickte hinaus. Es hatte gut eineinhalb Ellen hoch geschneit, und der graue Wolkenhimmel schüttete die Schneeflocken noch immer aus, als hätte Gott alle Schleusen geöffnet. Dick tanzten die Flocken durch die Luft und hüllten alles in ein gleißend helles Kleid.

Johanns Mut sank, als er die frische Schneedecke sah. Jetzt würde jeder Schritt noch mühsamer werden. Aber es half nichts, er musste weiter.

Johann packte sein Bündel und trat aus dem Heustadl hinaus. Nach wenigen Schritten schon sank er tief in den Schnee. Kälte drang durch seine zerschlissenen Stiefel, seine Zehen wurden taub.

Das würde ein schlimmer Tag werden.

Johann drehte sich um, blickte ein letztes Mal auf den Stadl, der ihm zumindest für eine Nacht Unterkunft gegeben hatte. Gerade als er sich auf den Weg machen wollte, fiel ihm eine Schnitzerei im Pfosten oberhalb der Tür auf. Hier hatte jemand sorgfältig mit einem Stechbeitel einen Kreis geschlagen, doch anstatt ihn nur mit einem fünfzackigen Drudenfuß zu füllen, der in den ländlichen Gegenden vor nächtlichen Kobolden schützen sollte, enthielt dieser noch mehr Symbole: ein Kreuz, das den Kreis der Höhe nach durchtrennte, überlagert von zwei nach außen gekrümmten Linien, die ihren Ursprung am Fuße des Kreuzes hatten und deren Enden in die Punkte des Querbalkens ragten, wo sich die Nägel der Hände befinden sollten. Links und rechts des Kreises waren die griechischen Buchstaben X und P eingeritzt, die für Christus, den Erlöser standen.

Johann war diese Symbolik völlig unbekannt, es musste sich wohl um einen lokalen Ritus handeln.

Nachdenklich starrte er das Symbol an. Es übte eine eigenartige Anziehung auf ihn aus, wirkte unheilverkündend, schicksalhaft ...

Ein dumpfes Geräusch riss ihn aus seinen Gedanken. Eine Ladung Schnee war vom eingestürzten Dach des Heustadls gerutscht. Johann nahm das als Mahnung, nicht zu viel Zeit zu verlieren, und machte sich auf den Weg.

Das Schneetreiben wurde von Minute zu Minute dichter. Es erschwerte die Sicht, und bald schien Johann von einer weißen Wand eingehüllt. Der Wind peitschte eine weiße, eiskalte Gischt über die Schneedecke, und es gelang ihm mühelos, jede sich bietende Öffnung in

Johanns Gewand zu entdecken. Kälte breitete sich über Johanns ganzen Körper aus, aber nicht unangenehm – sie schien seine glühende Seite zu kühlen.

Gegen Mittag – war es Mittag? Er konnte es nicht sagen – ließ der Sturm ein wenig nach, was Johann als gutes Zeichen deutete. Weniger gut war, dass er nicht mehr sagen konnte, wie weit er sich von seiner Nachtstätte entfernt hatte oder wo er überhaupt war. Es würde ihn nicht wundern, wenn er gleich wieder auf den Heustadl stoßen würde, weil er im Kreis gelaufen war.

Aber spielte das noch eine Rolle?

Johann setzte sich auf einen Stein, der durch die Schneedecke ragte, atmete tief ein und aus. Die Anstrengung und das Fieber hatten ihn völlig ausgetrocknet, und obwohl er immer wieder Halt gemacht und eine Hand voll Schnee im Mund hatte zergehen lassen, plagte ihn der Durst.

Johann schätzte die Lage realistisch ein – er würde hier in dieser weißen Hölle sterben.

Seltsamerweise schien ihm die Vorstellung jetzt, als er darüber nachdachte, nicht mehr so schlimm wie noch vor ein paar Stunden. Er hörte den Wind heulen, spürte den Schnee in seinem Gesicht – irgendwie schien alles zu verschwimmen, alles war gedämpft, die Bäume um ihn herum, die Lichtung vor ihm, der Schatten auf der Lichtung ...

Ein Schatten?

Johann sprang auf. In einiger Entfernung sah er, schemenhaft verschwommen, eine Gestalt. Er öffnete den Mund, brachte aber nur ein Krächzen heraus. Mit letzter Kraft ging er der Gestalt entgegen.

Und musste erkennen, dass er einer grausamen Täuschung erlegen war.

Es war kein Mensch, der da vor ihm stand – es war ein hölzernes Kruzifix, fast völlig zugeschneit. Johann war zunächst tief enttäuscht, dann begannen seine Gedanken zu rasen. Führten nicht Wege zu einem Kruzifix? Er ließ sich zu Boden fallen und begann, den Schnee mit beiden Händen wegzuschaufeln. Er arbeitete verbissen, dann hatte er den Platz um das Kruzifix vom Schnee befreit.

Natürlich war da kein Weg.

Johann stieß ein hysterisches Lachen hervor, das nichts gegen Wind und Schnee ausrichten konnte, ein Mitleid erregender Laut, der sofort wieder im Sturm verklang.

Er sah sich um, dann blickte er das Kruzifix an. Mit langsamen Bewegungen befreite er den Heiland vom Schnee. Er erkannte, dass das Kreuz von einem Weidengeflecht umgeben war, das dem Symbol im Heustadl glich. Es strahlte etwas Fremdartiges, Ungeheuerliches aus. Trotzdem kniete sich Johann vor dem Kruzifix nieder – und dann betete er, mit voller Innbrunst, wie er seit Jahren nicht mehr gebetet hatte.

Johann war zwar christlich erzogen worden, aber die Erfahrungen der letzten Jahre hatten ihn immer mehr daran zweifeln lassen, ob alles Unrecht in Seinem Willen geschehe. Für ihn bedeutete die Religion entweder Zufluchtstätte der Verzweifelten oder Machtausübung für den korrupten Klerus. Nur in äußerster Not besann Johann sich auf seinen Glauben und rechnete sich somit zur ersten Gruppe, zu den Verzweifelten.

Das Kruzifix blickte stumm auf Johann herab. Er betete weiter um den richtigen Weg.

Dann hob er den Kopf und bekreuzigte sich langsam.

Hilf mir, Gott!

Eine kaum merkliche Bewegung im Unterholz zu seiner Rechten.

Johann wirbelte blitzschnell herum und suchte den Waldrand mit seinen Blicken ab.

Nichts.

Vielleicht war es ein Rotwild gewesen? Das bedeutete Nahrung – oder ein Mensch, das bedeutete Rettung.

„Ist da wer?", rief Johann, aber er bekam keine Antwort außer dem Brausen des Windes. „Ich brauche Hilfe!", versuchte er es erneut, als ihn ein heftiger Hustenanfall schüttelte.

Nachdem der Husten abgeklungen war, fiel Johann etwas auf. Auf der rechten Talseite war eine Spalte erkennbar, vielleicht ein kleines Seitental, das einen Ausgang aus dieser verlassenen Gegend bildete.

Warum sah er das erst jetzt?

Johann blickte schnell auf das Kruzifix, dann wieder auf die Spalte. Hoffnung keimte in ihm auf, vielleicht war noch nicht alles verloren. Die Spalte war nicht weit entfernt, in wenigen Stunden könnte er sie erreicht haben. Obwohl ihm das Vorhaben lächerlich erschien – er schätzte, dass er nicht einmal mehr eine volle Stunde schaffen würde –, fixierte er die Geländemarke und ging los ...

Nach einer Stunde schleppte er sich nur mehr auf allen Vieren, aber er war immerhin noch in Bewegung. Johanns Verwundung sandte in regelmäßigen Abständen Signale aus, die sich wie eine angezündete Lunte durch seinen Oberkörper brannten.

Aber Johann beachtete den Schmerz nicht mehr.

Manchmal schien ihm, als wär er nicht mehr allein – der Wind heulte von den vergletscherten Einöden der Gebirgskette herab, sprach zu ihm, und immer wieder konnte er lachende Gesichter und höhnische Fratzen im aufkommenden Schneegestöber erkennen.

Schwindelgefühl überkam ihn. Johann blieb stehen, atmete tief durch.

Der Schwindel wurde stärker, Johann sackte vornüber in den Schnee. Er wollte sich aufrichten, schaffte es aber nicht mehr. Es war vorbei – und mit einem Male überkam ihn tiefe Ruhe, eine Geborgenheit, die er schon lange nicht mehr gefühlt hatte.

Hier war es gerade recht zu verweilen.

V

Ein gellender Schrei ließ Johann wieder zu Bewusstsein kommen.

Starre, schwarze Augen über ihm, dann wieder der Schrei.

Ein großer Kolkrabe hockte auf Johann und bekundete seinen Anspruch auf das Aas.

Noch nicht, Totenvogel, noch nicht.

Mit einer schnellen Handbewegung scheuchte er den Raben fort, der protestierend davonflog. Mehr als die Handbewegung brachte Johann nicht zuwege, Aufstehen war ihm unmöglich.

Er neigte den Kopf erst auf die eine, dann auf die andere Seite.

Die Dunkelheit hatte alles verschlungen, nur der Schnee bildete einen scharfen Kontrast zu dem unergründlichen Schwarz, das sich vor ihm aufbaute: Ein dichter Wald schien in einiger Entfernung vor ihm zu liegen.

Hinter dem Wald musste das Tal liegen. Es war nicht mehr weit.

Mit letzter Kraft zog er sich am Stamm einer Tanne hoch und torkelte in den Wald, kämpfte sich durch Unterholz und über umgestürzte Bäume. Bald schien es ihm, als wäre er aus seinem geschundenen Körper geschlüpft und sähe sich selbst dabei, wie er sich durch den Wald kämpfte.

Einen Wald, dessen Bäume Gesichter hatte, wie Johann auf einmal voll Unbehagen bemerkte.

Sie waren freundlich, dann zunehmend dreist und hinterhältig, freuten sich über Johanns Schwäche. Ihr Gelächter dröhnte in seinen Ohren, bis er es nicht mehr aushielt, die Fäuste gegen den Himmel reckte und einen Schrei der Verzweiflung ausstieß.

Johann spürte die Anstrengung sofort, spürte das Blut in seinen Schläfen pochen, dann wurde alles still.

Er schlug auf dem Boden auf.

Sein dritter Sturz, seit er das Kruzifix auf der Lichtung entdeckt hatte. Auch der Erlöser war dreimal gestürzt, bevor er gestorben war. Seltsam, dass ihm das jetzt einfiel.

Eine Batterie von Lichtblitzen feuerte vor seinen Augen, als er sie langsam schloss ...

Lichtblitze?

Er öffnete die Augen wieder.

Sah kleine Lichter, zwei, vielleicht drei Meilen entfernt.

Johann rieb sich die Augen, aber dies war keine Einbildung, kein Fiebertraum! Dort waren Häuser. Bewohnte Häuser! Der Gedanke gab ihm Kraft. Er stemmte sich ein wenig aus dem Schnee und kroch auf allen Vieren den Lichtern entgegen.

Das erste Bauernhaus der Siedlung war grob gezimmert und entsprach der Bauweise in diesem Teil der Alpen: ein steinernes Fundament, dicke Holzbohlen, ein wuchtiger Dachstuhl. Warmes Licht fiel aus einem Seitenfenster und schnitt ein Viereck in den Schnee, aus dem Schornstein quoll Rauch.

Es war ein Anblick, der Sicherheit versprach und Johann wie der Himmel auf Erden schien.

Er erklomm die zwei Stufen zur Eingangstüre und setzte zum Klopfen an. In dem Moment sah er etwas am Dachfirst und blickte genauer hin. Dort oben war eine geschnitzte Heiligenfigur angebracht, die ihm eine Hand entgegenstreckte. Aber es war keine gütige Geste: Die starren Augen und der weit aufgerissene Mund des Heiligen Leonhard schienen Johann eher eine Warnung zu sein – die er ignorierte. Mit letzter Kraft klopfte er gegen die Tür.

Zunächst war nichts zu hören, dann drangen Stimmen nach außen, polternde Schritte kamen näher. Mit einem heftigen Ruck wurde die Türe aufgerissen, ein grobschlächtiger Mann stand Johann gegenüber.

„Was ist?", bellte er ungehalten.

Johanns Kräfte verließen ihn endgültig, er kippte rückwärts die Holzstufen hinunter und blieb im Schnee liegen.

Der Mann musterte den reglosen Körper, dann murmelte er abschätzig: „Von mir aus." Er schloss die Tür wieder.

Johann konnte sich nicht mehr rühren. Eine dünne Schneeschicht deckte ihn langsam zu.

Und doch – die Wortfetzen, die aus dem Haus drangen, nahm er noch wahr. Es schien ein Streit entbrannt zu sein. Eine Frauenstimme wollte wissen, wer da draußen sei und was er wollte, Gebote wie „christliche Nächstenliebe" und „tue keinem anderen" wischte der Mann, der Johann geöffnet hatte, vom Tisch.

„Was, wenn er einer von *ihnen* ist? So einer kommt mir nicht unter mein Dach."

Der Streit verstummte, jemand polterte eine Treppe hinauf, dann war nichts mehr zu hören.

Johanns Körper wurde eins mit dem weichen Flockenbett, in dem er lag. Von den Fingerspitzen kroch die Kälte in den Körper, aber Johann hatte ihr nichts mehr entgegenzusetzen, jede Kraft war aufgebraucht.

Dann wurde aus dem Schmerz Wärme, beruhigend und endgültig.

So sei es. Johann schloss die Augen.

Das Ächzen einer sich öffnenden Türe.

Hastige Schritte.

Eine junge Frau und ein Greis beugten sich über Johann, die Frau wischte den Schnee von seinem Gesicht und musterte ihn durchdringend.

Johann fiel endgültig in Ohnmacht.

„Er sieht nicht aus wie einer von *denen*“, sagte die junge Frau leise zu dem alten Mann.

„Hat er irgendwelche Anzeichen?“, fragte dieser skeptisch.

Die Frau sah sich Johanns Hals genauer an, dann öffnete sie seinen Mantel. Das Blut hatte sich mittlerweile auch durch sein Hemd gesogen und nahezu die gesamte linke Seite tiefrot, fast schwarz gefärbt.

„Er ist verletzt, Großvater.“

Der Greis sah sich Johann nun ebenfalls genauer an, dann nickte er entschlossen. „Wir bringen ihn besser zu mir, dort stirbt er wenigstens im Warmen.“ Er packte Johann am Kragen seines Ledermantels.

Die junge Frau zögerte plötzlich. „Was, wenn er ein Protestant ist?“ Sie hatte den Satz kaum hörbar geflüstert.

„Unsinn“, entgegnete ihr Großvater „und wenn, dann muss das keiner wissen. Komm jetzt, Elisabeth.“

Gemeinsam schafften sie den Bewusstlosen auf die andere Seite des Dorfes, durch das sich ein breiter Weg zog. Nur in wenigen Häusern brannte noch Licht, Bewohner waren keine zu sehen. Kein Wunder bei dem Sturm, dachte Elisabeth.

Der alte Mann öffnete die Tür eines kleinen Hauses. Ein Bellen war zu hören, dann tauchte ein Schäferhund auf, der fast ebenso viele Lenze auf dem Buckel zu haben schien wie der Greis selbst. Als der Hund erkannte, wen er vor sich hatte, begann er mit dem Schwanz zu wedeln, dann schnüffelte er neugierig an Johann. „Ruhig, Vitus, ruhig!“, beruhigte der alte Mann seinen Hund. „Legen wir ihn rauf in die Kammer“, sagte er dann zu Elisabeth.

Elisabeth blickte auf die steile Treppe, die in den Söller führte, und nickte zögernd. Mit aller Kraft schleiften die beiden Johann durch das enge Stiegenhaus hinauf, darauf bedacht, dass sein Kopf nicht auf den abgetretenen Stufenkanten aufschlug.

Schließlich hatten sie es geschafft, der alte Mann stieß die Tür zu einer Kammer auf. Der kleine Raum war karg eingerichtet, strömte aber eine behagliche Atmosphäre aus. Sie wuchteten Johann auf das Bett und zogen ihm Mantel, Stiefel und die nasse Kleidung aus.

„Bring mir die Lavoir mit Wasser und sauberen Stoff.“

Elisabeth eilte hinaus, der Greis zog einen Feitel aus der Lederscheide an seinem Gürtel und schnitt den verkrusteten Verband von Johanns Wunde. Die Entzündung war sehr stark, einige von der Wunde wegführende Adern hatten sich schwarz gefärbt. Der alte Mann betrachtete die Verwundung mit Sorge.

Elisabeth kam mit den georderten Gegenständen und stellte sie neben das Bett. Als sie die dunklen Adern sah, stieß sie einen kurzen, spitzen Schrei aus. „Er ist doch einer von *ihnen*“, stammelte sie entsetzt, „wir müssen –“

„Unsinn, Kinderl, das schaut nach einer Blutvergiftung aus. Bring mir noch die Kräuter von unten.“

Elisabeth verließ den Raum, der Greis säuberte die Wunde, indem er sie mit wassergetränkten Fetzen sorgfältig auswischte. Johann stöhnte auf, doch seine Augen blieben geschlossen.

Elisabeth kam eilig wieder in die Kammer und reichte ihrem Großvater eine blecherne Schüssel mit verschiedenen Heilkräutern, darunter Kamille und Arnika. Der alte Mann kaute die Kräuter zu einer breiigen Masse und bedeckte damit den Eiterherd. Abschließend legte er noch einen sauberen Flecken Stoff darauf, der sich sofort mit Blut vollsaugte und haften blieb. Elisabeth deckte Johann mit einer dicken Tuchent zu.

„Mehr können wir heut nicht für ihn tun", sagte der alte Mann. „Schau lieber, dass du heimkommst, bevor dein Herr Vater wieder ungehalten wird."

„Du meinst, mehr als sonst?", entgegnete Elisabeth. „Danke, Großvater." Sie bekreuzigte sich und gab ihm einen Kuss auf die Wange, dann eilte sie davon.

Der Greis holte einen Krug Wasser und stellte ihn auf den Bretterboden neben den Nachttopf. Er setzte sich neben das Bett auf einen Stuhl und beobachtete den Verletzten. Vitus trottete herein und legte sich mit einem tiefen Grunzen zu Füßen seines Herrn nieder.

Der alte Mann zündete sich eine Pfeife an und schmauchte sie nachdenklich.

Schon lange hatte niemand mehr von außerhalb den Weg in das Dorf gefunden, und das war auch gut so. Neue Menschen bedeuteten immer Veränderungen, zum Guten oder zum Schlechten. Dieses Dorf brauchte nichts Neues mehr, es hatte endlich in einen geordneten Alltag gefunden. So dachten jedenfalls die meisten, sein Sohn eingeschlossen.

Andererseits – wenn man so alt war wie er, dann konnte man sich noch gut – zu gut – daran erinnern, wie sehr dieses Dorf früher einmal von Leben erfüllt gewesen war.

Bevor *sie* gekommen waren und sich ein Schatten über alles gelegt hatte.

So gesehen konnte es eigentlich nur besser werden. Der alte Mann nahm einen tiefen Zug aus seiner Pfeife und blickte wieder zu Johann.

„Mal schaun, was du bringst, Bursche."

VI

Eine junge Frau beugte sich über Johann. Ihr Gesicht konnte er nicht genau erkennen, alles war verschwommen wie durch Beinglas, die Helligkeit pulsierte gleich dem Rhythmus seines Herzens. Es war ihm auch unmöglich, ganze Sätze zu hören, geschweige denn zu verstehen, es war, als würde er einer fremden Sprache lauschen, von der er nur wenige Wörter kannte. Trotzdem war ihm, als würde über ihn gesprochen.

Obwohl Johann nicht wusste, wo er war, fühlte er die Fürsorge, die ihn umgab. Er versuchte sich zu bewegen, aber er spürte seinen Körper nicht. Dann wurde sein Kopf mit einem Mal ganz leicht, er hob ihn langsam, blickte sich um.

Er stand vor einer Wand aus weißem Pulverdampf, eine Kakophonie aus Geschrei, Explosionen und Trommelwirbel umgab ihn, wurde immer lauter und verstummte in einem gleißenden Blitz.

So erdrückend und unerträglich Johann den Lärm empfunden hatte, so grausam schien ihm nun diese absolute Stille.

Gestalten zeichneten sich im Nebel ab, die dann genauso schnell verschwanden, wie sie aufgetaucht waren. Johann fühlte sich alleine, aber nicht fremd. All das hatte etwas Vertrautes, etwas, das zu benennen ihm jetzt die Worte fehlten.

Er hielt den Atem an.

Dann tauchte der Preuße aus dem Nebel auf, rief etwas und winkte ihm warnend zu, aber Johann konnte ihn nicht verstehen. Er versuchte auf ihn zuzulaufen, aber er kam nicht von der Stelle und –

Plötzlich fegte ein Sturm aus abgerissenen Körperteilen von Tier und Mensch um ihn herum, vermischt mit Holzsplittern, Erdklumpen und scharfkantigen Schrap-

nells aus Metall. Er war also dort, wo er schon immer gewesen war, mitten im –

„Ich glaub, er kommt zu sich!"

Johann hörte wieder die Stimme der jungen Frau, sie klang aufgeregt.

„Großvater!"

Johann sah den alten Mann hereinhumpeln. Ein zufriedenes Lächeln machte sich auf dem wettergegerbten Gesicht des Greises breit.

„Das ist zumindest ein Anfang. Wenn er jetzt auch noch –"

Ein Poltern hinter ihnen ließ ihn mitten im Satz verstummen. Im Türrahmen stand ein bulliger Mann.

„Hast ihn also doch bei dir aufgenommen, du alter Narr!" Der Mann spuckte die letzten Worte verächtlich aus.

Die junge Frau versuchte sich mit gesenktem Haupt zu rechtfertigen. „Aber er ist keiner von –"

Ein wuchtiger Fausthieb gegen die Holztür ließ sie eingeschüchtert verstummen. „Hab ich mit dir geredet?"

Der Greis sprach beruhigend auf den Mann ein. „Jakob, der Bursch war schwer verletzt, der wär noch in derselben Nacht gestorben. Vielleicht kriegen wir ihn ja durch. Außerdem ist er keiner von *denen*. Und in meinem Haus –"

„In deinem Haus?" Der andere wurde wütend. „In deinem Haus? Soweit ich weiß, ist das mein Haus, in dem du wohnen *darfst*. Du hättest damals alles verloren gehabt, Herr Vater. Alles!"

Der Greis senkte den Kopf.

Der Mann schlug erneut wütend mit der Faust gegen die Tür. Dann überlegte er und grinste hinterhältig. „Von mir aus. Wenn der da wieder gesund ist, wird er für seine Schuld bei mir einstehen, verstanden?" Er wandte sich zu der Frau. „Und du vernachlässige ja nicht deine Pflichten im Haus!"

Der Mann verließ die Stube und warf die Tür hinter sich mit einem lauten Knall zu.

„Nicht alle Kinder sind Gottes Segen", grantelte der Greis, die junge Frau seufzte resignierend.

Liebevoll strich er ihr über die Wange. „Nur manche."

Johann schloss die Augen.

Irgendwann in dieser Nacht wachte Johann noch einmal auf: Durch den kleinen Spalt seiner Augen sah er die junge Frau an seiner Seite sitzen. Die schwach leuchtende Ölfunzel neben ihr umgab sie mit einem sanften, beinahe engelsgleichen Schein.

Johann wollte etwas sagen, konnte aber nur schwach den Mund öffnen. Gluthitze strömte durch seinen Körper, seine Stirn brannte, gleichzeitig fühlte er eiskalten Schweiß auf seinem Rücken.

Wundfieber.

Das Wort dröhnte durch seine Benommenheit.

Tod.

Die Frau beugte sich zu ihm, stützte seinen Kopf und gab ihm zu trinken. Es war heiß und bitter, scheußlich schmeckend, aber gut tat es allemal. Die Frau lächelte und sagte etwas, das Johann nicht verstehen konnte. Dann schwanden ihm die Sinne, und Dunkelheit verschluckte ihn.

Für lange Zeit.

VII

Johann erwachte.

Langsam öffnete er seine Augen, nur einen Spaltbreit. Das dämmrige Licht verursachte einen grellen Schmerz, der sich wellenförmig über seinen ganzen Körper ausbreitete. Fast hätte Johann aufgeschrien, aber er biss die Zähne zusammen und schloss rasch die Augen.

In der Dunkelheit klang das Pochen in seinem Kopf langsam ab. Der Schmerz verging zwar nicht, aber nun konnte Johann wenigstens einigermaßen klar denken.

Und auf die Stimme in seinem Inneren hören. Die Stimme von Abt Bernardin.

Leben und Ruhe schließen einander aus.

Nur eine der vielen Weisheiten des Abtes, die er als Junge wie ein Schwamm aufgesogen hatte. Wenn er diese Ratschläge befolgen würde, so könnte er ein rechtschaffenes Leben führen, war er belehrt worden. Leider musste er nur allzu früh erkennen, dass sich die wenigsten seiner Mitmenschen an solche Weisheiten hielten, und deshalb hatte er sie tief in seinem Inneren begraben, um sie nur dann hervorzuholen, wenn er sie brauchte.

Und wie oft hatten sie ihm schon geholfen, vor allem damals, in den dunkelsten Zeiten, als er …

Nicht jetzt!

Johann würgte den Gedanken ab. Vergangenheit war Vergangenheit, und man ließ sie besser ruhen. Im Augenblick hatte er Wichtigeres zu tun. Er musste unter die Lebenden zurückzukehren und herausfinden, was geschehen war.

Er erinnerte sich an den Kampf mit dem Bauern, an den Schneesturm, an das verlassene Tal, durch das er sich geschleppt hatte. Waren da nicht Lichter im Dunkeln gewesen, ein Dorf? Johann war sich nicht mehr sicher.

Aber er vermutete, dass er Wundfieber gehabt hatte. Johann kannte das schwarze Fieber und die Gluthitze, die den Körper fast ausbrannte. Er schätzte, dass er auch diesmal tagelang außer Gefecht gewesen war. Er spürte die Nachwirkungen, fühlte sich zerschlagen, als hätte er in einem finsteren, kalten Stollen Grubenhunte eine Ewigkeit lang eigenhändig mit Fels befüllt.

Die Schwere in seinen Gliedern drückte ihn auf das strohbefüllte Bett.

Verschaffe dir einen Überblick.

Seine Augen konnte Johann nicht öffnen. Er atmete tief ein und versuchte auf diese Weise, seine Umgebung wahrzunehmen.

Es roch nach altem Holz, nach Tuchent und Stroh, und ganz schwach nach Kräutern und einer bitteren Tinktur, die sich nicht weit entfernt von seinem Kopf befinden konnte, auf der linken Seite. Insgesamt roch es wohltuend, beruhigend, denn Johann kannte die Orte, wo der Tod wohnte, und kannte auch ihren Geruch nach Blut, Metall und Verzweiflung. Aber hier war es anders, hier roch es nach – Sicherheit.

Mittlerweile waren die Kopfschmerzen fast abgeklungen.

Öffne die Augen.

Johann atmete tief ein und hielt die Luft an. Er konzentrierte sich ganz auf die kleine Bewegung, die nun folgen würde.

Das Hochziehen der Lider.

Grelles Weiß.

Schmerz.

Dann: Das Weiß verklang, verschwommene Formen wurden sichtbar, flossen zusammen, der Blick schärfte sich.

Geschafft!

Langsam nahm Johann die Umgebung in sich auf. Über ihm: dunkelbraunes, fast schwarzes Fichtenholz, schräg geneigt, die Decke einer Kammer. Verblasste Muster zeugten von einer einst farbenprächtigen Bauernmalerei, die den Raum geschmückt hatte. Nicht weit von ihm, auf der rechten Seite: eine alte Truhe, die an einer Wand aus rohen, geschwärzten Holzbohlen stand. Auf der Truhe lagen eine Hose und ein Hemd, ordentlich zusammengelegt. Über der Truhe: ein kleines Fenster mit einer dicken Scheibe aus Glasstücken, die von Zinnstreifen an ihrem Platz gehalten wurden und von Eisblumen überwachsen waren. Gedämpftes rötliches Licht fiel durch die Scheibe, offenbar die Abend- oder Morgendämmerung.

Und in der Mitte der Kammer: das Bett, in dem er lag, einfach gezimmert, bequem.

Alles vermittelte denselben Eindruck: karg, aber ordentlich. Rechtschaffen. In Johann stieg ein fast schon vergessenes Gefühl der Geborgenheit auf.

Links neben dem Bett standen ein niederer grobkantiger Schemel, darauf ein Krug und ein gefüllter Becher aus Ton. Johann nahm ihn und roch vorsichtig daran. Der Kräuterduft des Gebräus war stark, aber nicht unangenehm, es musste sich um irgendeine Medizin handeln. Erst jetzt merkte Johann, wie durstig er war, das Fieber hatte ihn völlig ausgetrocknet. Gierig begann er zu trinken, es schmeckte bitter.

In wenigen Augenblicken war der Becher leer.

Johann stellte ihn auf den Schemel zurück und griff nach dem Krug, der offenbar mit Wasser gefüllt war. Köstliches kaltes Wasser! Johann setzte das Gefäß an seine rissigen Lippen und begann ihn mit großen Zügen zu leeren, als plötzlich ein reißender Schmerz durch seinen Magen tobte. Er hielt inne, ließ den Krug fallen und hielt sich den Bauch.

Er hatte schnell getrunken, viel zu schnell, sein geschwächter Körper rebellierte dagegen.

Ruhig. Kontrolliere deinen Körper.

Langsam atmete Johann ein und aus, bis der Schmerz abgeklungen war. Das Wasser blieb unten.

Gut.

Johann fühlte sich zwar immer noch erschöpft, aber das Wasser hatte ihm gut getan. Nun wollte er versuchen aufzustehen. Er drehte sich auf die Seite, um sich aufzurichten, da durchfuhr ihn ein heftiger Stich. Vorsichtig betastete er seine linke Seite und spürte einen Verband über der Wunde.

Johann zog die Decke weg und bemerkte erst jetzt, dass er splitternackt war. Der Verband war sauber und straff, er musste erst vor kurzem gewechselt worden sein. Johann zog ihn einen Spaltbreit auf. Es war keine Blutung mehr zu erkennen, keine Anzeichen einer Infektion. Aber wer hatte ihn gepflegt? Und ausgezogen?

Erinnerungen blitzten auf: der schreckliche Sturm, der Schnee in seinen Stiefeln, im Mund, in den Augen, überall. Dann Lichter in der Dunkelheit, ein lächelndes, schönes Gesicht, das sich über ihn beugte, einem Engel gleich ...

Johann ließ den Kopf auf das dicke Kissen zurücksinken und starrte die Holzdecke an. Bevor er aufstand, würde er noch einen Moment ruhen.

Während er die Decke betrachtete, fiel ihm zum ersten Mal die Stille auf. Kein Laut war zu hören, weder aus dem Haus noch von draußen. Keine Stimme, keine Geräusche, bis auf das knarrende Atmen des Hauses.

Seltsam.

Irgendjemand musste doch hier sein.

Das Licht der Dämmerung erzeugte an der hölzernen Decke einen Schatten, der sich mit der Zeit langsam veränderte. Johann folgte der Bahn, stutzte plötzlich, sah genauer hin: fremdartige Symbole waren auf die Decke gemalt, die Farben schon fast verblasst. So ähnliche Zeichen hatte er schon einmal gesehen, sie glichen dem Kruzifix beim Heustadl, in dem er übernachtet hatte.

Plötzlich verschwammen die Symbole vor seinen Augen, begannen sich zu bewegen, zu tanzen. Die anfangs zufällig wirkenden Bewegungen ordneten sich einem

Rhythmus unter, ein beunruhigender Reigen setzte ein. Langsam verschmolzen die Zeichen miteinander, formten sich zu einem höheren Ganzen. Ein neues Symbol entstand, groß und bedrohlich, mit diffusen Schattenmustern und einem monströsen Widderkopf im Zentrum. In Johann stieg das Gefühl einer Vorahnung auf, überwältigend und unheilvoll, untermalt vom Pochen seines Herzens. Sein Atem stockte, reflexartig schloss er die Augen, öffnete sie wieder.

Die Symbole sahen aus wie zuvor. Kein Muster, keine Schatten, nur eine paar alte Schnitzereien.

Das Gefühl der Geborgenheit, das Johann gerade noch verspürt hatte, war verschwunden. Mühsam stand er auf, wobei er sich mit der Hand auf dem Bett abstützen musste. Nachdem sich der erste Schwindel gelegt hatte, ging er zu der Truhe und nahm das Gewand. Es war das seine, gewaschen und geflickt.

Langsam zog er sich an und verließ die Kammer.

Die Türen im dunklen Söller waren alle geschlossen. Leise ging Johann das enge Stiegenhaus hinunter, die abgetretenen Stufen knarrten bei jedem Schritt. Dann erreichte er den großen Gang im Erdgeschoß, die Labe. Links am Fuß der Treppe lag eine Tür, über ihr zeugten die große, geschwärzte Rauchluke in der Wand und der darüber liegende Rauchschlot von jahrzehntelangem Fleisch- und Wurstselchen.

Vorsichtig öffnete Johann die Tür und betrat den Raum. Die offene Feuerstelle und der damit verbundene Ofen links von ihm strahlten noch eine wohlige Wärme aus. Johann wischte mit dem Zeigefinger über den baldachinartigen Funkenhut oberhalb der Feuerstelle. Der dicke, frische Ruß ließ erkennen, dass dies ein dauerhaft bewohntes Haus sein musste. Johann sah sich genauer um: Die Bänke mit den grob gewebten Sitzdecken waren an den wuchtigen Holztisch vor ihm herangeschoben. In einer Steige unter der Sitzbank schliefen zwei Hühner. Das Licht schnitt sich in Bahnen durch die kleinen Fenster und die dunstige Luft, erhellte das geschnitzte Kruzifix im so genannten „Herrgottswinkel“, das über den Raum zu wachen schien. Darunter warteten einige Holzteller und -löffel auf ihren Gebrauch. Der Boden schien vor kurzem gekehrt worden zu sein.

Die Küche war wie der Rest des Hauses: alt, aber in guter Ordnung gehalten. Und menschenleer ...

Dennoch spürte Johann, dass sich noch jemand im Raum befand.

Da war etwas bei der Feuerstelle.

Dann sah er plötzlich einen Schatten, der sich ihm näherte. Der Schatten kreuzte eine der Lichtstrahlen, die durch das Fenster hereinfielen, Johann sah braunes, dichtes Fell, eine geöffnete Schnauze, kräftige Zähne – ein Schäferhund.

Der Hund blieb einen halben Meter vor ihm stehen, ließ ein kehliges Knurren hören. Sein Fell glänzte, das Tier sah sauber aus, machte aber durch seine Größe und sein Gehabe einen bedrohlichen Eindruck.

Langsam ging Johann in die Knie, der Hund legte die Ohren an und begann zu bellen.

Johann senkte seinen Kopf, verharrte ruhig in kniender Position. Dann streckte er seine Hand aus.

Der Hund stutzte, schnüffelte an der Hand, die sich ihm entgegenstreckte. Er merkte, dass dieser Mensch für ihn keine Bedrohung darstellte und schleckte kurz an Johanns Hand. Dieser blickte auf und kraulte ihn hinter den Ohren. Der Hund verzog sein Maul, schien fast zu grinsen. Dann drehte er sich um und trottete hinter die Feuerstelle zurück, um seine Wachposition neben dem noch warmen Ofen wieder einzunehmen. Ein echtes Hundeleben, dachte Johann neidisch.

Sein Blick fiel auf den gemauerten Rand der Feuerstelle, darauf lag in einer Holzschale ein Stück Brot. Johann merkte erst jetzt, wie hungrig er war. Er schätzte, dass er in den letzten Tagen oder Wochen großteils von Suppe ernährt worden war, und gierte nach fester Nahrung. Ohne zu zögern nahm er das Brot in die Hand und biss herzhaft davon ab, genoss den Geschmack von Gewürzen und die rauchige, knusprige Rinde.

Ihm war, als hätte er nie etwas Besseres gegessen.

Die Bewohner des Hauses werden es verschmerzen, rechtfertigte er sich, sie würden den Bissen Brot ohnehin nicht so zu würdigen wissen wie er.

Die Bewohner des Hauses ...

Wieder stiegen Erinnerungsfetzen in ihm hoch, aber sie wollten sich noch nicht zu einem Ganzen zusammenfügen: ein alter Mann, ein Streit, eine junge Frau, das Gesicht angstverzerrt, der Geruch von Pfeifentabak, eine kühlende Hand auf seiner heißen Stirn –

Ein Winseln riss Johann aus seinen Gedanken. Der Hund lugte hinter der Feuerstelle hervor, sah ihn Mitleid heischend an und leckte sich erwartungsvoll über die Schnauze. Johann konnte sich ein Grinsen nicht verkneifen, er nahm noch einen Bissen, dann hielt er den Rest des Brotes dem Vierbeiner hin. Der schnappte es und schlang es in einem Stück schmatzend hinunter. Johann tätschelte ihm den Kopf, dann ging er hinaus und schloss die knarrende Tür hinter sich.

Er freute sich darauf, die Bewohner des Hauses ausfindig zu machen. Sie konnten keine Unmenschen sein. Sie hatten ihn gesund gepflegt, hielten ihr Haus in Ordnung und waren offenbar gut zu ihrem Wachhund, wenn man das freundliche Tier in der Küche so nennen konnte.

Johann ging durch die dunkle Labe nach vorne zur Haustür und öffnete sie. Eisige Kälte umgab ihn plötzlich, und jede Müdigkeit, die in ihm gewesen war, fiel schlagartig von ihm ab. Seine Augen brauchten einen Moment, um sich an die Helligkeit der Umgebung anzupassen.

Er machte einen Schritt nach draußen.

VIII

Ein kleines, tief verschneites Dorf tat sich vor Johann auf, wie eins dieser tragbaren Dioramen, die er einmal bei einem Schausteller gesehen hatte, vor langer Zeit.

Die Höfe des Dorfes waren alt und verwittert, rußgeschwärzt und schmucklos, und sie schienen sich vor der klirrenden Kälte und den weißen, schroffen Bergen, die sie umgaben, zu ducken. Die massiven Eiszapfen zeugten davon, dass der Winter mittlerweile alles fest im Griff hatte. Rauch quoll aus den Schornsteinen, aber keine Menschenseele war zu sehen, und über allem lag Stille, noch unmittelbarer als in der Kammer, noch beunruhigender.

Johann sah sich um: Die Wälder hinter dem Dorf kletterten steil den Berg hinauf, die Baumgrenze war wegen der tief hängenden Wolken nicht auszumachen. Der Talkessel wirkte bedrückend, Johann kam sich vor wie in einer Falle. Nur Menschen wählen einen solchen Platz, dachte er, kein Tier würde sich freiwillig in die Ecke zwängen.

Langsam ging er den Weg entlang, der zwischen den Häusern hindurchführte. Seine Schritte knirschten auf dem hart gefrorenen Schnee, ein Geräusch, unnatürlich laut, fast störend.

Als Johann die Häuser auf beiden Seiten näher betrachtete, blieb er unwillkürlich stehen: Wieder starrten ihn Symbole an – dieselben wie an der Decke der Kammer und am Heustadl –, tief in die Balken über Türen und Fenster geschnitten, manchmal mit roter Farbe verstärkt.

Sie zogen ihn geradezu hypnotisch an, ließen ihn den eisigen Wind, der plötzlich aufkam, nicht spüren, obwohl er sein Gesicht brennen und seinen Atem gefrieren ließ ...

Johann musste sich fast gewaltsam losreißen, zwang sich weiterzugehen.

Mittlerweile wurde es dunkler, die letzten Sonnenstrahlen verschwanden hinter den schroffen Bergen. Johann beschleunigte seine Schritte; irgendetwas an diesem Dorf, an den Bergen, an der Stille war unheimlich. Er hatte sich immer auf seine Sinne und seinen Instinkt verlassen können, und sie sagten ihm nur eines, seit er durch das Dorf schritt.

Verlass diesen Ort so schnell wie möglich.

Aber er beschloss, nicht darauf zu hören. Das mindeste war, dass er seine Retter ausfindig machte und ihnen als Dank seine Dienste anbot. Wenn sie überhaupt Bedarf hatten für einen –

Schmied. Du bist jetzt Schmiedgeselle, vergiss das nicht.

Für einen Schmiedgesellen. Johann musste unwillkürlich lächeln.

Dann hörte der Weg mit einem Male auf, Johann stand vor einer düsteren Kirche und einem Friedhof, der sie ringförmig umgab. An vielen der verschneiten Gräber waren kleine Leuchten angebracht, die schwache Lichtkegel über den alten Friedhof warfen. Sogar einige verwitterte Lichtersteine lagen an der heruntergekommenen Außenwand der Kirche, wie Johann sie seit Jahren nicht mehr gesehen hatte. Er ging zu den Steinen und beugte sich hinunter: Die Dochte in den Wachsmulden der flachen Steinplatten waren zerfleddert, der Lichtschein nur schwach – und doch schienen die alten Steine zu diesem Tal zu passen.

Die Kirche und der Friedhof markierten das Ende des Dorfes, dahinter erhob sich nur mehr der Wald.

Es war dunkel geworden, einzig die Leuchten am Friedhof spendeten ihr schwaches Licht, flackerten im kalten Wind. Johann fror, er fühlte sich wieder schwächer. Es musste doch jemand in diesem Dorf sein, und sei es nur, um die Kerzen am Friedhof anzuzünden. Johann sehnte sich nach einem Gespräch, einem guten Essen, nach der Wärme eine Frau – all die einfachen Freuden, die er früher so selbstverständlich genossen hatte.

Die Kälte fuhr ihm in die Glieder. Johann beschloss, wieder ins Haus zurückzukehren. Er konnte Feuer machen und noch etwas schlafen und am nächsten Tag weitersuchen.

Gerade als er sich umdrehte, um sich auf den Rückweg zu machen, hörte er leises Gemurmel, wie von menschlichen Stimmen. Es schien aus einem wuchtigen Bauernhaus links des Friedhofs zu kommen. Johann war erleichtert und ging schnellen Schrittes auf die massive Eingangstür zu.

Über der Tür war ein dicker Ast angenagelt, in den eine grobe Fratze geschnitzt war, die Johann unheilvoll angrinste. Der verzerrte Mund war blutrot bemalt, der Anblick furchterregend und alles andere als einladend.

Die Stimmen wurden lauter. Ein Refugium Lebender, oder gar Überlebender, ging es Johann spontan durch den Kopf, warum, wusste er nicht.

Dann öffnete er die Tür ...

Rauchige, dicke Luft, ein geschwärzter Raum, der von den wenigen Petroleumfunzeln nur schwach erhellt wurde – Johann befand sich in der Schenke des Dorfes.

Es wurde still, die Gespräche verebbten, nur das Prasseln des großen Herdfeuers in der Küche war zu hören, und der Wind, der durch den Kamin fuhr.

Von einem größeren Tisch in der Mitte starrte eine Gruppe Männer Johann an. Sie trugen ihre Sonntagskleidung, dicke Filzjanker mit Hirschhornknöpfen, darunter ein sauberes Hemd, das am Hals mit einem bunten Tuch gebunden war. Vor ihnen standen schwere Tonkrüge mit Bier.

Abseits an den anderen Tischen und um den Ofen saßen die Frauen, Kinder und das Gesinde. Die Frauen waren in reich bestickte, aber dunkelfarbige Dirndln gekleidet, die einer Trauertracht glichen. Das Gesinde hatte schlichte, saubere Hemden und Blusen zum Schnüren an, ähnlich Johanns Hemd, die Mägde verbargen ihre Haare unter einfachen Kopftüchern.

Johann blieb regungslos stehen, ließ die neugierigen Blicke der Anwesenden an sich abprallen. Niemand sagte ein Wort.

Plötzlich durchbrach eine verärgerte Männerstimme die Stille: „Tür zu, in Gott's Namen!"

Johann schloss schnell die Tür hinter sich. Dann herrschte ihn einer der Männer vom mittleren Tisch an, ein dicker, rotwangiger Bauer: „Was willst noch hier? Scher dich zum Teufel!"

Einige der Männer am Tisch stimmten seinen Worten mit leichtem Nicken und Gemurmel zu. Johann kannte diese Sorte von Bauern: genug Besitz um unzufrieden zu sein, aber zu wenig um wirklich das Sagen zu haben. Nur einer der Männer sah ihn nicht direkt an, ein wuchtiger, brutal wirkender Mann, gut 50 Lenze alt. Er hatte es nicht eilig. Dafür würden seine Worte umso mehr Gewicht haben: Dieser Bauer hatte das Sagen im Dorf, das spürte Johann.

„Ich suche den, der mich aufgenommen hat", antwortete Johann unsicher.

Seine Worte lösten ein Gemurmel unter den Dorfbewohnern aus, manche der Frauen wirkten erschrocken ob des Widerspruchs, die Miene des rotwangigen Mannes verfinsterte sich. Aber bevor er etwas sagen konnte, hob der brutal wirkende Bauer die Hand.

„Dann stehst wohl in meiner Schuld", knurrte er gefährlich ruhig. Seine Stimme kam Johann unangenehm bekannt vor.

„Und wenn er einer von *ihnen* ist?", zischte eine alte Frau aus der Dunkelheit des letzten Tisches und spuckte zu Boden.

„Werden wir gleich sehen, Salzmüllerin", antwortete wieder der rotwangige Mann und fuhr Johann grimmig an: „Zieh dein Hemd aus!"

Johann zögerte.

Der Bauer sprang auf und schlug mit der Faust auf den Tisch, sodass die Krüge bebten. „Bist taub?", schrie er Johann an.

Langsam zog dieser nun sein Hemd aus. Die Männer musterten ihn misstrauisch, die Frauen verstohlen. Dann verstummte das Gemurmel im Raum mit einem Mal.

Alle konnten es sehen: Johanns Brust und Rücken wiesen grobe Narben auf.

„Schön ist er ja nicht grad", ätzte eine weibliche Stimme, den Frauen entfuhr ein gepresstes Kichern. Johann fühlte sich nackt und ausgeliefert, alles, was passiert war, seit er die Tür zu diesem Raum geöffnet hatte, entzog sich seinem Verständnis, wirkte wie ein seltsamer Traum. Er nahm sein Hemd und wollte sich gerade wieder anziehen, da zischte es erneut aus der Ecke: „Und unter dem Verband?"

Bekräftigendes Gemurmel kam auf, erzwang geradezu einen weiteren Befehl. „Runter damit!", fuhr ihn erneut der Bauer an.

„Die Wunde ist noch nicht ganz –", weiter kam Johann nicht. Der Bauer kam blitzschnell auf ihn zu und packte ihn am Hals. Er drückte ihn gegen die Wand und riss ihm mit einem schnellen Ruck den Verband ab. Johann durchfuhr ein schneidender Schmerz, ein Großteil der verkrusteten Wunde musste am Verband hängen geblieben sein. Er spürte, wie eine warme Flüssigkeit von der Wunde abwärts rann.

Johann fühlte Zorn in sich hochsteigen, er hätte den grobschlächtigen Bauern, der ihn immer noch festhielt, wie eine lästige Fliege abschütteln können – aber er tat es ganz bewusst nicht.

Nur der Narr prahlt mit seinem Können.

Der Bauer blickte wütend in die Runde „Seid's jetzt zufrieden? Er hat's nicht!" Er drückte Johann den abgerissenen Verband in die Hand und begab sich wieder auf seinen Platz am Tisch. „Du wirst ab jetzt für den Jakob Karrer arbeiten, bis deine Schuld getilgt ist", befahl er Johann. „Und zieh dich an, in Gott's Namen!" Er blickte Jakob Karrer an, dieser nickte kurz, wendete sich dann an Johann und zeigte auf den Gesindetisch. „Dort ist dein Platz!"

Johann biss die Zähne zusammen. Solchen Leuten, Schinder durch und durch, hatte er eigentlich aus dem Wege gehen wollen, aber es schien ihm einfach nicht zu gelingen, auch in diesem Dorf nicht. Obwohl es ihn in den Händen juckte, dem Schinder von Anfang an zu zeigen, mit wem er sich eingelassen hatte, tat er es nicht. Dafür war noch Zeit, einstweilen gab es anderes zu tun.

Johann hatte immerhin einen Engel zu finden.

Johann setzte sich an den Tisch, band sich den Verband notdürftig um die Wunde und zog sich sein Hemd an. Langsam setzten im Schankraum die Gespräche wieder ein.

Am Gesindetisch saßen zwei Knechte und drei Mägde, alle von der harten Arbeit gezeichnet. Sie blickten Johann etwas skeptisch an. Schließlich ergriff der Knecht, der Johann am nächsten saß, das Wort.

„Ich bin der Albin." Seine Worte klangen freundlich, er hatte ein freches und aufgewecktes Wesen. Seine kurzen, weißblonden Haare unterstrichen diesen Eindruck und ließen ihn Jahre jünger aussehen als die dreißig Lenze, die er am Buckel hatte.

Johann stellte sich vor und nickte Albin und den anderen zu. Die sahen sich untereinander kurz an, dann räusperte sich der Knecht neben Albin.

„Ich bin der Virgil", stellte er sich vor. „Und das sind die Sophie, die Vroni und die Anna. Die Sophie ist auch beim Karrer."

„Hast es also doch überlebt –", grinste Sophie.

Virgil lachte. „Und noch dazu Glück gehabt, der Karrer hätt' dich wohl vor seinem Haus verrecken lassen." Er machte eine kurze Pause. „Aber *sie* kann auch starrköpfig sein."

„Sie?" Johann schaute ihn fragend an.

Virgil überging die Frage und horchte ihn weiter aus. „Was hast denn gelernt?"

„Ich bin Schmiedgeselle."

„Schmied brauchen wir hier keinen."

„Keine Sorge, der Karrer wird schon Arbeit für ihn haben", warf Albin ein.

„Hab mir schon gedacht, dass mir hier die Zeit nicht lang wird", meinte Johann. Er wandte sich wieder an Virgil. „Wen hast denn gemeint mit *sie*?"

Der Knecht zuckte mit den Schultern. „Heute ist sie nicht da, der Karrer –"

„Halt's Maul, sonst hört er dich noch!", unterbrach ihn Albin. Er sah Johann in die Augen. „Die lernst schon noch kennen. Und sei nicht so neugierig. Das mögen wir hier nicht."

Albins Worte klangen ehrlich. Johann nickte, dann ließ er seinen Blick durch den Raum schweifen, blieb an dem großen Tisch in der Mitte hängen.

„Da drüben sitzen die ganz Wichtigen ...“, kommentierte Albin, der Johanns Blick gefolgt war, ironisch. „Der dich zuerst angebrüllt hat, heißt Alois Buchmüller. Ist der Wirt, eigentlich ganz redselig. Der neben ihm mit dem roten Schädel ist der Benedikt Riegler, der Dorfvorsteher. Der größte Bauer hier. Der Magere neben ihm, der Kajetan Bichter, ist unser Pfarrer. Bisschen ein Eigenbrötler, aber halt von Gottes Gnaden.“

„Amen!“, kicherte Vroni. Die anderen Knechte und Mägde konnten sich das Grinsen nicht verhalten.

„Den Karrer hast du ja schon kennen lernen dürfen. Der zweitgrößte Bauer hier, ein echter Menschenfreund. Und der daneben ist sein Bruder, der Franz, eigentlich ganz umgänglich, versteht keiner, wie die Brüder sein können.“

Alois Buchmüller ging am Gesindetisch vorbei. „Wirt, ein Bier für den Johann, ich zahl's!“, rief Albin lässig. Buchmüller knurrte etwas Unverständliches, machte kehrt, kam nach kurzer Zeit mit einem großen Krug Bier wieder zurück und knallte ihn vor Johann hin.

„Geht aufs Haus, Neuer.“

Johann nahm den Krug, prostete dem Wirt und den anderen zu und leerte das halbe Bier in einem Zug.

„Der ist recht“, schmunzelte Virgil.

„Hab immer noch Durst nach dem Fieber“, grinste Johann und überspielte so den kurzen Schwindelanflug, den ihm der Alkohol bescherte. Dann wurde er wieder ernst. „Was sollte das mit dem Hemdausziehen?“

Niemand antwortete, alle sahen betreten weg.

„Vergiss es besser.“ Albin klopfte ihm auf die Schulter.

Johann blickte ihn nachdenklich an.

„Was machst denn nur mit dem da?“, wollte Benedikt Riegler von Karrer wissen.

„Na was wohl? Er wird bei mir arbeiten“, entgegnete Karrer gereizt.

„Hast doch schon genug Knechte, Jakob!“, gab Riegler nicht auf. „Willst am End noch mehr haben als ich?“

„Mehr als du? Es ist Winter, ich hab im Moment nur den Albin und die Sophie. Ihr wisst's selber, dass wir zu wenig Gesinde haben, und der heurige Winter wird der härteste seit Jahren.“

„Wenn du genug zu fressen hast für alle ...“, bohrte Riegler weiter.

„Lass das meine Sorge sein und kümmer dich um deinen eigenen Kram!“ Karrer nahm einen Schluck Bier und knallte den Krug auf den Tisch. „Und jetzt lasst es gut sein.“

„Vielleicht sollten wir's diesmal aber nicht gut sein lassen, Jakob.“ Franz Karrer hatte diese Worte ausgesprochen. Die anderen am Tisch blickten in alle Richtungen, nur nicht zu Jakob Karrer, der sich langsam und unheilvoll seinem Bruder zuwandte.

„Und warum nicht, werter Herr Bruder?“

Franz war blass geworden, aber er nickte. „Wir brauchen niemanden mehr im Dorf, das weißt so gut wie ich. Und schon gar keinen Fremden. Je weniger davon wissen, desto –“ Weiter kam er nicht. Jakob Karrer packte blitzschnell die Hand seines Bruders und drückte brutal zu, so fest, dass die Knöchel weiß wurden. Franz stieß einen leisen Schmerzensschrei aus, Karrer ließ ihn wieder los.

„Widerspruch steht dir nicht. Jetzt nicht und auch in Zukunft nicht, mein lieber Bruder.“

Franz rieb sich seine Hand, blieb aber stumm.

„Bruderzwist ist der Familie nicht gedeihlich“, sagte Kajetan Bichter salbungsvoll.

„Spart Euch die Predigt für Eure nächste Messe, Hochwürden.“ Für Karrer war das Thema damit abgeschlossen. Wo würde das denn hinführen, wenn man ihn am Wirtshaustisch in Frage stellte?

Er drehte sich um und blickte zum Gesindetisch hinüber. Finster betrachtete er Johann.

„So, da – euer Mus." Buchmüller stellte die große Pfanne, aus der es intensiv nach Butter und Schmalz roch, mit einem Krachen auf den Pfannenknecht, der mitten auf dem Tisch stand.

Albin grinste Johann an. „Hast Glück gehabt, dass du am ersten Sonntag im Monat aufgewacht bist – da wird beim Wirt gegessen." Er nahm einen Holzlöffel aus der Lade unter dem Tisch heraus, gab ihn Johann und holte noch einen.

Auch die anderen hatten ihre Löffel in der Hand, warteten aber noch mit dem Essen. An den übrigen Tischen wurde ebenfalls abgewartet – der ganze Raum blickte auf Kajetan Bichter, den Pfarrer. Der stand auf, räusperte sich in die Stille hinein, machte dann langsam ein Kreuzzeichen. Die anderen taten es ihm nach. Bichter begann ein Gebet zu murmeln, Johann musterte das Geschehen aus dem Augenwinkel. Wo die Not am größten, ist der Glaube am stärksten, das hatte er schon vielerorts beobachten können. Hier schien es aber von allem genug zu geben, gemessen an manch anderen Dörfern, trotzdem muckten nicht einmal die kleinsten Kinder bei dem langen Gebet auf.

Ein gemeinschaftliches *Amen* beendete das Ritual, und alle begannen zu essen.

Johann langte kräftig zu. Er blickte zum Tisch von Jakob Karrer, sah, wie der Bauer seine Zähne in ein saftiges Stück Fleisch schlug, in der Hand ein großes Stück knuspriges Brot. Dann wandte er sich kauend an Albin. „Die Herren geben uns ja das Beste ab und begnügen sich selbst nur mit dem Fleisch."

Albin zuckte mit den Schultern. „Wo kommst du denn her? Weißt nicht, wie's in Tyrol ausschaut, seit die Bayern durchgezogen sind? Sei froh, dass du überhaupt was kriegst." Er legte den Löffel weg, rülpste und strich sich über den Bauch. „Ah, das war nötig. Wirt! Noch zwei Bier!"

Nach dem Essen wurde es ruhig im Raum, die Stimmen waren gedämpft, auch Johann fühlte sich von der Wärme und dem einfachen, aber nahrhaften Mus schläfrig. Er blickte durch den Raum, dann zu Karrers Tisch in der Mitte. Die *Wichtigen*, wie Albin sie spöttisch genannt hatte, lungerten träge auf ihren Stühlen, die Augen geschlossen.

Nur einer blickte Johann durchdringend an – Kajetan Bichter, der Pfarrer. Johann hätte schwören können, dass Angst im Blick des Pfarrers lag. Angst vor ihm?

„Trinkst auch einen Schnaps mit, Johann?" Albins Stimme klang herausfordernd.

Johann wandte sich wieder seinem Tisch zu. „Dank dir, den kann ich jetzt brauchen."

Albin nickte zufrieden. „Buchmüller! Eine Runde!", rief er dem Wirt zu, der hinter der Schank stand.

Sophie, ein munteres Ding mit langen schwarzen Haaren, die unter dem Kopftuch hervorquollen, sah Johann herausfordernd in die Augen. „Pass auf, unser Krautschnaps ist nur was für gestandene Mannsbilder."

Der Wirt brachte jedem am Tisch ein kleines, verziertes Trinkgefäß aus Zinn. „Wohl bekomm's!", sagte er lakonisch in Johanns Richtung. Der nickte ungerührt, hob das Gefäß wie alle anderen.

„Auf die G'sundheit." Johann leerte den Schnaps in einem Zug.

Etwas scharf, aber nicht schlecht, dachte Johann. Einen Augenblick später entfaltete der Schnaps sein volles Aroma, und Johanns Speiseröhre begann von der Kehle abwärts zu brennen. Tränen schossen ihm in die Augen, er musste kurz aufstoßen. Dann folgte ein faulig gegorener Geschmack, der vom Rachen in die Nase quoll. Plötzlich war der schlechte Geschmack verflogen, auch das Brennen, übrig blieben ein wohliges Wärmegefühl und ein leichtes Sausen im Kopf.

Interessant.

Johann bemühte sich, keine Miene zu verziehen, und stellte das Trinkgefäß wieder ab. Die anderen am Tisch blickten ihn fassungslos an.

„Hab noch nie einen gesehen, der sich beim ersten Mal nicht halberts angespieben hätt", meinte Sophie mit einem Anflug von Respekt in der Stimme.

Johann grinste. „Kann mich halt beherrschen."

Albin beugte sich zu Johann vor. „Aber wenn du ihn so gut verträgst, kann ich dir ja noch einen einschenken, was meinst?"

„Dann kannst mich hier aber raustragen", entgegnete Johann trocken.

Sophie rückte näher zu Johann hin. „Und in meine Kammer bringen."

Johann spürte, wie sich ihre Hand auf seinen Oberschenkel legte und langsam nach oben wanderte. Auf den Gesichtern der anderen Knechte machte sich ein Grinsen breit, Albin verdrehte die Augen. „Kannst ihm nicht ein paar Tag Zeit geben, bis er sich hier eingelebt hat, Sophie?"

Die Magd drückte Johanns Oberschenkel. „Ich kann dafür sorgen, dass du dich hier schneller einlebst, als d' glaubst."

Virgil und Albin lachten wissend. Johann versuchte, sich nichts anmerken zu lassen, und wechselte das Thema. „Sitzt bei euch immer das ganze Dorf in der Schenke beisammen?"

Sophie zog die Hand blitzschnell zurück und sah Johann unruhig an. „Nur wenn's draußen Winter wird, weil –"

Ein Schatten fiel über den Tisch, Sophie verstummte.

Jakob Karrer stand vor ihnen. „Wir gehen!“ Albin und Sophie standen gehorsam auf, Johann blieb sitzen. „Du auch!“ Karrer hob den knorrigen Stock, den er in der Hand hatte, und tippte damit auf Johanns Brust. Dieser trank den letzten Schluck Bier aus und folgte Albin und Sophie aus der Schenke in die eisige Nacht hinaus. Jakob Karrer ging als Letzter, die Tür fiel krachend hinter ihm zu.

Die anderen im Raum sahen ihnen nach.

„Das wird dem Karrer noch leid tun“, spottete die alte Salzmüller und spuckte wieder zu Boden. „Und uns auch.“

Niemand antwortete.

Vor der Schenke war es schneidend kalt, der Mond tauchte das verschneite Dorf in eisiges Blau. Johann folgte Karrer, Albin und Sophie den Dorfweg entlang, zurück in Richtung des Hauses, wo er aufgewacht war.

Die Schritte knirschten in der nächtlichen Stille.

Dann kamen sie zu einem größeren Bauernhaus, schmucklos wie die anderen. Johann war sich sicher, dass es das Haus war, an dessen Tür er mit letzter Kraft geklopft hatte.

Karrer öffnete die schwere Eingangstür und trat ein, sein Gesinde folgte ihm. „Albin, du nimmst ihn mit und zeigst ihm alles. Schlafen tut er in deiner Kammer.“

„Ist recht, Herr.“

Karrer trat nahe zu Johann hin, sah ihm in die Augen. „Du machst mir keinen Ärger – ich kenne Leut deines Schlages. Wenn doch, prügle ich dich durch das Dorf wie einen Hund.“

Johann sah ihn ungerührt an. Karrer grinste, wandte sich ab und ging durch die Labe in das hintere Zimmer. „Und lass die Finger von ihm, Sophie, verstanden?“, befahl er nachdrücklich, dann knallte er die Tür zu.

Sophie zeigte ihm hinter vorgehaltener Hand die Zunge.

„Der hat dich sofort ins Herz geschlossen, Johann", sagte Albin leise.

Johann nickte. „Ich ihn auch."

„Komm, wir gehen zu Bett. Morgen müssen wir früh raus."

Albins Kammer war winzig, ein schlichter Raum, in dem sich nur zwei schmale Betten und zwei Truhen befanden. Durch das vereiste Fenster konnte Johann die nächtlichen Wälder und den Mond über dem Gebirge sehen.

Albin setzte sich auf eines der Betten und beobachtete ihn. „Noch kannst abhauen ..."

„Ich bin noch immer für meine Schuld eingestanden", antwortete Johann bestimmt und legte sich auf sein Bett.

„Die Narben auf deiner Brust?"

„Würdest es nicht wissen wollen ..."

Albin wartete auf mehr, aber als er merkte, dass Johann nichts weiter sagen wollte, streckte er sich lang aus und schloss die Augen. „Na dann ..."

Bald verriet gleichmäßiges Atmen, dass Albin eingeschlafen war. Johann war zwar müde, aber zu viele Gedanken strömten durch seinen Kopf. Was geschah in diesem Dorf? Warum dieses gemeinsame Essen? Warum hatte er seinen Oberkörper zeigen müssen?

Wovor hatten die Dorfbewohner Angst?

Es gab keine Antworten, zumindest noch nicht. Johann wickelte sich in die grobe Decke und fiel in einen unruhigen Schlaf.

Jakob Karrers Haus war vom Waldrand durch eine verschneite Wiese getrennt, die Bäume warfen im Mondlicht ihre Schatten den Hang hinab.

Plötzlich war am Waldrand etwas in Bewegung. Eine Gestalt trat hinter einem der Bäume hervor, sah regungslos auf das Dorf hinab. Grobe Leinenfetzen vermummten das Gesicht.

Das Licht in Albins Kammer wurde gelöscht, das Haus war nun dunkel. Die Gestalt blickte kurz hinter sich, gab ein schnelles Handzeichen – jetzt kamen mehr Gestalten zwischen den Bäumen hervor, bewegten sich langsam über den Abhang auf das Dorf zu …

Morbus

IX

„Johann, wach auf."

Johann spürte, wie ihn jemand an der Schulter rüttelte, er schlug die Augen auf.

Albin stand über ihm, breit grinsend, eine Ölfunzel in der Hand. „Als Schmied kannst du es dir vielleicht leisten, erst zur Jause aufzustehen, aber hier nicht. Wir müssen in den Stall."

Johann schlug die Decken zurück. Es war eiskalt in der Kammer, und als er sich seine Kleidung griff, fühlte sie sich wie gefroren an. Mit einem Schaudern schlüpfte er in Hemd und Hose, nahm den steifen Mantel und folgte Albin, der das Zimmer schon verlassen hatte.

Albin und Johann stapften durch den Schnee auf den Stall zu, der hinter Karrers Haus lag. Ihr Atem dampfte in der frostigen Luft.

Albin blickte in den Himmel. Die Morgendämmerung blitzte hinter den Gebirgskuppen hervor.

„Wird heut mal nicht schneien. Hab ich auch nichts dagegen", meinte Albin.

Johann schlug mit den Armen, um die Kälte zu vertreiben. „Wenn's schneien würd, wär's nicht so kalt."

Albin grinste. „Hier ist es immer kalt."

Sie erreichten den Stall, ein massives Gebäude aus Stein und Holz mit winzigen Fenstern, die von innen mit schweren Brettern vernagelt waren.

„Wirkt eher wie eine Festung als wie ein Stall", sagte Johann.

„Damit die Fliegen nicht rauskommen", flachste Albin.

Der Scherz ist oft die letzte Zuflucht der Wahrheit.

Johann ging nicht näher darauf ein.

Im Stall roch es intensiv nach Vieh, Stroh und Kot, aber es war immerhin wärmer als draußen. Im dämmrigen Licht des Stalls konnte Johann Sophie erkennen, die bereits beim Melken war. Vor ihr standen drei kleine Kätzchen Spalier und reckten gierig die Köpfe. Sophie zwinkerte Johann zu, dann bog sie die Zitze am Euter leicht ab und spritzte den Kätzchen die frische Milch in die weit aufgerissenen Mäuler. Nach dem Milchbad begannen diese, sich eifrig unter lautem Geschnurre zu putzen.

„Die lieben das“, rief Sophie entzückt und winkte Johann zu.

Dieser winkte zurück, dann drückte ihm Albin eine Schaufel in die Hand. „Geht schon los, raus mit dem Mist ...“

Johann ging zu Sophie, die mit der einen Kuh fertig war und den Melkschemel zur nächsten rückte. Johann zog ihr den halbvollen Holzeimer nach, aus dem die warme Milch dampfte.

„Und ich lieb's auch“, grinste sie ihn zweideutig an.

Johann kannte diese Sorte von Frau. Unkompliziert und im Herzen schon recht, aber er spürte, dass er sich hier die Finger verbrennen würde. Er antwortete daher mit einem unverbindlichen Lächeln, als hätte er ihre Anspielung nicht verstanden, und tätschelte die Kuh vor ihm.

Sophie strich dem schönen, schwarz-weiß gefleckten Tier liebevoll über den Rücken. „Das ist Stanzerl. Mein Liebling. Die gibt am meisten Milch.“

„Nicht nur Milch“, sagte Johann, senkte die Schaufel in den Haufen Kot und schaufelte den Mist in einen hölzernen Schubkarren. Als dieser voll war, schob er ihn durch die niedrige Stalltüre und entleerte ihn hinter dem Stall auf einem großen Misthaufen.

Bereits nach der ersten Fuhre stand Johann kalter Schweiß auf die Stirn. Mit jeder weiteren Fuhre merkte er, dass er schwächer wurde.

Einen schwachen Knecht wird der Karrer nicht halten. Reiß dich zusammen!

Nach der dritten Fuhre begann Johanns Seite wieder zu stechen. Er atmete tief durch, versuchte seine Gedanken vom Schmerz abzulenken.

Es gelang ihm nicht.

Albin nahm ihm die Schaufel aus der Hand. „Fütter die Schweine und dann ruh dich aus. Gibt eh gleich Frühstück."

Johann nickte dankbar.

„Na, taugt der was?" Jakob Karrer saß hinter dem wuchtigen Stubentisch, genau unter dem großen Kruzifix im Herrgottswinkel. Albin und Johann setzten sich an den Tisch.

„Gut hat er gearbeitet. Den ganzen Mist allein rausgefahren", lobte Albin.

Johann war ihm für die Lüge dankbar. In Wahrheit hatten Albin und Sophie die Arbeit mehr oder weniger ohne ihn gemacht, weil er noch so schwach war.

„Dann hast dir dein Fressen heute ausnahmsweise mal verdient, *Schmied*." Karrer betonte das letzte Wort so, dass es fast wie eine Beleidigung klang. Johann sah Karrer ins Gesicht, verbiss sich aber jede Bemerkung. Stattdessen ließ er seine Blicke im Raum umherschweifen, sah den großen gemauerten Ofen mit der Ofenbank, bemerkte die reich verzierte, getäfelte Decke mit den religiösen Motiven. Die Malerei war zwar im Laufe der Jahre verblasst, aber immer noch erkennbar. Die Intensität der Farben bezeugte, dass einst im Herrgottswinkel angefangen worden war und dann Winter für Winter immer ein Motiv hinzukam, bis die Decke voll war. Einige Sprüche, vermutlich Bibelstellen, schienen auch übermalt worden zu sein.

„Schöne Malerei. Euer Werk?", fragte Johann.

„Vom Vater“, grunzte Karrer geringschätzig.

Hinter ihnen ging die Tür auf.

Sophie kam herein und trug einen großen, irdenen Topf, aus dem es dampfte. Sie stellte ihn in die Mitte des Tisches, auf dem schon einige Holzschüsseln standen, und setzte sich. Dann betrat eine junge Frau die Stube, mit einem großem Laib Krustenbrot in den Händen.

„Setz dich endlich hin, Elisabeth, wir haben nicht den ganzen Tag Zeit!“, fuhr Karrer die junge Frau an.

Johann starrte die Frau an.

Elisabeth.

Er hatte seinen Engel gefunden.

Elisabeth setzte sich schnell neben Sophie hin.

„Gegrüßest seist du Maria ...“ Karrer stimmte das Gebet an, alle fielen murmelnd ein.

„Du bist gebenedeit unter den Weibern, und gebenedeit ist die Frucht deines Leibes, Jesus ...“

Johann beobachtete verstohlen Elisabeth, die andächtig betete. Dichtes, dunkles Haar, tiefblaue Augen, das blasse Gesicht voller Sommersprossen, die Figur schlank und wohlgeformt.

„Heilige Maria, Mutter Gottes, bitte für uns Sünder ...“

Aber nicht allein ihre Schönheit zog Johann an – Elisabeth strahlte zudem eine Entschlossenheit aus, die man bei der Tochter eines so strengen Bauern wie Karrer nicht vermutet hätte.

„... jetzt und in der Stunde unseres Todes, Amen.“

Ein Räuspern riss Johann aus seinen Gedanken. Er sah, dass Karrer ihn anstarrte.

„Fertig, Schmied?“

Johann murmelte ein schnelles Amen.

Karrer senkte noch einmal den Kopf.

„Heilige Mutter Gottes, behüte uns vor der Bedrängnis und beschütze uns vor ihnen. Amen.“

Alle stimmten in das *Amen* ein. Johann war der letzte Zusatz zum *Ave Maria* völlig unbekannt, er gehörte jedenfalls nicht zum Gebet.

Elisabeth begann die Schüsseln mit der heißen Brennsuppe zu füllen und verteilte sie nacheinander an alle, natürlich zuerst an ihren Vater, wie es Brauch war. Karrer tauchte den Holzlöffel in die dicke Suppe und begann zu essen, erst danach fingen auch die anderen an.

Nach dem Frühstück rülpste Karrer laut, lehnte sich zurück und musterte Johann träge. „Hat's geschmeckt?"

„Ja – ich dank Euch." Johann zögerte. „Und auch dafür, dass Ihr mich aufgenommen habt."

Karrer gab sich gönnerhaft. „Kann dich doch nicht da draußen verrecken lassen. Was soll's – hab ich halt ein Maul mehr zu stopfen. Aber im Frühjahr haust du schön wieder ab."

„Ihr seid sehr großzügig", sagte Johann ruhig.

Karrer sah ihn misstrauisch an, schien sich nicht sicher zu sein, wie Johann diese Bemerkung gemeint hatte. Dann wandte er sich an Albin. „Nachher richtet ihr den Getreidekasten."

Albin sah ihn verwundert an. „Schon wieder? Aber –"

Karrer schlug mit der flachen Hand jähzornig auf den Tisch. „Halt dein Maul und tu, was ich dir sag!"

Albin nickte hastig, warf Johann einen Blick zu und stand auf. „Wir gehen am besten gleich." Er bekreuzigte sich kurz, Johann tat es ihm nach und die beiden verließen die Stube.

Elisabeth und Sophie räumten den Tisch ab und gingen ebenfalls hinaus.

Jakob Karrer blieb allein zurück. Er stopfte sich eine Pfeife und zündete sie mit einem glosenden Span aus dem Ofen an. Dann stand er auf und blickte durch das kleine Fenster hinaus auf die Rückseite des Hofes. Durch das grünliche Waldglas sah er die verschwommenen Konturen von Albin und Johann, sah, wie sie sich dem Getreidekasten näherten.

Vielleicht hatte die alte Salzmüller doch Recht gehabt. Vielleicht war es ein Fehler gewesen, dass er Milde gegenüber seiner Tochter hatte walten lassen und diesen Schmied aufgenommen hatte. Natürlich würde er ihm mehr bringen als kosten, das war klar. Aber ein Störenfried war er allemal.

Karrer nahm einen tiefen Zug aus seiner Pfeife, der beißende Rauch hüllte sein Gesicht vollständig ein.

Aber es war ja noch nicht zu spät, diesen Fehler wieder auszumerzen. Es würde wieder alles an ihm hängen bleiben, aber das war er ja schon gewohnt.

Karrer bekreuzigte sich und verließ die Stube.

X

Vor dem Getreidekasten ragte bereits ein kleiner Kegel des kostbaren Inhalts aus dem Schnee. Darüber war das Holz der Verschalung aufgerissen und wies tiefe Kratzer auf. Albin maß den Riss mit den Augen, nahm ein Stück Holz und begann es zurechtzuhacken.

„Schaut nicht aus, als ob der aufgeborsten wäre. Mehr wie von Hand aufgerissen", sagte Johann, als er die Bruchstelle untersuchte. „Ein Tier geht doch nicht ans Getreide."

„Da hast Recht", antwortete ihm Albin. Er nahm das behauene Stück Holz und passte es in die Öffnung. Es saß fast perfekt.

„Halt das."

Während Johann das Holzstück hielt, trieb Albin mit dem Axtrücken einen Eisennagel in die Seite des Kastens und schloss die Öffnung. Das kleine Getreiderinnsal versiegte.

„Am besten, du machst ein paar Eisenschellen, die wir drannageln, dann ist ein für alle Mal Schluss."

„Was ist denn nun wirklich mit dem Kasten hier passiert?", bohrte Johann nach.

„Wir sammeln das ausgeronnene Getreide auf und gut ist es." Mehr hatte Albin dazu nicht zu sagen.

Als Johann mit Albin vom Stall zurückkam, bemerkte er eine Gestalt, die am oberen Fenster des Hauses stand und ihn beobachtete. Verdutzt blieb er stehen und versuchte zu erkennen, wer es war. Einen Augenblick später war die Gestalt verschwunden.

Sophie. Johann musste unwillkürlich grinsen – so war ihm schon lange keine Frau mehr nachgestiegen.

Elisabeth schreckte mit klopfendem Herzen vom Fenster zurück. Hatte er sie gesehen? Was würde Johann nun von ihr denken? Nur weil sie ihn gesund gepflegt hatte, hieß das noch lange nichts, immerhin war sie die Tochter eines Bauern und er nur ein Knecht.

Sie ballte ihre Hände zu Fäusten, als sie sich bei diesem Gedanken ertappte. Zeitlebens hatte sie nie etwas auf derlei Ständedenken gegeben, zumindest innerlich.

Aber was sollte sie tun?

Der Herr wird den Seinen den Weg weisen.

Der Herr – oder zumindest sein Stellvertreter, dachte Elisabeth und huschte aus der Kammer.

Im Haus war es still. Vorsichtig schlich Elisabeth die knarrende Treppe hinunter, bedacht darauf, nicht die Aufmerksamkeit ihres Vaters auf sich zu lenken. Irgendeine Arbeit würde ihm bestimmt für sie einfallen, und wäre es nur das wiederholte Fegen der Stube.

Am Treppenende angekommen spähte sie um die Ecke: Jakob Karrer war am Stubentisch eingeschlafen, die Ellbogen auf die Fensterbank gestützt. Immer wieder ließ ein Schnarchen den massigen Leib erbeben.

Wenn man ihn da so schlafen sah, wirkte ihr Vater wie ein harmloser Tölpel.

Elisabeth zog sich die Joppe über und verließ das Haus.

Elisabeth war allein in der Kirche und kniete vor der großen, prachtvoll bemalten Marienstatute. Sie betete den Rosenkranz und ließ dabei die Gebetskette – eines der wenigen Dinge, die ihr von ihrer Mutter geblieben waren – langsam durch ihre Finger gleiten.

Elisabeth genoss diese stillen Momente im Hause Gottes außerhalb der Kontrolle ihres Vaters. Hier konnte sie sein, wie sie war, ohne dass sie jemand maß oder sie etwas hieß. Und hier konnte sie am besten nachdenken.

„Heilige Mutter Gottes, behüte uns vor der Bedrängnis und beschütze uns vor *ihnen*. Amen“, beschloss Elisabeth ihr Gebet. Sie küsste den Rosenkranz in ihren Händen, dann bekreuzigte sie sich und stand auf, um die heruntergebrannten Kerzen für die Abendmesse auszutauschen.

Mit einem Ruck wurde die Tür der Sakristei geöffnet, Kajetan Bichter erschien. Er wirkte nicht erstaunt, Elisabeth zu sehen.

Elisabeth begrüßte ihn mit einem Knicks.

„Grüß Gott, Elisabeth“, sprach der Pfarrer, während er die Tür zur Sakristei mit einem schweren Schlüssel absperrte. „Bist so fleißig wie immer.“

„Ach, das würd ja jeder tun“, antwortete sie bescheiden.

„Das Herz am rechten Fleck, das sieht der Herrgott.“ Der Pfarrer fasste Elisabeth anerkennend an der Schulter, dann nahm er den Besen, der auf einer der Holzbänke lag, und begann zu kehren.

„Das sieht der liebe Gott wohl bei jedem Menschen, oder?“, fragte Elisabeth unsicher.

„Freilich, mein Kind, freilich“, murmelte Bichter abwesend.

„Egal ob Mann oder Frau, ob Bauer oder Knecht?“, wagte sie sich weiter vor.

„Das ist dem Herrgott einerlei, da bin ich mir sicher, denn vor Gott sind alle Menschen gleich.“ Kajetan Bichter merkte, dass er nicht in der Stimmung war, lange Rede und Antwort zu stehen. Eigentlich waren ihm solche Fragen, wie sie Elisabeth stellte, nicht unangenehm, aber die letzte Nacht steckte ihm in den Gliedern. Eine Nacht, in der er weit zu gehen und viel zu wenig Schlaf bekommen hatte.

Elisabeth zögerte, dann fasste sie sich ein Herz. „Aber wenn vor Gott die Menschen gleich sind, dann sollten sie das untereinander doch erst recht sein, oder?“

Der Pfarrer schmunzelte. „So einfach ist das nicht, mein Kind.“ Dann fuhr er belehrend fort: „Wer soll denn kämpfen, wenn alle Bauer sind? Wer soll ernten, wenn alle Landvogt sind? Wer soll regieren, wenn alle König sind?“

Elisabeth blickte ihn enttäuscht an, aber Bichter sprach unbeirrt weiter. „Ein jeder hat seine Bestimmung, und davon abzuweichen ist weder der Wille des Herrn noch der Weg zur Erlösung.“

„Und das gilt auch für –“ Elisabeths Stimme wurde leise, „für – “

Kajetan Bichter hörte auf zu kehren und stützte sich auf den Besen. „Das gilt für alle und alles“, unterbrach er sie schroff. „Ohne Ausnahme.“

Ein paar Augenblicke herrschte Stille. „Ihr habt sicher Recht“, sagte Elisabeth kleinlaut.

Bichter taten seine harten Worte leid. „Elisabeth" – er machte eine entschuldigende Handbewegung – „Elisabeth, es –"

„Nein, nein, es ist schon so, wie Ihr es gesagt habt." Sie straffte sich sichtbar. „Für alle und alles. Ohne Ausnahme." Elisabeth bekreuzigte sich und lief mit einem leisen *Grüß Gott* aus der Kirche, ohne sich noch einmal umzudrehen.

Nachdenklich blickte ihr Bichter nach. Das Mädchen tat ihm leid, aber ihr Vater war nun einmal einer der größten Bauern seiner Gemeinde, und sein Wort hatte Gewicht.

Außerdem musste er selbst sich um Wichtigeres kümmern, nämlich um die Menschen, die wirklich seiner Hilfe bedurften. Kajetan Bichter dachte an die letzte Nacht.

Allmächtiger, steh ihnen bei.

Der Pfarrer seufzte, dann fuhr er fort, den Boden des Gotteshauses zu kehren.

XI

In den nächsten Tagen, als Johann und Albin gemeinsam auf dem Hof arbeiteten, den Stall sauber hielten, das Vieh fütterten und Brennholz schlugen, beherrschte Elisabeth Johanns Gedanken.

Er freute sich auf die gemeinsamen Mahlzeiten und vor allem auf die Abende, wenn sie alle zusammen waren und er Elisabeth in unbeobachteten Momenten ansehen konnte. Wenn dann alle in der Stube saßen, wenn nach dem Rosenkranz die Männer rauchten und Spanscheite schnitzten und Elisabeth und Sophie an den Spinnrädern saßen, wenn der eisige Wind um den Hof heulte, das Holz im warmen Ofen knisterte und das Kienholz, das in den Nischen an der Wand glomm, seinen harzigen Duft verbreitete und ein gedämpftes Licht warf – dann hätte Johann sich fast dazu hinreißen lassen, das ganze Dorfleben für eine zwar harte, aber heile Welt zu halten.

Wenn nicht –

Wenn nicht das *Ave Maria* gewesen wäre, mit dem ominösen Zusatz. Johann schien es, als würde dieser Satz das ganze Leben der Dorfbewohner beherrschen, ob bei der Arbeit, an den freien Tagen oder in der Kirche.

„Heilige Mutter Gottes, behüte uns vor der Bedrängnis und beschütze uns vor ihnen. Amen."

Vor wem sollte die Mutter Gottes die Dorfbewohner beschützen?

Nun, er würde es herausfinden.

„O Herr, vergib uns unsere Sünden ..."

Es war Sonntag, und die Dorfbewohner wohnten der heiligen Messe bei. Johann stand mit den anderen Knechten und Mägden hinter den vollbesetzten Sitzreihen, wo die Bauern und ihre Frauen saßen. Rechts saßen die Männer, links die Frauen, wobei die wohlhabenden Bauern wie Karrer und Riegler ganz vorne Platz genommen hatten.

In der Kirche wie im Leben.

Im Unterschied zur Messe, die während der Woche stattfand und der oft nur ein Mitglied pro Familie beiwohnte – vom Haus Karrer war das gewöhnlich Elisabeth –, hatten sich für die Sonntagsmesse alle herausgeputzt: die Bauern in dunklen Walkjankern, sauberen Hemden und dicken Lederhosen, die Bäuerinnen in dunklen Dirndln, die Haare sorgsam aufgesteckt. Das Gesinde trug schlichte, aber saubere Leinenhemden und -blusen. Alle, vom Bauern bis zum Knecht, waren ordentlich zurechtgemacht, gewaschen und gekampelt, wie es in Tyrol hieß.

Johann rieb sich die klammen Hände, es war eiskalt in der Kirche. Er beobachtete Kajetan Bichter, der mit zwei rotbäckigen Messdienern vorne am Altar stand und die einleitenden Worte zur Kommunion murmelte. Der Priester schien Johann nervös und abgelenkt. Er fragte sich, woran das lag, immerhin führte Bichter jede Woche dasselbe Ritual durch. Aber dann schwenkten Johanns Gedanken ab, verließen den Ritus, der ihm so vertraut war und er ließ stattdessen seine Blicke durch die Kirche schweifen.

Der Bau war einfach gehalten, die bunten Fenster ließen nur wenig Licht herein, ihr spitz zulaufendes Ende wurde von dem allgegenwärtigen Symbol verziert. An den Wänden waren die Stationen des Kreuzwegs in blassen Fresken festgehalten, der Altar war zweckmäßig und schmucklos. Einzig die große Marienstatue links neben dem Altar stach Johann ins Auge, sie war wundervoll ausgearbeitet und in leuchtenden Farben bemalt.

Dann geschah etwas Wunderbares.

Es wurde heller in der Kirche, offenbar war draußen die Sonne hinter den Wolken hervorgetreten. Die Strahlen fielen durch die bemalten Fenster, warfen alle buntes Licht, bis auf eines: Hier brach sich das Licht und bündelte sich in einem *weißen* Strahl, der genau auf die Marienstatue fiel und sie engelsgleich erscheinen ließ.

Johann sah sich um, aber niemand schien davon Notiz zu nehmen. Er wandte sich an Albin, der neben ihm stand. „Das ist ja unglaublich“, flüsterte er ihm zu. „Was ist das für ein Fenster?“

„Das? Das haben sie vor langer Zeit aus der Klosterruine oben in den Bergen retten können“, flüsterte Albin. „Die einen sagen, dass es ein Wunder ist und an der Muttergottes liegt, dass durch das bunte Glas weißes Licht fällt, die anderen schreiben es der speziellen Maltechnik zu." Er grinste. „Kannst dir eh denken, zu welcher Gruppe ich gehör."

„So viel wie du betest, würd ich sagen, zur ersten. Wundert mich, dass du nicht da vorne bei den Weibern hockst."

„Wer würd das nicht gern", entgegnete Albin grinsend und gab Johann einen so freundschaftlichen Rippenstoß, dass diesem die Luft wegblieb.

„Psssst ...", tadelte sie der Knecht neben ihnen und deutete mit den Augen nach vorn.

Johann folgte seinem Blick – Jakob Karrer hatte sich umgedreht und maß ihn und Albin mit wütendem Blick. Die beiden verstummten, Karrer drehte sich wieder um.

Kajetan Bichter hob am Altar feierlich den Kelch. „So kommet und empfanget nun den Leib des Herrn ..."

Nach der Messe standen die Dorfbewohner vor der Kirche beisammen, ihr Atem dampfte in der eiskalten Luft. Die Wolken hatten sich verzogen, es war ein prachtvoller Wintermorgen geworden. Die Sonne stand hell am tiefblauen Himmel und glitzerte auf der dicken Schneeschicht, die das Dorf und seine Umgebung zudeckte.

Die meisten der Dorfbewohner, unter ihnen Karrer und Riegler, gingen zur Schenke. Johann sah, dass Elisabeth und Sophie bei den Gräbern hinter der Kirche standen, er blieb stehen.

Elisabeth wischte den Schnee von einem der Grabsteine, zündete das Licht im Lichtstein wieder an und kniete sich hin.

„Das Grab ihrer Mutter", flüsterte Albin, der hinter Johann aufgetaucht war. „Sie ist bei Elisabeths Geburt gestorben. Obwohl ich nicht glaub, dass sie es lang beim Karrer ausgehalten hätt. Sie soll nämlich eine sehr nette Frau gewesen sein."

Johann sagte nichts.

„Was ist mit dir, kommst noch mit in die Schenke?“, fragte ihn Albin.

„Gleich.“

„Wir werden über das morgige Eisschießen reden. Da solltest nicht fehlen.“

Johann blickte ihn verständnislos an.

„Kennst das nicht? Eis? Stock? Bier? Dann wird's ja lustig!“ Albin rieb sich die Hände.

„Ich kenn's schon, aber –“

„Aber?“

„Geh du schon mal vor, ich bleib noch einen Augenblick hier“, sagte Johann ernst.

„Wie du meinst“, antwortete Albin achselzuckend und folgte den anderen.

Elisabeth stand vom Grab auf und bekreuzigte sich. Johann sah sich um – sie waren allein. Er zögerte, dann nahm er sich ein Herz und trat zu den beiden Frauen.

„Elisabeth ...“

„Ja?“ Sie drehte sich um.

„Ich wollte dir für alles danken, was du für mich getan hast. Als ich krank war und –“

„Das hätt doch ein jeder getan“, sagte Elisabeth kühl und blickte dann nervös in Richtung Schenke, in die ihr Vater gegangen war.

„Ja, aber du –“

„Ich hab jetzt keine Zeit, Johann. Wir müssen das Essen vorbereiten“, unterbrach ihn Elisabeth, nicht böse, aber doch bestimmt. Mit Sophie verließ sie den Friedhof. Sophie drehte sich noch einmal kurz um und warf Johann ein Lächeln zu, aber der war mit seinen Gedanken bereits woanders.

Was sollte er von Elisabeths Reaktion halten? Ihre Hingabe schien einer Notwendigkeit gewichen, ihre Wärme erkaltet. Johann war sich nicht bewusst, etwas

Unredliches gesagt oder getan zu haben – was zugegebenermaßen bei Frauenzimmern nicht viel heißen mochte. Launisch wie Aprilwetter, hatte es ein Kamerad genannt, und nach der Szene vorhin war Johann geneigt, dem Manne zuzustimmen.

Mittlerweile war Johann allein zwischen den verschneiten Gräbern, Stille herrschte auf dem alten Friedhof.

Plötzlich hörte er knarrende Schritte hinter sich. Rasch drehte er sich um: Die alte Frau, die damals in der Schenke gewesen war, als er sein Hemd ausziehen musste, stand vor ihm. Maria Salzmüller.

Die Alte maß ihn schweigend. Johann fühlte sich unter ihrem durchbohrenden Blick unwohl.

Dann machte sie ein Kreuzzeichen, küsste Mittel- und Zeigefinger, streckte sie erst in Richtung der Wälder, die das Dorf umgaben, und zuletzt gegen Johann.

Johann kannte das Zeichen. Es war *mala fide* – das alte Zeichen gegen das Böse.

Die Frau spuckte ihm vor die Füße und verließ den Friedhof mit schlurfenden Schritten.

Alte Vettel, dachte Johann, während er sich am Kopf kratzte. Abergläubisch bis ins Mark. Das Letzte, was er jetzt brauchte, war eine religiöse Eiferin, die das Dorf gegen ihn aufhetzte.

Beunruhigt ging Johann zur Schenke.

XII

„Schaut gut aus, das Wetter." Albin blickte erfreut aus dem Stubenfenster. „Dann können wir heute eisschießen, wie ausgemacht!"

„Hm ...", brummte Jakob Karrer unbestimmt, „wird wohl sein. Elisabeth, richt alles her. Aber nicht mehr als zwei Laib und eine Schwarte. Ein paar Äpfel kannst auch noch drauftun."

„Ja, Vater." Elisabeth ging aus der Stube.

Karrer drehte sich zu Albin um. „Albin, ihr geht noch einmal in den Stall, und dann ab zum Schießen."

„Sollen wir nicht den anderen zuerst auf der Wiese helfen?"

„Ihr tut, was ich euch gesagt hab. Und zwar schnell", herrschte ihn Karrer an.

„Ist gut. Komm, Johann", antwortete Albin hastig und gab Johann einen Wink. Die beiden verließen die Stube.

Als sie nach Mittag zur Wiese hinter dem Dorf kamen, bot sich Johann ein prächtiger Anblick. Die Wiese war geräumt worden und spiegelglatt, der bretthharte Schnee glitzerte vor dem eisblauen Himmel. In die Mitte der ebenen Fläche war ein Pflock in den Boden gerammt worden. Rechts von der Wiese waren insgesamt vierzehn Eisstöcke aufgereiht, die Stiele aus Holz, die kreisrunden Untersätze aus Eisen.

Am linken Rand der Wiese waren hölzerne Tische und Bänke aufgebaut. Frisches Brot, sahnige Butter und Speck waren vorbereitet und ließen Johann das Wasser im Mund zusammenlaufen, heißer Wein mit Gewürzen verbreitete einen wunderbaren Duft.

Das ganze Dorf war versammelt. Kinder tobten durch den Schnee, Männer rauchten genüsslich ihre Pfeifen, Frauen schwatzten und lachten – es war eine gelöste Stimmung, wie Johann sie im Dorf noch nie wahrgenommen hatte.

Jakob Karrer ging zu Benedikt Riegler und Alois Buchmüller, die neben den Eisstöcken standen. Johann, Albin, Elisabeth und Sophie gesellten sich zu den Knechten und Mägden.

„Heut scheint ja ein jeder ganz friedlich zu sein", meinte Johann und blickte zu Karrer.

Albin nickte. „Das Eisschießen ist schon was Besonderes. Geht auch nicht oft, weil normalerweise zu viel Schnee liegt. Aber wenn – dann macht's allen Spaß."

„Wann geht's los?"

„Wenn der Herr Pfarrer da ist", antwortete Sophie an Albins Stelle. „Ohne ihn geht gar nichts. Auch wenn man sich fragt –"

„Sophie! Reiß dich zusammen und sprich nicht ungebührlich über unseren Pfarrer!", fuhr Elisabeth sie an.

Die wurde rot. „Entschuldigung. Ihr habt Recht."

„Kennst die Regeln überhaupt?" Albin stieß Johann in die Seite.

„Glaub schon ... wer mit den Stöcken am nächsten beim Pflock ist, hat gewonnen, oder?"

„Genau. Zwei Gruppen spielen gegeneinander, nach jeder Runde wird ausgezählt, wer am nächsten ist. Die Gewinner bekommen – na ja, früher haben wir um Geld gespielt, aber der Pfarrer sieht das nicht mehr so gern. Jetzt bekommen die Sieger halt eine Freirunde in der Schenke, aber mit allem, was sie wollen. Und weil der Riegler meistens gewinnt, ist der Buchmüller nach so einem Abend dann leer gefressen und g'soffen."

Die anderen Knechte lachten.

„Der Riegler ist so gut?", fragte Johann und blickte zum Dorfvorsteher.

„Der beste ..."

Endlich kam Kajetan Bichter zur Wiese geeilt. Er nickte allen kurz zu, dann stellte er sich vor die Eisbahn, sodass ihn jeder sehen konnte.

Die Stimmen wurden leiser, dann war es ruhig.

Der Pfarrer wirkte fahrig, er hob die Hand. „Wie alle Jahre erkläre ich das Eisschießen für eröffnet. Spielt ehrlich vor Gott und der Jungfrau Maria. Amen!"

„Amen!“, antworteten die Dorfbewohner einstimmig, viele etwas spöttisch, wie es Johann vorkam. Allzu viel Respekt schien Kajetan Bichter in seiner Gemeinde nicht zu genießen, aber vielleicht täuschte Johann sich auch.

„Also gut, dann wollen wir beginnen.“ Benedikt Riegler klatschte in die Hände. „Der Karrer Franz wählt die einen, ich die anderen. Kannst wie immer anfangen, Franz, nutzt dir eh nichts.“ Ein dreistes Gewinnerlächeln stand Riegler im Gesicht, als er diese Worte sprach.

„Hochmut kommt vor dem Fall“, mahnte der Pfarrer, aber er sah nicht einmal her, sondern blickte gedankenverloren in die Wälder hinauf.

„Da mögt Ihr wohl Recht haben. Also Franz – was ist jetzt?“

„Ich nehm die gleichen wie immer. Albin, Ignaz, Martin –“ er deutete noch auf drei andere Knechte.

Albin blickte von Franz Karrer zu Johann und wieder zurück. Dann grinste er. „Franz, mir ist heute nicht so gut. Kann der Johann statt mir spielen?“

„Willst lieber gleich Wein saufen, was? Aber mir soll's recht sein.“ Franz musterte Johann. „Kannst denn spielen?“

„Zu mir hat er gesagt, er kann's“, fiel Albin Johann ins Wort, der ihn jetzt wütend anblickte.

„Na dann, her zu mir.“ Franz winkte Johann achselzuckend zu sich.

Der zögerte, alle schauten ihn an.

Keine Wahl. Aber handle weise.

Johann nickte Franz Karrer zu und trat zu ihm und den anderen Knechten. Er sah Albin, der bereits einen Becher Wein in der Hand hatte – Bier wurde erst nach dem Spiel ausgeschenkt, weil dem Gewinner das erste Bier zustand – und ihm frech zuprostete. Jetzt zeig, was du kannst, schien diese Geste zu besagen.

Das würde er. Und nach dem Spiel würde er sich den Burschen vorknöpfen, dachte er grimmig.

Auch Benedikt Riegler hatte seine Männer schnell zusammengestellt. Dann begann das Spiel.

Alle schossen nacheinander ihren Stock, so nahe an den Pflock, wie sie konnten. Benedikt Riegler ließ seinen Stock so gekonnt über den eisharten Schnee schlittern, dass er genau beim Pflock zu liegen kam. Riegler lächelte zufrieden, dann wandte er sich an Johann, dessen Schuss noch ausstand.

„Bitte – *Herr* List."

Johann ignorierte den Spott in der Stimme des Dorfvorstehers. Er betrachtete den Stock in der Hand. Prächtig gearbeitet, reich verziert und noch dazu perfekt ausbalanciert. Hier war ein Könner am Werk gewesen.

Das würde es leichter machen.

Er wog den Stock kurz in seiner Hand, schwang ihn dann locker probeweise vor und zurück.

„Wird das heut noch was?", fragte Benedikt Riegler gelangweilt. Ein paar der Männer, die neben ihm standen, lachten.

Johann schwang den Stock nach hinten, dann nahm er Anlauf und schoss.

Der Stock glitt über den Boden, speckte Rieglers Stock weg und blieb so nahe beim Pflock liegen, dass er ihn berührte.

Niemand sprach ein Wort. Dann hörte man die giftige Stimme der alten Salzmüller. „Was wirst denn so rot im G'sicht, Riegler? Hast Angst, dass du verlierst?"

Alle lachten. Riegler blickte Johann misstrauisch an, der zuckte mit den Schultern. „Glückstreffer", sagte er beiläufig.

„Natürlich ...", entgegnete Riegler. „Hast schon öfters gespielt?

„Ein-, zweimal zugeschaut."

„So so ... wollen wir hoffen, dass du nicht dreimal *zugeschaut* hast." Er drehte sich um. „Auf ein Neues."

Das Spiel ging weiter. Mal gewannen Rieglers Männer, dann wieder Franz und die Seinen, hauptsächlich deshalb, weil der Dorfvorsteher verunsichert schien und öfters daneben schoss. Die Stimmung war nichtsdestotrotz sehr ausgelassen, die älteren Kinder folgten dem Spiel, die kleineren tollten durch den Schnee. Die Männer und Frauen, die nicht spielten, kommentierten das Geschehen und wetteten zum Spaß auf den Ausgang des Schießens.

Elisabeth und Sophie beobachteten Johann, der eben wieder einen perfekten Schuss hingelegt hatte.

„Der kann das aber, was?“, sagte Sophie beeindruckt.

„Scheint so“, antwortete Elisabeth bewusst unbeteiligt. Jakob Karrer, der neben ihr stand, ließ Johann nicht aus den Augen.

Schließlich war es so weit. Die letzte Runde wurde gespielt, es stand unentschieden, und nur noch Riegler und Johann hatten zu schießen.

Der Dorfvorsteher nahm als Erster Anlauf. Alle verfolgten gespannt seinen makellosen Schuss, der den Stock neben dem Ziel locker zur Seite schlug und genau beim Pflock liegen blieb.

Benedikt Riegler gab den Weg für Johann frei. „Mach schon, Schmied.“ Er wirkte nervös.

Johann trat an. Wieder ließ er den Stock locker hin und her schwingen, holte dann aus, nahm Anlauf – alle hielten den Atem an –, ließ den Arm mit dem Stock vorschnellen, der Stock glitt pfeilschnell über den Boden und –

– ging fehl und blieb neben Rieglers Stock liegen.

Niemand hatte gesehen, dass Johann dem Stock beim Loslassen aus dem Handgelenk heraus noch eine kleine Drehung nach links gegeben hatte, sodass der Schuss fehlgehen musste.

Handle weise.

Nur einer Person war die unmerkliche Bewegung aufgefallen. Und die blickte Johann jetzt grimmig an ...

Dann brandete Jubel auf, alle klatschen für den Sieger. Riegler ging zu Johann, ein selbstgefälliges Strahlen übers ganze Gesicht. „Du warst gut, nicht gut genug, aber gut. So hat mich schon lange keiner mehr herausgefordert. Hast zwar nicht gewonnen, aber das erste Bier kriegst trotzdem."

Er schenkte Johann ein Bier ein, dann sich selbst. „G'sundheit."

„Euch auch, Herr Riegler."

Die beiden ließen sich das Bier in die Kehlen rinnen. Riegler rülpste herzhaft, dann wandte er sich an die Dorfbewohner. „G'sundheit euch allen. War ein schönes Spiel. Und jetzt lasst es euch schmecken", rief er ihnen zu.

Nun holten sich auch alle anderen Essen und Trinken.

Albin und Sophie gingen vergnügt zu Johann, Brot und Speck in der Hand.

„Gut hast g'spielt", sagte Albin anerkennend. Sophie umarmte den überrumpelten Johann und drückte ihm einen schmatzenden Kuss auf die Wange. „Den hast dir verdient", erklärte sie grinsend und löste sich wieder von ihm.

„Ich dank euch."

„Ja, wirklich nicht schlecht für einen, der bisher nur *zugeschaut* hat", sagte Albin schmatzend.

„Albin – "

Dieser sah Johann mit vollem Mund an.

„Hast Glück, dass es gerade so gut schmeckt. Sonst würd ich *dich* jetzt über die Eisbahn schießen."

„Geh Johann. Hast es gut können, also was willst?" Albin grinste. „Ich hab doch gewusst, dass du –"

„War ja fast schon Glück, dass du den letzten Schuss versaut hast, Knecht." Jakob Karrer tauchte vor ihnen auf, die drei verstummten. „Wenn nicht, wär unser guter Dorfvorsteher –“ er spuckte aus, „nicht so gut gelaunt.“

„Hab mein Bestes gegeben“, entgegnete Johann ruhig.

Karrer trat ganz dicht an ihn heran. „Das glaub ich dir sogar ... Aber für mein Haus langt's, wenn du dein Zweitbestes gibst. Verstanden?“

Johann nickte.

Karrer drehte sich um und ging zum Tisch mit dem Essen.

„Da haben sich zwei gefunden“, kommentierte Albin.

„Passiert mir nicht das erste Mal ...“, entgegnete Johann leise.

Die Sonne stand schon tief, und obwohl es schneidend kalt war, dachte noch niemand daran, das Fest zu beenden. Mittlerweile hatten alle gegessen, die Kinder rutschten auf der Wiese herum, immer im Auge ihrer Mütter. Die Männer tranken Schnaps und rauchten.

Dann hörten sie es.

Alle verstummten.

Etwas heulte aus den Wäldern herab. Es war ein unheimlicher, klagender Laut, der an- und abschwoll und in den Ohren wehtat.

Johann konnte das Heulen nicht einordnen. Ein Wolf? Aber dafür war es fast –

Plötzlich begann eines der kleinen Kinder zu weinen. Der Laut aus den Wäldern brach ab, die Mutter nahm das schreiende Kind in den Arm. Alle fingen wieder an zu sprechen, aber sehr gezwungen, die gute Stimmung war dahin. Die Frauen begannen, die Tische abzuräumen.

Das Fest war zu Ende.

Johann blickte in die Wälder hinauf, aus denen das Heulen gekommen war. Glitzernd weißer Schnee, eisblauer Himmel, der sich jetzt in der Dämmerung langsam orange färbte – eine schöne Szenerie, über die sich schlagartig ein Schatten gelegt hatte.

Ein Schatten, der die Berge feindlich und den Schnee tödlich kalt wirken ließ.

Der imstande war, einem ausgelassenen Fest binnen weniger Momente alles Leben auszusaugen.

Ein Schatten – den zu kreuzen Johann gezwungen sein würde, das wusste er plötzlich instinktiv. Er fröstelte unwillkürlich, dann ging er zu den anderen, um beim Abbau der Stühle und Bänke mitzuhelfen.

XIII

Johann saß mit Albin und Sophie in der Küche bei der Vormittagsjause, die aus Brot und Milch bestand. Auch Martin Karrer, Jakob Karrers Vater, war vorbeigekommen, saß auf einer der Bänke an der Wand und kraulte Vitus, der den Kopf auf seinen Schoß gelegt hatte. Elisabeth stand am offenen Herdfeuer und bereitete die Knödel für das Mittagessen vor, denn Dienstag und Donnerstag war Knödeltag, wie es auf dem Land in ganz Tyrol Brauch war.

Über eine Woche war bereits vergangen, seit Johann aus dem Wundfieber erwacht war, und er hatte sich zusehends erholt. Auch seine Wunde heilte von Tag zu Tag mehr, bald würde nur mehr eine Narbe an den Kampf mit dem Bauern erinnern.

Und er hätte es wahrlich schlechter treffen können. Trotz eines gewissen Argwohns, mit dem ihm einige der Dorfbewohner begegneten, hatte man ihn doch zumindest akzeptiert, spätestens seit dem Eisschießen. Sein neuer Herr freilich war ein Schinder und Menschenfeind durch und durch, aber Johann hatte weit Schlimmeres erlebt und immerhin ein festes Dach über dem

Kopf und täglich warme Mahlzeiten. Und das war mehr, als das Jahr ihm bisher geboten hatte.

Albin und Sophie waren redliche Menschen, denen er vertraute, nur Elisabeth begegnete ihm mit einer Mischung aus kühler Distanz und schroffer Ablehnung. Ob ihre Fürsorge nur dem Fieberwahn entsprungen war?

Ein Schlag auf die Schulter riss Johann aus seinen Gedanken.

„Stimmt's oder hab ich Recht?“, schmetterte ihm Albin entgegen.

„Wenn du meinst“, sagte Johann unbestimmt und schnitt sich noch eine Scheibe Brot ab.

„Geh, hör doch auf, der Johann weiß ja gar nicht, wovon du redest“, gab Sophie zurück. „Der war mit seinen Gedanken ganz woanders.“ Sie zwinkerte Johann zu. „Bei einer Frau?“

Elisabeth blickte über die Schulter zum Tisch hin.

„Was? Nein!“, gab Johann trotzig zurück und suchte nach einer Ausrede. „Hab nur grad überlegt, was das für ein Zeichen war, mit dem mich die alte Salzmüller am letzten Sonntag verwunschen hat.“

Albin lachte. „Dich also auch? Brauchst dir nichts denken, von der ist schon so ziemlich jeder im Dorf verhext worden. Darfst ihr aber nicht übel nehmen, die ist nicht mehr ganz richtig im Kopf, seit sie ihre beiden Töchter verloren hat.“

„Na, sie scheint aber nicht die Einzige zu sein, die hier so abergläubisch ist“, bohrte Johann nach.

„Weißt eh, wie die Alten so sind“, spielte Albin das Thema herunter.

„Die Alten waren aber nicht immer so“, entrüstete sich Martin Karrer. Vitus schaute beim Klang seiner Stimme zu ihm auf, der Alte tätschelte ihm beruhigend den Kopf. „Das Leben war hier zwar immer schon sehr hart, aber anders.“

Elisabeth drehte sich bei diesen Worten um und warf ihrem Großvater einen warnenden Blick zu.

„Alles ändert sich“, entgegnete Johann.

„Da hast wohl Recht“, stimmte ihm der Großvater zu. „Mal zum Guten, mal zum Schlechten. Aber manchmal auch zum ganz Schlechten.“

„In vielen Dingen steckt auch was Gutes, man muss es nur sehen wollen.“

„Siehst, das gefällt mir an dir.“ Sophie ergriff Johanns Hand. „Du lässt dich nicht so leicht verschrecken wie die andern.“ Sie begann, mit seinen Fingern zu spielen.

Johann sah, dass Elisabeth es bemerkte und sich demonstrativ wieder dem Kessel widmete.

Er entzog Sophie seine Hand. „Verschrecken nicht, aber ich merk, wenn mich wer anlügt. Oder anschweigt. Und das ist oft das Schlimmere.“ Johann blickte den Großvater an, der seinen Kopf senkte.

Sophie rückte näher an Johann. „Na, ich werd dich ganz bestimmt nie anschweigen.“

„Und was die Sophie verspricht, das hält sie“, fügte Albin augenzwinkernd hinzu.

Alle lachten, als plötzlich die Küchentür donnernd aufflog und Jakob Karrer hereinstürmte.

„Das Stanzerl ist weg! Johann, Albin, findet mir das Viech!“, brüllte er außer sich.

Alle starrten ihn verständnislos an, Sophie wurde totenblass. Dann begann sie leise zu weinen. „Ausgerechnet das Stanzerl“, schluchzte sie.

„Was ist jetzt? Schert euch raus!“, fuhr Karrer Albin an.

„Ihr wisst doch, dass das keinen Sinn hat. Die beiden werden nichts finden“, warf Sophie schluchzend ein.

„Wer hat dich denn gefragt? Scher dich in den Stall, Milch holen, oder was du sonst noch da drin treibst!“

Sophie wurde rot und verließ schniefend den Raum.

„Außerdem sind sie bei dem Schnee vielleicht nicht weiter gekommen und haben die Kuh zurückgelassen", murmelte Karrer zu sich selbst.

Elisabeth drehte sich um. „Dann ist sie sicher schon erfroren und –"

Karrer machte einen Schritt zu ihr hin und schlug ihr mit der flachen Hand ins Gesicht.

Johann wollte aufspringen, spürte aber eine Hand, die ihn zurückhielt – es war Albin, der stumm den Kopf schüttelte.

Dem Feigen sitzt die Hand am lockersten.

„Halt den Mund!", schrie Karrer Elisabeth an.

Sie blickte ihn an, sagte aber kein Wort und drehte sich wieder zum Kessel um, der über dem offenen Herdfeuer hing. Karrer baute sich drohend vor Johann und Albin auf. „Und jetzt raus mit euch beiden! Zum letzten Mal!"

Sie sprangen auf und verließen schnell die Küche.

Johann und Albin stapften schweigend über die verschneite Wiese, die hinter dem Dorf steil bergauf führte. Vitus war ihnen gefolgt und tobte übermütig durch den Schnee.

Der Himmel über ihnen war eisig blau, aber die Sonnenstrahlen spendeten nicht wirklich Wärme. Die Gebirgskette mit ihren schroffen Bergspitzen hob sich glasklar gegen den Himmel ab, der gleißende Schnee war so grell, dass er in den Augen brannte.

Die Spur vor ihnen war schon fast zugeweht und unkenntlich, man konnte nicht mit Sicherheit sagen, wer oder was hier gegangen war.

„Albin, hast die Stalltür offen gelassen?" Johann zog seinen Ledermantel enger.

Albin schüttelte den Kopf. „Und wenn, hätte das auch keinen Unterschied gemacht."

Die beiden stapften weiter. Johann musste an die Szene in der Küche denken, an Karrer, den Schlag gegen Elisabeth, und wie der Großvater resigniert geseufzt hatte.

„Warum wohnt der Großvater eigentlich nicht bei der Familie? Der Karrer scheint seinen Vater ja fest in der Hand zu haben."

„Das ist eine böse Geschichte ..." Albin kratzte sich am Hals und überlegte, ob Johann das alles überhaupt was anging. Andererseits war's ja auch kein großes Geheimnis, dachte er sich, er brauchte nur einen anderen zu fragen.

„Die Frau vom alten Martin Karrer, also die Mutter vom Jakob Karrer, ist vor vielen Jahren krank geworden. Schwer krank. Der Martin hat dann Arznei aus der nächsten Stadt besorgen lassen, die war aber so teuer, dass er im Dorf Schulden hat machen müssen. Der Jakob war damals ein junger Mann, aber er war nicht einverstanden, dass man deshalb so viel Geld auslieh. „Die ist eh schon tot", soll er eiskalt gesagt haben. Über die eigene Mutter! Jedenfalls ist sie dann trotz der Arznei gestorben, und der Karrer-Hof war schwer verschuldet. Und nach kurzer Zeit hat der Jakob Karrer dann seinen Vater in das kleine Haus abgeschoben, den großen Hof endgültig übernommen und binnen kürzester Zeit die Schulden zurückgezahlt."

„Und wie?"

Albin blickt ihn an, ein sarkastisches Lächeln im Gesicht. Diese Geschichte war nun nicht mehr jedem im Dorf geläufig, aber wer A sagte, musste auch B sagen.

„Es heißt, der junge Karrer habe ein Geschäft mit einem reichen Herzog abgeschlossen. Für viel Geld. Worum's ging, wusste niemand. Einige Zeit später sind dann zwei junge Dirndln aus unserem Dorf verschwunden. Ein Trupp hat sie tagelang gesucht, aber die sind nie wieder aufgetaucht." Er blieb stehen. „Der Großvater hat mir erzählt, dass es die Töchter von der alten Salzmüller gewesen sind. Bildhübsch waren sie, ihr Ein und Alles. Kann man sich eh vorstellen, warum die heut so ist, wie sie ist." Albin schüttelte mitleidig den Kopf. „Der Karrer ist jedenfalls mit den Taschen voller Geld aus der Stadt zurückgekehrt. Mit einem glücklichen Würfelhändchen geht das, soll er damals geprahlt haben, aber wirklich geglaubt hat ihm das niemand. Dann hat er alles zurückgezahlt, auf Heller und Pfennig, so viel Land dazugekauft wie er nur kriegen hat können und auch noch neue Bänke für die Kirche gespendet. Wer stellt da schon Fragen?" Albin lächelte grimmig. „Und weil er eine gute Partie war, hat ihm der alte Bacher Hans die Hand von seiner einzigen Tochter versprochen, der Mutter von der Elisabeth. Ihr Ja bei der Trauung soll so kalt gewesen sein, dass die Eisheiligen damals drei Wochen früher als sonst gekommen sind. Und darum gehört dem Karrer jetzt abgesehen vom Riegler der meiste Grund im Dorf."

Nach einer kurzen Pause fuhr er nachdenklich fort: „Der Einzige –"

„Ja?"

„Der Einzige, der gegen ihn gewettert hat, der alte Vinzenz, war eines Tages ebenfalls verschwunden. Aber hier oben verschwindet immer wieder mal jemand. Einen Moment nicht aufgepasst, und eine Spalte im Schnee hat dich verschluckt, oder du brichst im Eis ein und bist weg."

„Praktisch ..."

„Du sagst es."

Vitus war mittlerweile außer Sicht, aber sie hörten ihn bellen.

„Albin, die Elisabeth –"

Albin blieb stehen und blickte Johann scharf an. „Denk nicht mal dran, sonst kannst dich gleich wieder beim Großvater erholen!"

Johann schaute Albin fragend an.

„Ach komm, ich seh doch, dass sie dir gefällt. Und nicht nur ich. Was glaubst, warum ich dich vorhin in der Küche zurückgehalten hab? Der Karrer wartet doch nur auf einen Vorwand, um es dir ordentlich zu zeigen." Albin machte eine Pause. „Als sich das letzte Mal einer für die Elisabeth interessiert hat, hat ihn der Karrer halbtot geschlagen."

„Das werden wir ja noch sehen", sagte Johann kalt.

Albin blickte ihn zweifelnd an. „Also ich würd nicht auf dich wetten. Wo der hinhaut –"

„Sei still!" Johann war stehen geblieben. Albin blickte ihn verwundert an.

Vitus' Bellen war verstummt. Dann war ein Winseln zu hören.

„Da, schau!" Johann versuchte etwas zu erkennen. „Da vorne!"

In einiger Entfernung, am Waldrand, sahen sie den Hund. Johann und Albin näherten sich vorsichtig, dann erkannten sie, was Vitus entdeckt hatte: Es war Stanzerl, die mit dem Rücken zu ihnen am Waldrand lag. Johann und Albin liefen zur Kuh – und erstarrten.

Der Bauch der Kuh war der Länge nach aufgerissen, Fleisch in großes Brocken herausgeschnitten. Überall waren tiefschwarze Verästelungen unter dem Fell erkennbar.

Albin ging entsetzt um die Kuh herum. „Das arme Stanzerl. Sie muss sich das Bein gebrochen haben, deshalb haben *sie* sie hier zurückgelassen", sagte er nachdenklich.

„Wer *sie*?"

„Wir gehen jetzt besser", flüsterte Albin und bekreuzigte sich.

Johann streichelte Vitus, der sich mit eingezogenem Schwanz und angelegten Ohren an ihn drückte und winselte. Das Tier hatte Angst, und Johann konnte es ihm nicht verdenken. Sein Blick schweifte von der ausgeweideten Kuh auf die dunklen Stellen im Schnee ringsum. Er sah genauer hin – vom Kadaver führte eine blutige Spur bis zum Wald.

„Albin, schau her!"

„Lass es gut sein! Wir haben getan, wie uns der Karrer geheißen hat. Gehen wir zurück."

Johann antwortete nicht. Er starrte in die Dunkelheit des Waldes.

„Johann, bitte!"

Furcht vernebelt die Sinne. Beeinträchtigt das Urteilsvermögen.

Johann folgte der Spur.

Deshalb keine Furcht.

„Verdammter Tor!", murmelte Albin verärgert. „Du hast ja keine Ahnung, was du hier herausforderst". Er verharrte noch einen Augenblick unschlüssig, dann hastete er Johann widerwillig hinterher.

Vitus blieb zurück, drückte sich in den Schnee und sah den Männern nach ...

Johann pirschte sich vorsichtig durch das ansteigende Unterholz, ständig seine Umgebung beobachtend. Kein Tier, nichts war zu hören, und auch die Sonne fand nur mühsam einen Weg durch die dichten Bäume.

Setz dich keiner Gefahr aus.

Gewöhnlich wusste Johann Situationen richtig einzuschätzen. Doch etwas trieb ihn an, er ging tiefer in den Wald hinein.

Albin hatte fast zu ihm aufgeschlossen, als sie ein leises Knacksen hörten, wie von brechenden Ästen.

Die beiden erstarrten.

Schatten huschten von Baum zu Baum.

„Wir müssen hier weg", flüsterte Albin panisch und zog Johann am Ärmel. Johann zögerte. Das Knacksen kam jetzt von allen Seiten, wurde lauter.

„Ich glaub, du hast Recht", entgegnete Johann leise.

Die beiden drehten um, gingen langsam wieder zurück.

Jetzt waren Schritte zu hören, hinter ihnen im Schnee. Johann wollte sich umdrehen, aber Albin zog ihn heftig am Ärmel. „Nein, lass es – lauf, sonst sind wir tot!" Er begann zu rennen.

Jetzt konnte auch Johann es ganz deutlich fühlen – etwas war hinter ihnen her, und es kam rasch näher.

Johann rannte Albin hinterher, der hatte den Rand des Waldes schon erreicht. Die Schritte kamen näher, Johann spürte jemanden in seinem Rücken atmen, etwas griff nach ihm – dann hatte er den Wald hinter sich gelassen und stand in der Wiese, im gleißenden Sonnenlicht. Vitus war noch da, er hatte sich hinter dem Kadaver der Kuh tief in den Schnee geduckt.

Schwer atmend blickte Johann in die Dunkelheit des Waldes zurück.

Nichts war zu sehen.

Plötzlich bekam er einen Schlag auf die Schulter, der ihn taumeln ließ.

„Na, du Idiot, was hab ich dir gesagt? Wir hätten beide draufgehen können." Albin war die Panik ins Gesicht geschrieben.

Johann blickte ihn an, noch immer außer Atem. „Beruhig dich. Ist ja gut gegangen." Er machte eine Pause. „Wer –"

„Ich sag kein Wort mehr. Und jetzt komm, wir müssen zurück." Albin schüttelte verärgert den Kopf und ging los, die Wiese hinab.

Johann blieb zurück, starrte in den Wald.

Vitus tollte übermütig neben Albin durch den Schnee. Das Bellen des Hundes riss Johann aus seinen Gedanken.

Langsam stapfte er den beiden hinterher.

XIV

Sophie hockte auf ihrem Melkschemel und weinte hemmungslos. Ausgerechnet das Stanzerl. Sie hatte sie von Geburt an aufgezogen, sich für sie verantwortlich gefühlt. Jeden Abend hatte sie noch einen Blick in den Stall geworfen, ob alles in Ordnung war, aber gestern hatte sie sich nicht wohl gefühlt und war deshalb vorzeitig zu Bett gegangen.

Dass dies keinen Unterschied gemacht hätte, konnte sie nicht wissen. Ebenso wenig, dass Johann und Albin die Kuh bereits gefunden hatten.

Eines der Kätzchen kam angetappst und schmiegte sich um ihre Füße. Sophie nahm es und drückte es an sich. Das schnurrende Fellbündel tröstete sie ein wenig.

Plötzlich schaute Elisabeth durch die Stalltür. „Sophie?"

Sophie wischte sich hastig die Tränen ab und stand auf. „Kann ich Euch was helfen?"

„Ach, Sophie." Elisabeth ging zu ihr hin und nahm sie in die Arme. „Vielleicht finden sie das Stanzerl ja doch."

Sophie schüttelte den Kopf. „Ihr wisst, dass das nicht passieren wird. Wen *sie* holen, der bleibt auch fort."

Dem konnte Elisabeth nicht widersprechen. Aber sie konnte zumindest versuchen, ihre Magd aufzuheitern. „Dann ist sie bestimmt schon im Milchhimmel."

Sophie stieß ein gepresstes Lachen hervor. „Ich dank Euch."

Elisabeth löste sich von ihr und ging zur Stalltür. „Komm dann hinüber, wir müssen das Essen zubereiten." Sie drehte sich in der Tür noch einmal um. „Sophie?"

Diese blickte auf.

„Der Johann ..." Elisabeth haderte mit den Worten.

Sophie verstand. „Kenn mich schon aus, keine Sorge."

„Danke, Sophie." Elisabeth verließ den Stall.

Am Abend wusste jeder im Dorf von der geschlachteten Kuh, die Johann und Albin vor dem Wald gefunden hatten. In der Dorfschenke saßen Jakob Karrer, sein Bruder Franz, Benedikt Riegler, der Pfarrer Kajetan Bichter und Alois Buchmüller an dem großen Tisch in der Mitte des Raumes zusammen.

Sie schwiegen, lauschten dem Knistern des Feuers.

Dann ergriff Riegler das Wort. „Bei der Kälte wundert's mich, dass sie nicht schon früher gekommen sind. Ich sag's euch – das wird der härteste Winter seit Jahren."

„Aber ausgerechnet mein Viech!", stieß Jakob Karrer wütend hervor.

Bichter sah ihn fassungslos an. „In Gottes Namen! Wegen der einen Kuh wirst schon nicht verhungern, Karrer! Wenn ihr das ganze Jahr über nicht so auf euren Vorräten hocken würdet –"

„Soll'n wir diese Teufel vielleicht noch durchfüttern?", fiel ihm Karrer scharf ins Wort.

„Ein wenig Barmherzigkeit würd euch allen nicht schaden. Immerhin hat der Herrgott uns alle geschaffen!"

Jakob Karrer stand die Verachtung ins Gesicht geschrieben. „Dein Mitleid mit *denen* hab ich noch nie verstanden, Pfarrer."

„Und so, wie's ausschaut, wirst du das auch nie. Wird keiner von euch!", sagte der Pfarrer laut.

Die anderen am Tisch blickten ihn verständnislos an.

Kajetan Bichter trank seinen Bierkrug in einem Zug aus und stand abrupt auf. Die Runde sah ihn entgeistert an, in Erwartung, was nun kam. Dann sprach der Pfarrer mit gehaltvoller Stimme: „Liebet eure Feinde; tut denen wohl, die euch hassen."

Er stellte den leeren Krug ab und fuhr nach einer kurzen Pause leiser fort: „Lukas, Kapitel 6, Vers 27. Einen schönen Advent wünsch ich, meine Herren!" Dann drehte er sich um und verließ schnell die Schenke.

„Was ist denn mit dem los?", fragte Benedikt Riegler ungläubig.

„Denn er hatte zu tief ins Glas geschauet. Karrer. Kapitel 1, Vers 99", platzte es aus Franz Karrer heraus, gefolgt von einem sonoren Rülpser.

Die ganze Runde brach in schallendes Gelächter aus.

„Außerdem wird der vor Weihnachten doch immer ein bisschen seltsam", kommentierte Buchmüller.

„Ja, aber von Jahr zu Jahr mehr", fügte Franz Karrer hinzu.

„Irgendwann wird's mir zu bunt mit unserm Herrn Pfarrer ...", knurrte sein Bruder.

„Beruhig dich, Jakob", beschwichtigte ihn Benedikt Riegler. „Wenn ihr was braucht, dann sag's einfach."

„Genau. Und jetzt trinken wir noch einen. Vielleicht werden wir dann auch erleuchtet." Buchmüller machte eine Handbewegung zu seiner Frau, die sogleich mit vier Bierkrügen an den Tisch kam.

„Gesundheit!" Die Krüge stießen zusammen.

Du Narr, warum erzählst du ihnen nicht gleich die ganze Wahrheit?

Kajetan Bichter stand verzweifelt in seiner Sakristei. Der Streit in der Schenke war zwar nicht der erste dieser Art, aber noch nie zuvor hatte er so offen Stellung bezogen. Und noch nie zuvor hatte er sich so tief in die Karten blicken lassen.

Natürlich lag ihm jeder Einzelne seiner Gemeinde am Herzen, jeder Einzelne darin. Aber wie konnte er mit denen leben, ja *von* denen leben, die gegen all das standen, wofür sein Herz schlug?

Er sah sich in der Sakristei um. Sie war Refugium und Kerker zugleich. Hier lagerten die alten Schriften, die wenigen, die man hatte retten können. Er konnte sie fast alle auswendig, der riesige Berg aus zerflossenem Kerzenwachs legte Zeugnis ab von seinen nächtelangen Studien. Und von seiner immerwährenden Suche nach Hilfe, oder Erlösung, wenn man so wollte.

„Soll'n wir diese Teufel vielleicht noch durchfüttern?" Jakob Karrers Worte dröhnten in seinen Ohren. Kajetan Bichter wusste nicht, was er gegen die Starrköpfigkeit seiner Leute tun sollte.

Er öffnete die eisenbeschlagene Truhe zu seiner Linken und nahm ein dreieckig zugehauenes Holzscheit heraus. Bedächtig legte er das Scheit vor den Schreibtisch, auf dem sich die alten Bücher reihenweise stapelten. Die Stirnseite des Holzstücks sah nach oben und war schon etwas eingedrückt.

Dann nahm er ein großes, in schweres Leder gebundenes Buch heraus und schlug es wahllos auf.

Das Buch der Bücher.

Bichter kniete sich nun auf das Holzscheit, sodass sich die Kante hinter seine Kniescheiben drückte. Er schloss für einen kurzen Moment die Augen, um den Schmerz zu überwinden. Dann zog er die Verschnürung seiner Kutte auf und streifte sie sich ab. Andächtig begann er in der heiligen Schrift zu lesen, suchte Trost in den Leiden Christi.

Der Pfarrer wusste, dass ihn etwas mit dem Heiland verband. Wie der Erlöser hatte er aus seinem Geburtsort flüchten müssen, aber die Kraft, offen für seine Anliegen einzutreten, die hatte er nie gefunden. Er hatte immer gehofft, dass seine Gemeinde Einsicht erlangen würde. Bisher vergebens.

Die Leiden Christi.

Kajetan Bichter nahm eine lederne Geißel aus der Truhe. Wenn die Seinen leiden mussten, dann wollte er nicht verschont bleiben.

Mit kräftigem Schwung schlug er sich die Geißel auf den Rücken.

Das Fleisch färbte sich dunkelrot. Die Narben auf dem leidgeprüften Rücken begannen zu bluten ...

XV

Tags darauf schneite es wieder. Es war unmöglich, im Freien zu arbeiten, deshalb befahl Karrer Johann und Albin in der Arbeitshütte neben dem Stall das Werkzeug auf Vordermann zu bringen und einige verbogene Schlepphaken wieder gerade zu hämmern.

Johann setzte sich auf einen Schemel und übernahm die Schlepphaken, während Albin die Holzgriffe verschiedener Werkzeuge reparierte.

Nachdem sie eine Weile stumm vor sich hin gearbeitet hatten, machte Johann eine Pause und trank einen Schluck Wasser. Er stellte die eiserne Kanne voller Wasser wieder neben den Schemel, da fiel ihm auf, wie kunstvoll dieser verziert war. Und zwischen den Verzierungen sah er das geheimnisvolle Symbol ...

Johann hatte Albin einmal darauf angesprochen und erfahren, dass es dieses Symbol immer gegeben hätte und niemand etwas Genaues darüber wisse.

Wieder eine dieser Ausflüchte, gegen die Johann anrannte, seit er im Dorf angekommen war. Andeutungen, Ausflüchte, Lügen.

Nur Geduld.

Johann begann wieder an den Schlepphaken zu hämmern. Die Arbeit war eintönig und nicht gerade eine Herausforderung, er ließ seinen Blick dabei durch die kleine Hütte schweifen, dann zur offenen Eingangstür, durch die einzelne Schneeflocken hereintanzten.

Auf einmal zeichnete sich eine Gestalt gegen das Schneetreiben ab. Elisabeth blickte herein. „Grüß euch Gott!"

„Grüß Gott", sagte Albin, der nicht einmal von seiner Arbeit aufsah.

Johann wollte ebenfalls grüßen – und schlug sich mit dem Hammer kräftig auf den Daumen. Er unterdrückte den Schmerz und lächelte Elisabeth gequält an. „Grüß Gott, Elisabeth."

Elisabeth schmunzelte ob Johanns Missgeschick. „Ich hab euch Brot und Äpfel mitgebracht. Braucht ihr sonst noch was?"

Albin grinste. „Einen Verband für unseren Meisterschmied vielleicht." Johann funkelte ihn an, Albin grinste nur noch mehr. „Geh, Johann. So ein starker Mann und haut sich gleich auf den Finger, nur weil ein Frauenzimmer hereinschaut."

Jetzt lachten alle drei.

Dann wurde Albin wieder ernst, er sah an Elisabeth vorbei zur Tür. „Gehst wohl besser wieder, Elisabeth."

Sie nickte. „In einer Stunde gibt's Mittagessen." Dann verließ sie die Hütte.

Als sie draußen war, ließ Johann den Hammer fallen und hielt sich mit schmerzverzerrtem Gesicht die Hand. „Verflucht noch mal, tut das weh."

Ungerührt biss Albin krachend in einen Apfel. „Mittagessen. Sehr gut, ich hab eh schon wieder Hunger."

Am Nachmittag war das Schneetreiben wieder abgeklungen, und Johann, Albin und einige andere Knechte des

Dorfes schaufelten die Wege frei. Johann packte tüchtig mit an, auch wenn sein Daumen, der mittlerweile blauschwarz angelaufen war, höllisch schmerzte.

Auf halbem Weg ins Dorf ließen sie die Arbeit ruhen und schmauchten sich Pfeifen an. Auch Johanns Lieblingsschnaps machte die Runde – der Krautinger.

Ignaz, einer der Knechte, sprach Johann an. „Der Albin hat erzählt, dass du ganz tüchtig bist mit dem Schmieden. Mein Bauer fragt, ob du ein paar Pfannen flicken könntest."

Johann nickte. „Mach ich euch."

Ignaz klopfte ihm auf die Schulter.

„Wenn du dann noch einen Daumen hast!", feixte Albin.

Alle lachten. Johann nutzte den Moment der Vertrautheit und wandte sich an Ignaz. „Weiß man eigentlich schon, wer sich das Stanzerl geholt hat?"

Die Knechte warfen sich wissende Blicke zu, schwiegen aber.

„Macht nicht so ein Geheimnis aus allem", bohrte Johann verärgert nach.

„Ist halt passiert, da können wir jetzt auch nichts mehr ändern. Wenn der Winter erst vorbei ist, redet keiner mehr darüber, und du bist bestimmt schon über alle Berge", meinte Ignaz ernst.

„Schaun wir einmal", sagte Johann.

„Genau. Und jetzt machen wir weiter", beendete Albin das Thema.

Als es dämmerte, waren die Wege frei. Johann und Albin gingen zum Essen in Karrers Haus. Alle, auch der Großvater, waren um den Stubentisch versammelt.

Elisabeth kam herein und brachte einen schweren Topf mit Suppe. Sie hatte sichtlich Mühe, den Topf zu halten, und beeilte sich, ihn zum Tisch zu tragen, bevor er ihr entglitt. Mit einer schnellen Bewegung stellte sie ihn in der Mitte des Tisches ab, dabei schwappte etwas Suppe über den Rand in Richtung ihres Vaters.

Der schnellte hoch und verpasste Elisabeth eine heftige Ohrfeige.

Es war totenstill in der Stube. Elisabeth schossen Tränen in die Augen.

Johann schlug mit der Hand auf den Tisch, Karrer sah ihn überrascht an.

„Was soll das?“, fauchte Johann ihn an.

Karrer wurde krebsrot im Gesicht, aber Elisabeth kam ihm zuvor. „Bitte, Vater. Nicht.“ Dann beugte sie sich zu Johann und blickte ihm tief in die Augen. „Misch dich nicht in Sachen ein, die dich nichts angehen, Knecht!“

Johann sah sie verständnislos an.

Karrer grinste hässlich. „Wenigstens eine hier am Tisch, die weiß, was sich gehört.“

Elisabeth schenkte ihrem Vater und ihrem Großvater mit zittrigen Händen die Suppe ein, ihre eigene Schüssel ließ sie leer.

„Ich hab keinen Hunger mehr“, sagte sie leise.

„Wie du meinst“, knurrte Karrer und begann gierig die Suppe zu löffeln.

Der Großvater sah ihm reglos zu, vor sich den gefüllten Teller. Karrer schien den Blick zu spüren, er hielt inne, sah auf: „Passt dir was nicht? Kannst es ruhig sagen“, meinte er abschätzig.

Was soll ich dir sagen?, dachte der alte Mann. Dass du ein tyrannisches Ungeheuer bist? Dass der einzige Grund, warum ich mir nicht wünsche, dass du nie geboren wärst, Elisabeth ist? Dass sie das einzig Gute ist, was du je in deinem Leben geschaffen hast?

Er senkte den Kopf und begann wortlos zu essen.

Karrer nickte verächtlich. Dann tauchte er den Löffel in die Suppe und aß mit Genuss weiter.

Das Brennholz lag klafterweise in einer Hütte neben dem Stall, die direkt mit dem darüber liegenden Stadl verbunden war. Im Stadl wurde das Brennholz geschlagen und durch eine Öffnung in die Holzhütte geworfen.

Der Verbrauch an Holz im Winter war enorm, obwohl nur Küche und Stube geheizt wurden. Die Kammern für Knechte und Mägde wurden nie geheizt, hier behalf man sich mit heißen Steinen, die man in Pfannen unter die Decke stellte, um sich aufzuwärmen. Nur der Herr des Hauses hatte ein besonderes Privileg: Sein Zimmer lag immer über der warmen Stube, in deren Decke eine verschließbare Luke eingelassen war. Der Bauer öffnete zur Schlafenszeit die Luke, und so sorgte die warme Luft aus der Stube für behagliche Wärme in seinem Zimmer.

Johann und Albin luden Holz in die geflochtenen Körbe. Der große Haufen mit den Scheiten war in den letzten Tagen zusehends kleiner geworden.

„Wird bald wieder so weit sein, dass wir ins Holz müssen", sagte Albin.

Johann beachtete ihn nicht. Die Szene in der Stube ging ihm nicht aus dem Kopf.

Albin setzte sein unverkennbares Grinsen auf. „Ich nehm an, du denkst an die Elisabeth?"

Johann nickte. „Ich versteh nicht, was mit ihr da drin los war."

„Du hast es noch immer nicht kapiert, was?" Albin schüttelte den Kopf. „Sonst schaust mir ja nicht blöd aus, aber bei den Weibern, vor allem bei den wenigen, die was im Hirn haben, musst noch viel lernen." Albin gab ihm einen freundschaftlichen Schlag auf den Hinterkopf.

Johann sah ihn fragend an.

„Die hat dich doch da drinnen beschützt, du Depp!"

Auf einmal verstand Johann. Die dauernde Ablehnung, ihre Kühle, all dies hatte sie nur getan, um ihrem Vater keine Munition gegen ihn zu geben.

Wer erst gar nicht ans Feuer herankommt, kann sich auch nie die Finger verbrennen.

Elisabeth empfand etwas für ihn.

Johann überlegte kurz, dann setzte er sich hin und nahm einen kleinen Beutel aus der Innentasche seiner Joppe. Er öffnete ihn und zog ein Stück grobfasriges Papier und einen dünnen Kohlestift heraus. Schnell begann er einige Worte auf das Papier zu schreiben, hielt inne und schrieb dann noch ein paar Worte.

Albin beobachtete ihn, sagte aber nichts.

Johann faltete das Papier und steckte es zusammen mit dem Beutel wieder ein. Sie schulterten die Holzkörbe und verließen die Hütte.

Als Johann und Albin das Haus durch die Hintertür betraten, kniete Elisabeth vor der Kuchltür. Auf ihrer Wange waren noch die Spuren der Ohrfeige zu sehen. Albin ging mit seinem Korb in die Stube, Johann stellte seinen ab und wartete, dass er in die Kuchl konnte.

Elisabeth hob die Türschwelle hoch, nahm ein Heiligenbild heraus und legte es sorgfältig zur Seite. „Zum Schutz gegen alles Böse“, erklärte sie Johann, als sie sein verwundertes Gesicht sah. Sie nahm ein anderes Bild – eine kolorierte Radierung, die Jesus zeigte, wie er einem Pestkranken die heilende Hand auflegt – und bettete es sorgfältig in die Öffnung.

„Halten die Bilder das Böse vom Haus fern oder im Haus fest?“, fragte Johann ironisch.

Elisabeth schloss die Schwelle, stand auf und blickte Johann an. „Man kann’s sich eben nicht aussuchen.“ Sie drehte sich um und ging in die Kuchl. Johann folgte ihr mit seinem Holzkorb.

Drinnen stapelte Johann das Holz unter die Sitzbänke. Elisabeth stellte sich an den Herd und zog den Teig für das Schmalzgebackene, das es am nächsten Tag geben sollte.

Als Johann fertig war, schulterte er den Korb wieder. Er zögerte einen Augenblick, dann zog er das Stück Papier aus seiner Tasche, ging zu Elisabeth und gab es ihr wortlos.

„Johann, mach weiter. Der Karrer kommt grad aus dem Stall!“ Albin stand an der Tür und schaute Johann und Elisabeth an.

Elisabeth nahm schnell das Blatt und faltete es auf. Sie nickte unsicher, dann steckte sie das Papier in ihre Schürze und bearbeitete wieder den Teig.

Johann hörte, wie die Hintertür polternd aufging, er blickt Elisabeth verwundert an, dann folgte er Albin aus der Kuchl. Draußen begegnete ihnen Karrer. „Seid ihr immer noch nicht im Stall, ihr faules Gesindel?“

Nach einigen Fuhren Mist machten Johann und Albin eine Pause. Sie rauchten eine Pfeife neben dem großen Misthaufen hinter dem Stall. Sterne blitzten am abendlichen Himmel, Ruhe herrschte im Dorf.

„Was war denn das, vorhin in der Kuchl?“, fragte Albin Johann nach einer Weile.

„Hab ihr nur was geschrieben“, antwortete dieser kurz angebunden.

Albin lachte und schüttelte den Kopf. „Die Elisabeth kann doch nicht lesen. Die wenigsten können das, bei uns nur der Pfarrer und ich glaub auch der Riegler.“

Johann überlegte kurz. „Wollte sie’s nie lernen?“

Albin winkte ab. „Der Karrer hält das nicht für wichtig.“ Er machte eine kurze Pause, dann fügte er gleichmütig hinzu: „Und ich auch nicht so.“

Er klopfte seine Pfeife an der Holzwand aus und ging in den Stall zurück.

XVI

Elisabeth räumte wie jeden Tag die Kammer ihres Vaters auf. Sie machte das Bett, dann schüttete sie die Waschschüssel und den Nachttopf aus und stellte sie an ihren Platz zurück. Sie wollte gerade den Kasten öffnen, als sie jemanden eintreten hörte. Elisabeth fuhr herum – Johann stand vor ihr.

„Bist verrückt? Wenn uns der Vater hier sieht ...", sagte Elisabeth aufgeregt.

Johann winkte ab. „Der ist irgendwo im Dorf unterwegs." Er zögerte kurz. „Tut mir leid."

Elisabeth sah ihn fragend an.

„Ich hab nicht gewusst, dass du nicht lesen kannst."

Beide schwiegen. Dann blickte Elisabeth Johann an.

„Und warum kann ein Schmiedgeselle lesen und schreiben?"

„Dort wo ich aufgewachsen bin, war mir ein Abt wohl gesonnen, und so musste ich's lernen. Das und noch eine ganze Menge mehr."

„Wo bist du denn aufgewachsen?"

„In einem Kloster."

„Du bist aber kein – " Sie zögerte kurz. „Protestant?"

Johann grinste, er hätte jetzt weiß Gott was erwartet, nur nicht das. „Brauchst keine Angst haben. Ich bin römisch-katholisch, so wie ihr alle."

Elisabeth fiel ein Stein vom Herzen, auch wenn sie sich nichts anmerken ließ.

„Und du bist kein Priester geworden?"

Johann lächelte. „Ich wollt in meinem Leben halt mehr sehen als nur eine steinerne Abtei."

„Und deshalb hast dann Schmied gelernt?"

„Ja, war ich mal." Johann lachte kurz bei dem Gedanken. „Und jetzt wieder." Er machte eine Pause. „Wenn du willst, kann ich's dir beibringen."

„Das Schmieden?“ fragte Elisabeth keck.

Beide lachten.

„Lesen und schreiben.“ sagte Johann.

Plötzlich hören sie, wie unten die Eingangstür zufiel. Elisabeth erschrak. „Der Vater! Geh jetzt!“

Johann drückte ihr die Hand, dann eilte er aus der Kammer.

Elisabeth öffnete den Kasten, nahm eine dicke Wolldecke heraus und breitete sie über das Bett aus. Dann verließ auch sie das Zimmer.

Draußen horchte sie kurz, aber es war still im Haus. Vielleicht war ihr Vater wieder gegangen. Gebe Gott, dass er und Johann sich nicht begegnet waren. Sie ging den düsteren Söller hinab zur Kuchl, öffnete die Tür und trat ein.

Jakob Karrer saß am offenen Herd und stochert mit einem Schürhaken in der Glut.

Elisabeth zuckte zusammen. „Ich mach gleich die Mahlzeit, Vater“, sagte sie und ging zum Herd.

„Bist ja heut einmal fleißig ...“, meinte Karrer spöttisch. „Und wo warst grad?“

Das war keine Frage. Das war eine Drohung.

„Hab oben bei dir aufgebettet, und –“

„Und der Johann?“

„Was weiß ich, wo der Knecht steckt, ist mir doch egal.“ Elisabeth biss sich auf die Lippe. Die Antwort war zu schnell gekommen.

Karrer beobachtete Elisabeth eine Weile, dann ging er auf sie zu, packte sie bei den Haaren und zog sie zu sich. „Und so soll's auch bleiben“, sagte er leise und drohend. Er ließ sie los und verließ die Küche.

Elisabeth rieb sich den Kopf, dann steckte sie ihrem Vater trotzig die Zunge hinterher. „Geh doch zum Teufel“, flüsterte sie und bekreuzigte sich sofort.

„Heilige Mutter Gottes, behüte uns vor der Bedrängnis und beschütze uns vor *ihnen*. Amen." Elisabeth küsste wie immer nach dem Gebet den Rosenkranz in ihren Händen, bekreuzigte sich und stand auf.

Kajetan Bichter, der neben ihr gekniet hatte, erhob sich ebenfalls. „Dann bis morgen, Elisabeth", sagte er. „Danke dir, dass du heute den Rosenkranz mit mir gebetet hast, allen anderen war die Stund wohl zu spät."

„Ach, das ist sicher nur wegen der Kälte. Da traut sich nicht mal die alte Salzmüllerin aus dem Haus."

„Da hast wohl Recht." Der Pfarrer lachte leise.

Sie standen sich gegenüber.

„Ist noch etwas, mein Kind?", fragte Bichter zögerlich.

„Herr Pfarrer –"

„Ja, Elisabeth?"

„Könnt Ihr Euch noch erinnern, wie ich Euch gefragt hab, wie das ist mit uns Menschen und der Gleichheit unter uns?"

Der Pfarrer seufzte. „Elisabeth, es war damals kein guter Tag, und meine Worte waren vielleicht zu hart. Wenn du –"

„*Ein jeder hat seine Bestimmung, und davon abzuweichen ist weder der Wille des Herrn noch der Weg zur Erlösung*. Das habt Ihr damals zu mir gesagt."

„Und daran hat sich nichts geändert."

„Aber das gilt doch sicher nicht für die –" Elisabeth hielt kurz inne, dann gab sie sich einen Ruck, „Liebe?"

Kajetan Bichter blickte ihr in die Augen. „Ich werd das Gefühl nicht los, als wolltest du mich ganz was anderes fragen, Elisabeth. Was hast denn auf dem Herzen?"

Elisabeth lief rot an, wie hatte sie auch nur fragen können. Aber jetzt war es zu spät. Ihr Herz begann schneller zu schlagen, sie holte tief Luft und stieß den Satz in einem Atemzug aus. „Glaubt Ihr, dass Gott etwas gegen die Liebe hat, selbst wenn sie zwei Menschen aus ganz verschiedenen Welten vereint?"

Es war gesagt. Sie blickte zu Boden, in Erwartung des unvermeidlichen Tadels, aber der Pfarrer legte ihr stattdessen sanft die Hand auf die Schulter.

„Elisabeth, Gott *ist* die Liebe. Auch wenn viele nicht müde werden zu betonen, dass man sich vor Ihm fürchten und Vergebung erkaufen muss – aber ich weiß, dass es nicht so ist."

Elisabeth sah ihn hoffnungsvoll an. „Dann meint Ihr –"

„Gott ist nicht das Problem." Bichter zögerte kurz. „Wir sind es. Es ist nur leichter für uns zu akzeptieren, dass all unser Schaffen und die damit verbundene Mühsal einem höheren Gut dienen. Aber letztlich sind doch wir es, die *Seinen* Willen für uns auslegen – oder eben gegen uns. So fürchte nicht *Seinen* Zorn –" Bichter blickte Elisabeth fest in die Augen. „Sondern den der Deinen."

„Ja", antwortete sie fast unhörbar. „Ich weiß, worauf Ihr hinaus wollt."

„Dann geh, mein Kind. Und Gott mit dir."

„Ich danke euch, Herr Pfarrer." Sie drehte sich um und ging langsam den Gang entlang.

Kajetan Bichter blieb reglos stehen, bis ihre Schritte verklungen waren und es wieder still in der Kirche war.

Schon lange hatte er keine so ehrlichen Worte mehr gefunden. Und so würde es vermutlich auch wieder für lange Zeit bleiben.

Er seufzte und ging langsam zur Sakristei.

Elisabeth eilte nach Hause. Die Nacht war sternenklar und eisig kalt, aber sie hatte zum Glück nicht weit. Das Haus war dunkel und still, leise schlüpfte sie über die Treppen nach oben in ihre Kammer.

Der Raum war sehr karg gehalten. Ein Bett, ein Kruzifix darüber, eine Truhe, die Wände liebevoll mit kleinen gestickten Bildern geschmückt. Blumen, Sprüche aus der Bibel, dann wieder bäuerliche Szenen – sie gaben der Kammer so etwas wie ein Herz.

Da es beißend kalt war, wusch sich Elisabeth schnell, dann schlüpfte sie in ihr Nachthemd. Als sie die Decke zurückschlug, entdeckte sie ein Blatt Papier, gleich gefaltet wie das, das ihr Johann gestern gegeben hatte. Sie faltete es auf und lächelte: Auf dem Blatt waren zwei Zeichen und daneben ein Apfel gezeichnet. Es waren ohne Zweifel Buchstaben, Johann meinte es offenbar ernst.

Sie auch.

Elisabeth versteckte das Blatt Papier unter ihrem Kopfkissen. Sie sprach ein kurzes Gebet, dann schloss sie die Augen und ließ ihre Gedanken schweifen. Sie dachte an die mahnenden Worte Kajetan Bichters, dann an Johann, und was sich verändert hatte, seit er ins Dorf gekommen war. Sie spürte, dass ihn etwas von allen anderen hier im Dorf unterschied. Noch die wenigsten hatten es gewagt, sich offen gegen ihren Vater zu stellen, aber Johann war ohne zu zögern für sie eingetreten. Trotz seiner Zurückhaltung verströmte er Stärke, eine Stärke, die sie alle so dringend im Dorf brauchten.

Die sie so dringend brauchte.

Vielleicht war das kleine Blatt Papier unter ihrem Kopfkissen ja nur der Anfang. Vielleicht würde jetzt alles besser werden.

Elisabeth blies die Kerze neben dem Bett aus, lauschte dem Wind, der ums Haus heulte und war bald darauf fest eingeschlafen.

Die nächsten Tage schienen Elisabeth wie ein Traum. Sie hatte immer gehofft, Lesen und Schreiben zu lernen, aber nie die Möglichkeit dazu erhalten. Nicht einmal der Pfarrer hatte ihr die Bitte gewährt. Er hatte ihr damals erklärt, dass er das für so sinnvoll halte, wie wenn man zwei Hühner vor einen Wagen spannte, auf dass sie ihn aus dem Dreck ziehen mögen. Damals hatte sie Kajetan Bichter für kurze Zeit aus ihren Abendgebeten ausgeschlossen.

Doch nun war jemand da, der es ihr beibringen wollte.

Johann ließ Elisabeth heimlich weitere Blätter zukommen, die immer einen Groß- und einen Kleinbuchstaben sowie ein Bild aufwiesen. Später gab er ihr ein Andachtsbüchlein und Kalendersprüche, mit denen sie üben konnte.

Elisabeth las jeden Abend in ihrer Kammer, und letzen Endes fiel es ihr erstaunlich leicht. Es schien, als hätte sie nur auf eine Gelegenheit gewartet, ihre Fähigkeiten unter Beweis zu stellen. Auch Johann, der ihr, wann immer sie allein waren, bei allem half, bemerkte ihr Talent.

Und doch gab es nicht wenige Situationen, in denen Elisabeth sich fast verraten hätte. Einmal stand sie in der Küche und zeichnete gedankenverloren einen Buchstaben in den Teig, als plötzlich ihr Vater die Küche betrat. Im letzten Moment hatte sie die Buchstaben verwischen können.

Aber was waren schon einige gefährliche Momente? Elisabeth freute sich schon jetzt darauf, wenn sie die Zeilen, die Johann ihr damals in der Küche zugesteckt hatte, würde lesen können.

Das würde ein besonderer Tag werden.

XVII

„List, lass uns leben!“

Eine kalte Vollmondnacht, Fresken an dicken Steinwänden, die den Sensenmann zeigten, den grimmigen Schnitter, im Totentanz mit seinen Opfern.

Und darunter: ein blasses Antlitz, das vergebliche Betteln um Gnade, Blut, das an die Wände spritzte und sich über die Fresken ergoss, schwarz im bleichen Licht des Mondes.

Als die Blutfäden hinabbrannen, schien es, als hätten die Wände pulsierende Adern …

Johann wachte keuchend auf, sah sich verwirrt um. Albin schlief ruhig im Bett neben ihm.

Nur ein Alptraum. Es war immer der gleiche, der ihn verfolgte, seit –

Du sie alle umgebracht hast.

Johann presste die Hände gegen die Schläfen.

Manchmal hat man keine Wahl.

Aber er wusste, dass er sich selbst etwas vormachte. Es gab immer eine Wahl, das hatten er und der Preuße genau gewusst. Nicht aber, ob sie die richtige getroffen hatten.

Plötzlich polterte es an die Tür.

„Albin! Johann! Raus mit euch faulem Gesindel!" Elisabeth versuchte, die tiefe Stimme ihres Vaters zu imitieren, was ihr nur bedingt gelang. Sie konnte sich dann ein Kichern nicht verkneifen.

Johann stieg aus dem Bett und zog seine Hosen an, während Albin sich noch schlaftrunken herumwälzte. Johann rüttelte ihn unsanft, Albin machte eine abwehrende Handbewegung.

„Willst, dass dich der Karrer höchstpersönlich wachküsst?", fragte Johann ungeduldig.

Albin setzte sich schnell auf und rieb sich den Schlaf aus den Augen.

Johann stieg die Treppe hinunter, lehnte sich an die Kuchltür. Drinnen bereitete Elisabeth die Jause vor. Sophie stand schlaftrunken an der Feuerstelle und schürte die spärlichen Flammen.

Jetzt kam auch Albin die Treppe heruntergewankt. „Zwei Uhr morgens ist eindeutig drei Stunden zu früh zum Aufstehen", murrte er.

„Glaubst, dass *ich* mich wieder hinlegen kann?“, entgegnete Elisabeth patzig.

„Na, können schon ...“ murmelte Albin, setzte sich seinen Filzhut auf und ging zur Tür.

„Das wird mir dann schon der Herr Vater sagen, du!“ Sie lächelte, dann gab sie Johann das Bündel mit der Jause. „Lasst es euch schmecken. “

Johann nahm das Bündel und schnürte sich seinen Ledermantel zu. Dann verharrte er.

Sag es ihr.

„Elisabeth –“

„Johann, gehen wir!“ Albin hielt die Haustür auf. Ein eisiger Windstoß fegte durch den Hausgang.

Johann wandte sich von Elisabeth ab.

„Johann?“ Elisabeth hatte sehr leise gesprochen.

„Ja?“

„Passt auf euch auf. Es ist gefährlich da oben.“

Johann nickte wortlos, dann verließ er mit Albin das Haus.

Ein klarer Sternenhimmel umspannte das Dorf. Albin und Johann stapften zuerst zur Scheune, wo sie Ketten und Schlepphaken auf den Langschlitten luden. Dann zogen sie den Schlitten zum Dorfplatz, wo die anderen Knechte und nur wenige Bauern bereits warteten. Alle hatten sich warm angezogen, manche hatten Steigeisen dabei.

„Hätt mich ja gewundert, wenn der Albin mal als Erster hier gewesen wär“, feixte Ignaz.

„Hab halt so gut von deiner Schwester geträumt“, entgegnete Albin trocken.

„Und mehr wirst du auch nie machen, du Lump.“ Ignaz grinste Albin an.

„Na dann, auf geht’s.“ Mit diesen Worten stellte sich Josias Welter, einer der Bauern, an die Spitze. Der Zug setzte sich in Bewegung, zog durch das Dorf und dann am Friedhof vorbei, von wo ein bereits geebneter Weg den Berg hochführte ...

Die Hornschlitten, die wie riesige Holzrodeln wirkten, hatten eine Länge von ungefähr fünf Ellen. Die Kufen der beiden hölzernen Laufschienen waren mit Eisen beschlagen und hatten auf jeder Seite Holzstangen, mit denen man das beladene Ungetüm steuern konnte. Jeweils zwei Mann zogen mühsam einen Langschlitten den steilen Bergweg hinauf.

Johann hatte sein Haupt gesenkt und sah den Schnee unter sich dahinziehen. Er war bereits jetzt außer Atem, sein Blick fiel auf Albin, dem die Anstrengung nichts auszumachen schien.

Wie weit würde es noch sein? Und vor allem – würde er durchhalten?

Albin spürte Johanns Blick, sah die Anstrengung in dessen Gesicht. Er erinnerte sich daran, wie er zum ersten Mal ins Holz mitgenommen worden war, an den quälenden Aufstieg. Er war damals vielleicht acht Jahre alt gewesen. Kurz davor war er zu Jakob Karrer gekommen, da seine Eltern nicht mehr alle Mäuler stopfen konnten und so einen Platz für ihren Ältesten suchten. Also hatte ihn Karrer von Landeck hierher mitgenommen, und seither verdingte er sich unter ihm, was zumindest einen vollen Bauch sicherstellte.

Albin fragte sich trotzdem oft, ob es das wert war, in diesem Tal mit *ihnen* zu leben.

Immer wieder kam der Trupp an eingeschneiten Marterln vorbei, manche davon mussten Jahrzehnte alt sein. Einige waren nur simple Holzkreuze, in die Sprüche und Namen geschnitzt worden waren, andere waren mit geschmiedetem Eisen prunkvoll verziert, hatten ein kleines Dach und einen Behälter für eine Kerze.

„Ist das hier so eine Art Kreuzweg?“, wollte Johann wissen.

Albin schüttelte den Kopf. „Die Marterln sind für die, die nicht mehr heil heruntergekommen sind.“

Johann pfiff durch die Zähne. „Sind aber auch nicht grad wenig.“

Albin zuckte mit den Schultern.

Bei der nächsten Kurve warteten die anderen auf sie, verschnauften und rauchten Pfeife. Johann war dankbar für die Pause, er war außer Atem, der Schweiß stand ihm auf der Stirn. Er zog sich den Mantel aus und legte ihn zu den Schlepphaken auf den Schlitten.

„Bist ja ein hitzköpfiger Geselle“, sagte Ignaz.

Albin legte seinen Arm um Johann. „Ach was, der will sich doch nur wieder pflegen lassen, was?“

Johann spielte mit und gab sich erbost. „Dann müsste ich ja auf eure werte Gesellschaft verzichten. Wie könnt ich denn nur?“

Josias gab seinem Knecht ein Zeichen, sie spannten sich vor den Schlitten. „Wenn ihr genug Luft habt zum Tratschen, dann können wir ja weiter.“

Langsam erhellte sich der Himmel. Die Sonne kletterte über den Bergkamm und durchflutete das gesamte Tal mit warmem Licht.

Die Sonnenstrahlen blinzelten durch die Baumwipfel und ließen den Schnee gleich einem Meer aus Diamanten funkeln. Johann und Albin blieben unwillkürlich stehen und genossen die Stimmung und die unbeschreibliche Ruhe, die in der Luft lag.

„Heut wird ein prächtiger Tag, wirst sehen“, kommentierte Albin das Naturschauspiel vergnügt.

„Wenn wir erst mal oben sind, bestimmt", gab Johann zurück.

Sie gingen wieder weiter. Bald fiel Johann etwas auf: Je höher sie stiegen, desto öfter blickten die Männer vor ihm in den Wald zu ihrer Rechten, als würden sie etwas suchen. Ihre Gesichter waren unruhig, die Männer wirkten, als ob sie Angst hätten, dass irgendjemand aus dem Unterholz brechen und sie verschlingen könnte.

Irgendjemand – oder irgendetwas ...

Johann verbiss es sich aber, Albin danach zu fragen. Er wusste, dass er nur wieder irgendeine Geschichte zu hören bekäme. Und dafür hatte er jetzt keinen Nerv, er brauchte seine ganze Kraft, um diesen verfluchten Berg hochzukommen.

Schließlich – nach einer Ewigkeit, wie es Johann schien – näherten sie sich mehreren riesigen Schneehaufen und damit dem Ziel ihres Aufstiegs. Unter den Schneehaufen waren die Bloche vergraben, sie maßen mehrere Fuß im Durchmesser und waren bis zu drei Klafter lang. Die Bloche waren im letzten Spätsommer gefällt und rund um das kleine Plateau aufgeschichtet worden. Der erste Schnee hatte sie beinahe völlig begraben.

Mittlerweile lachte die Mittagssonne vom wolkenlosen Himmel, und die Männer begannen, die Bloche vom Schnee zu befreien. Dann fingen sie mit der Verladung der massigen Stämme an. Sie schlugen die an Ketten befestigten Schlepphaken in die Bloche und wuchteten sie auf die Hornschlitten. Vier Männer waren pro Stamm vonnöten, die Schlitten ächzten unter der Last. Bis zu sechs Stämme kamen auf einen Schlitten, wurden mit Rinden und Taxen bedeckt, mit Ketten festgezurrt und mit Schlepphaken gesichert. Die untersten Bloche waren vorgeschoben und dienten als Sattel.

Als alle Stämme verzurrt waren, setzten sich die Männer und begannen, ihre Jausen auszupacken. Johann öffnete erwartungsvoll das Bündel mit dem Essen, und als er sah, was drin war, begann sein Magen zu knurren. Elisabeth hatte ihnen Brote gemacht, aber dem Duft nach zu schließen keine gewöhnlichen. Johann teilte die Brote, gab die Hälfte Albin, dann biss er gierig in eines hinein. Schweineschmalz quoll zwischen der harten, würzigen Rinde hervor, Johann leckte es ab und schloss die Augen. Allein dafür müsste man diese Frau heiraten, dachte er.

„Allein dafür lohnt es, sich unterm Karrer zu verdingen, was?", bestätigte Albin Johanns Gedanken.

„Zumindest unter seinem Töchterchen", entgegnete Johann leise genug, dass die anderen es nicht hörten.

Albin lachte. „Du gibst nicht auf, was?"

Je länger die Jause dauerte, desto unruhiger wurden manche der Männer, besonders Josias Welter. Johann beobachtete sie eine Weile, dann konnte er sich nicht mehr beherrschen. „Was ist es denn, das euch so sehr beunruhigt?"

Die Männer blickten ihn an, als wären sie bei etwas Verbotenem erwischt worden, alle schwiegen.

„Was für eine Gefahr lauert in diesen Wäldern?", setzte Johann nach. „Eber? Bären? Oder etwas anderes, das –"

„Im Wald ist nichts", erwiderte Ignaz wie aus der Pistole geschossen.

„Wenn du nicht drüber reden willst, kannst du das auch sagen, aber anlügen brauchst mich nicht, Ignaz."

„Ich lüg?" Das ließ dieser nicht auf sich sitzen. „Ihr habt das alle gehört, das ist Ehrabschneiderei!"

„Ach komm", versuchte Albin ihn zu beruhigen. „Der Johann ist ja nicht blind."

„Albin, halt dich zurück!", maßregelte ihn Josias scharf.

„Hab schon verstanden, dann halt nicht", entgegnete Johann verärgert.

Unangenehmes Schweigen breitete sich aus. Nach einer Weile räusperte sich Ignaz. „Es geschieht nur in den besonders kalten Wintern ..."

„Ignaz, ich hab doch –"

„Was soll's, Josias? Der Johann wird zumindest die nächsten Monate mit uns verbringen müssen, da ist es nur recht, wenn er es weiß", nahm Albin Ignaz in Schutz.

Josias drückte mit einem Knurren sein Unverständnis aus, holte eine silberne Dose aus seiner Lodenjacke und zog lautstark eine Prise Schnupftabak. Er nieste dröhnend, dann nickte er in Richtung Ignaz. „In Gott's Namen, dann erzähl's ihm halt. Aber mach schnell."

Ignaz sah Johann ernst an. „In den kältesten Wintern kommen sie von oben und holen sich was zu fressen."

„Wer?", fragte Johann ungeduldig.

In diesem Moment hörten die Männer ein Schreien aus dem Wald.

XVIII

Alle fuhren herum, starrten in den Wald. Dann sahen sie die Raben, die aus den Bäumen in den Himmel stießen, einen Halbkreis über die Lichtung flogen und krächzend verschwanden.

„Verdammte Viecher ...", stieß Josias hervor, aber er wirkte erleichtert. Auch die anderen atmeten auf.

Johann blickte Ignaz fest an. „Wer kommt in den kältesten Wintern, Ignaz?"

Heilige Mutter Gottes, beschütze uns vor ihnen.

Ignaz sah gedankenverloren in die Richtung, in die die Raben geflogen waren. „Die Ausgestoßenen", sagte er dann leise, „sie leben in den Bergen, bestimmt schon seit fünfzig oder sechzig Jahren. Oder mehr. In der Klosterruine hausen sie."

„Ausgestoßene?" Johann traute seinen Ohren nicht.

Ignaz nickte. „Aber Menschen sind's keine, sie sehen nur so aus. Es sind vielmehr – Tiere, wie von der Tollwut zerfressen."

„Und ehe du dich versiehst, wirst du von hinten angefallen oder erschlagen!", ereiferte sich Albin. „Und wenn sie dich verletzen, dann wirst du so wie sie. Deine Haut wird hell wie Wachs, und deine Adern scheinen pechschwarz hindurch. Und die Sonne wird dich verbrennen."

„Und deine Zähne werden lang und schartig. Und dann bist so bösartig wie sie." Ignaz bekreuzigte sich.

„Hab noch nie von so was gehört", sagte Johann zweifelnd.

„Bist ja auch nicht von hier", antwortete Ignaz gereizt.

„Und woher kommen diese – Ausgestoßenen?"

„Die waren schon immer da", warf der junge Bernhard hastig ein.

„Stimmt doch nicht", berichtigte ihn Josias. „Die waren einmal wie wir. Der Herrgott hat sie bestraft wegen des lasterhaften Lebens, das früher hier geherrscht hat. Eine Gottesgeißel ist über sie gekommen. Seitdem hausen sie da oben, und wir hier herunten sind nicht mehr sicher."

„Wann ist denn das letzte Mal wer angefallen worden?", bohrte Johann nach.

„Naja, das ist eigentlich schon lang her", grübelte Josias. „Wenn ich's mir recht überleg, eigentlich schon sehr lang. Aber das ist bestimmt nur die Ruhe vor dem Sturm, und denk dran, dass der Winter in diesem Jahr so streng wie seit Jahren nicht mehr ist." Er zögerte kurz. „Diese Teufel warten nur auf den rechten Moment. Niemand in diesem Tal ist sicher, jeder kann der Nächste sein." Josias hielt sich ein Nasenloch zu und drehte den Kopf zur Seite. Mit einem Ruck schnäuzte er herzhaft den Tabak heraus und wischte sich die Nase an der Lodenjacke. „Bist jetzt zufrieden, Knecht?“

Johann war nicht im Geringsten überzeugt, er hielt die Geschichte für abergläubisches Geschwätz. Dennoch nickte er.

Josias stand auf. „Los geht’s.“

Johann wollte schon vom Langschlitten springen, als alle Männer einen Moment innehielten und zu beten begannen, wie es vor der gefährlichen Abfahrt Brauch war. Johann schloss sich ihnen an.

„Vater unser, der du bist im Himmel ...“ Das Gebet schallte über die Lichtung und verlor sich zwischen den Bäumen.

„Alles gut und recht, aber das Gebet tut’s nicht für die Abfahrt.“ Anton, einer der Knechte, hatte diese vorwitzigen Worte ausgesprochen. Josias gab ihm einen leichten Schlag auf den Hinterkopf.

„Reiß dich zusammen! Sei froh, wenn der Herrgott auf uns schaut.“

„Aber Recht hat er“, sagte Albin und zog einen ledernen Trinkschlauch aus seinem Mantel. „Und Brauch ist es außerdem.“

Die anderen Knechte murmelten zustimmend.

Albin öffnete den Trinkschlauch, stieß ein *In Gott’s Namen!* hervor und nahm einen tiefen Schluck. Er verzog das Gesicht und reichte Johann den Schlauch. „Keine Angst, ist kein Krautinger. Für die Abfahrt gibt’s was Besseres, das ist von jeher so.“

Johann nahm einen kräftigen Schluck. Sofort schoss ihm der wohlbekannte, faulige Geschmack in die Nase.

Krautschnaps, was sonst.

Er sah Albin und die anderen grinsen, verbiss sich aber jede Bemerkung und reichte den Schnaps weiter.

Nachdem alle getrunken hatten, riefen sie zusammen *„In Gott's Namen!"* und wandten sich ihren Schlitten zu.

„Alsdann, Johann: Wir beide bilden den Abschluss. Wenn du da runterschaust," Albin deutete auf die Kurve, die im Wald verschwand, „und die anderen vor dir außer Sicht sind, fangen wir an. Wir schieben den Schlitten, bis er zu laufen anfängt, dann springen wir auf die Bloche. Das Bremsen überlässt du am besten mir, aber du kannst auf deiner Seite mit der Tatzen, das ist diese Stange da, in deine Richtung lenken. Aber nicht zu fest! Ist halt wie bei einem Weib: Wenn du die Zügel zu sehr anziehst, dann geht gleich gar nichts mehr, aber wenn du sie zu sehr laufen lässt, fährt sie mit *dir* Schlitten."

Johann sah erst den riesigen Schlitten, dann Albin zweifelnd an.

Albin lachte und boxte ihn auf die Schulter. „Wird schon schiefgehen."

Es war ruhig und friedlich im Wald. Der Weg, der neben dem verschneiten Unterholz steil bergab führte, lag verlassen da.

Ein Schneehase tauchte aus dem Unterholz auf und lief über den Weg.

Plötzlich ertönte ein lautes Rumpeln, der Boden erbebte. Der Schneehase verschwand blitzschnell zwischen den Bäumen.

Ein herzhaftes Jauchzen schnalzte durch die Luft, dann schossen Johann und Albin auf ihrem hölzernen Ungetüm vorbei. Nach wenigen Augenblicken waren sie außer Sicht.

Stille kehrte wieder im Wald ein ...

Die Sonne hatte den Schnee mittlerweile leicht angetaut, die oberste Schicht bildete eine perfekte Unterlage für die Kufen der Schlitten. Links von Johann und

Albin zogen die Bäume pfeilschnell vorbei, rechts fiel der Abhang fast schnurgerade bis ins Tal hinab.

Trotz der offensichtlichen Gefahr war Johann von der rasend schnellen Fahrt begeistert. Der kalte Fahrtwind trieb ihm die Tränen in die Augen, ließ sein Gesicht erst brennen und dann erröten. Unwillkürlich ließ er einen Juchzer los.

„Na, hab ich dir zu viel versprochen?“, rief Albin, der die Fahrt ebenso genoss.

Johann schüttelte begeistert den Kopf.

„Jetzt kommt gleich die erste Linkskurve. Da musst du anziehen, Johann!“ Albin presste die Füße auf die Sperrketten, der Schlitten verlangsamte seine Fahrt, begann leicht hin und her zu schwimmen und warf hinter sich eine Gischt voller Schnee aus, als würde er davon angetrieben.

Johann zog an der Tatze, aber der Schlitten machte keine Anstalten, seinen Kurs zu ändern. Er stemmte sich mit den Füßen gegen die nach oben gebogenen Kufen und zog mit dem Gewicht seines Oberkörpers an der Stange. Ein Ruck durchzuckte den Schlitten, dann glitt er sanft in die Kurve und durchzog sie in einem gleichmäßigen Bogen.

„So ist es recht, Johann. Als hättest du es schon immer gemacht!“, rief Albin begeistert.

„Sollten wir nicht ein bisschen langsamer werden?“

„Hast du Angst? Also Johann!“, brüskierte sich Albin gespielt und lenkte in die nächste Rechtskurve.

„Das nicht, aber –“ Johann verstummte.

Und starrte auf den umgestürzten Halbschlitten, der gut fünf Klafter vor ihnen den Weg versperrte!

Ignaz und Anton bemühten sich, den Schlitten auf die Seite zu ziehen. Als sie sahen, dass Johann und Albin wie ein Geschoss auf sie zurasten, zogen sie mit aller Kraft an dem Schlitten, aber dieser bewegte sich zu langsam.

„Albin! Vorsicht!" Johann deutete hektisch nach vorne.

Albin stieg mit aller Kraft in die Sperrketten. Der Schlitten begann sich zu verziehen und knarrte, das Heck schlingerte hin und her. Die beiden Knechte ließen von dem umgestürzten Schlitten ab und kletterten links einige Fuß die Böschung hinauf in Sicherheit.

„Die Tatze, jetzt!", brüllte Albin.

Johann zog mit seinem ganzen Gewicht an der Stange, ebenso wie Albin. Die beiden Tatzen gruben sich in den Schnee, bremsten den Schlitten jedoch kaum. Ein Aufprall schien unvermeidbar, Albin riss panisch die Augen auf.

„Lass los!", brüllte Johann. Er rammte Albin den Ellbogen in die Seite. Dieser ließ die Stange los, jetzt griff nur noch Johanns Tatze. Der Schlitten zog nach links –

Um Haaresbreite schossen sie an dem umgestürzten Schlitten vorbei.

Albin riss den Kopf zurück. „Johann, das war –"

„Zieh an!", herrschte ihn Johann an, aber zu spät. Sie gerieten zu weit auf die Böschung, der Schlitten kippte nach rechts um, sie wurden von ihren Blochen geschleudert.

Eine Explosion aus Schnee hüllte alles ein.

Nach dem gewaltigen Aufprall war es totenstill. Der Schlitten lag kopfüber an der Böschung, die Ketten hatten sich gelöst, die Bloche lagen kreuz und quer über den Weg verstreut.

Dann bewegte sich etwas unter dem Schnee. Johann richtete sich auf und sah sich um, er konnte nicht glauben, dass er noch am Leben war.

Langsam stand er auf und klopfte sich den Schnee von den Kleidern. Seine rechte Gesichtshälfte war aufgeschunden, aber sonst schien er wie durch ein Wunder unverletzt geblieben zu sein. Er blickte sich nach Albin um, aber von dem fehlte jede Spur.

„Albin! Albin!"

Nichts. Albin schien wie vom Erdboden verschluckt.

Plötzlich hörte Johann eine leise, kraftlose Stimme. „Johann!"

Er lief zum Abhang und blickte hinab. Was er sah, ließ ihn erschaudern: Albin hing über dem gähnenden Abgrund und klammerte sich mit letzter Kraft an die Äste eines kargen Strauchs. Blut rann aus einer Platzwunde auf Albins Stirn, seine Augen starrten Johann panisch an.

„Hilf mir", stammelte er verzweifelt.

Johann warf sich zu Boden und streckte, so weit er konnte, seine Hand zu Albin. Vergeblich. „Albin, ich komm nicht hin –" Johann versuchte noch weiter nach unten zu gelangen, merkte aber, dass er nun seinerseits zu rutschen begann. Er brauchte einen Halt, etwas, das er in den Boden rammen konnte, ein spitzen Ast, oder –

Ein Messer!

Johann fasste in seine Hosentasche und zog sein Messer heraus. Er stieß es mit aller Kraft in den gefrorenen Untergrund, aber die kurze Klinge drang nicht tief genug ein.

Nicht mit mir!

Johann zog das Messer heraus und drückte einen kleinen Knopf am Schaft. Die Klinge sauste um Grifflänge heraus und rastete ein. Johann rammte das Messer noch einmal in das Eis – es hielt.

„Johann, ich rutsch ab!", schrie Albin. Johann sah, dass sich der Strauch, an dem sich Albin festhielt, endgültig aus dem gefrorenen Boden löste.

Er umklammerte den Griff des Messers, ließ sich blitzschnell hinab.

Und packte Albins Handgelenk im letzten Augenblick, bevor dieser in die Tiefe stürzte.

Für einen Augenblick fühlte Johann gar nichts. Dann kam ein grausamer Ruck, Johann war, als würde ihm der Arm aus der Schulter gerissen. Alles schien sich nun unendlich langsam abzuspielen: Albin, der über dem Abgrund baumelte, Johanns Finger, die sich um den Messergriff krampften, seine andere Hand, die Albin am Handgelenk hielt –

Er wusste, dass er Albins Gewicht nicht lange halten konnte, spürte, wie ihm Albins Handgelenk unaufhaltsam durch die Finger glitt.

Es gab nur eine Möglichkeit.

„Albin, versuch an meinem Mantel hochzuklettern!"

„Ich kann nicht –"

Johann sah Albin fest in die Augen. „Reiß dich zusammen! Los jetzt!"

Albin zögerte, dann packte er mit letzter Kraft Johanns Mantel und kletterte langsam höher, Zoll um Zoll. Johann riss es fast den Arm aus, aber er hielt sich krampfhaft an seinem Messer fest.

Als Albin schließlich oben war, stieß Johann sich ab und rollte auf den Waldweg zurück. Er löste das Messer und ließ sich außer Atem neben Albin fallen, der keuchend auf dem Rücken lag.

Eine Weile sagte keiner der beiden Männer etwas, sie versuchten wieder zu Atem zu kommen. Dann drehte Albin seinen Kopf zu Johann.

„Johann?"

„Ja?"

„Dank dir, dass du –"

„Schon recht."

Albin blickte in den Himmel. „War aber eine rasante Fahrt, nicht?"

„Ein bisschen schneller könnte es das nächste Mal schon gehen", erwiderte Johann trocken.

Ohne einander anzusehen, begannen die beiden zu lachen.

Johann schob das Messer in die lederne Scheide und steckte es ein. In diesem Moment kamen Ignaz und Anton angelaufen.

„Ihr kommt grad recht“, ätzte Albin.

„Dann hat's dich wohl nicht so schlimm erwischt, oder?“, stieß Ignaz keuchend hervor.

„Dem Johann sei Dank, nicht.“

Ignaz klopfte Johann anerkennend auf die Schulter. Dann sah er unruhig in die Wälder oberhalb des Weges. „Kommt, machen wir, dass wir hier wegkommen.“

Die Männer bargen den umgestürzten Schlitten und beluden ihn mit Blochen für die weitere Abfahrt. Dann setzten sie einer nach dem anderen ihre Schlitten wieder in Fahrt.

Keiner von ihnen hatte die vermummte Gestalt bemerkt, die sie die ganze Zeit beobachtete. Als die Männer außer Sicht waren, verschwand die Gestalt zwischen den Bäumen.

XIX

Als Johann und Albin auf das Dorf zusteuerten, ging die Sonne bereits unter und hüllte die kleine Dorfkirche in warmes Orange. Die Schatten der Grabsteine reichten bis an den Waldrand und verbanden sich mit der Finsternis dahinter.

Es war kälter geworden. Johann und Albin ließen den Schlitten auslaufen, solange es ging, die letzten Meter zu dem kleinen Sammelplatz südlich des Dorfplatzes mussten sie ihn jedoch ziehen.

Als sie näher kamen, beschlich Johann das Gefühl, dass etwas nicht stimmte: die anderen Langschlitten standen voll beladen auf dem kleinen Platz, weit und breit war keine Menschenseele zu sehen. Dafür drangen Stimmen vom Dorfplatz. Johann und Albin ließen den Schlitten stehen und gingen schnell dorthin.

Die Stimmen wurden lauter. „Das klingt ja bayerisch –", sagte Johann abschätzig.

„Herr im Himmel, hoffentlich nicht!", stieß Albin hervor und lief voraus. Johann hetzte hinterher, kurz vor der Ecke des letzten Hauses packte er Albin am Kragen und riss ihn zurück.

„Verflucht, halt dich zurück, du weißt ja nicht, was da los ist!"

Albin nickte, er wirkte wie ein Kind, das man bei etwas Dummem ertappt hatte. „Hast Recht, tut mir leid."

Johann lugte um die Ecke. Das ganze Dorf hatte sich im Kreis versammelt, aus der Mitte schallte der Disput. Was genau vor sich ging, war nicht zu erkennen. Johann drehte sich zu Albin um. „Komm, wir haben eh keine andere Wahl."

Johann ging langsam auf den Kreis zu, Albin folgte ihm.

Die Dorfbewohner beachteten sie nicht. Johann zwängte sich durch die Menge hindurch, als plötzlich eine Hand hervorstieß und ihn am Arm packte. Es war Elisabeth, sichtlich erleichtert, ihn zu sehen. Sophie stand neben ihr und beobachtete das Geschehen neugierig.

„Wo wart ihr denn so lang?", zischte Elisabeth.

„Was ist denn hier los?", wollte Johann wissen, ohne auf ihre Frage einzugehen.

„Bayerische Soldaten. Die sind plötzlich aufgetaucht."

Johann nickte, dann drängte er sich nach vorne. Schließlich hatte er den inneren Kreis erreicht und versuchte sich einen Überblick zu verschaffen:

In der Kreismitte stand Benedikt Riegler einem Mann gegenüber, der offenbar der Kommandant eines Trupps von gut fünfzehn Soldaten war. Die Männer machten einen abgekämpften und müden Eindruck. Einem fehlte sogar ein Arm, andere saßen bandagiert neben ihren Kameraden, ihre Verbände waren schmutzig und durchgeblutet. Unter ihren abgetragenen Umhängen trugen sie zerschlissene blaue Waffenröcke und breite Gürtel mit Pulverbeuteln und Gerät. Ihre übers Knie reichenden Stiefel waren durchgetreten, die Gamaschen abgewetzt.

Einige hatten zerfledderte, dreieckig aufgeschlagene Hüte auf, wie sie sonst nur die Kavallerie trug. Die Mündungen der wenigen Vorderlader waren verrußt, die Pfannen geschlossen und ohne Lunte.

Der Kommandant, Johann schätzte ihn auf vierzig Lenze, hatte seine Hand am Säbel und schien bereit, jederzeit davon Gebrauch zu machen. Seine Stirn wies einige tiefe Schmisse auf, an seiner rechten Hand klaffte die grob zusammengenähte Kerbe eines wuchtigen Hiebes, der ihn auch den kleinen Finger gekostet hatte. Sein von Kampf und Hunger gezeichnetes Gesicht wirkte wenig kompromissbereit.

„Was Ihr verlangt, ist unmöglich! Wir haben im Winter gerade mal genug Vorräte für uns selbst!", ereiferte sich Riegler. „Da können wir keine zusätzlichen Mäuler stopfen."

„Das war keine Frage, Bauer", knurrte ihn der Kommandant an. „Aber ich kann dich auch was fragen: Womit macht man Feuer?"

Riegler blickte irritiert in die Runde, die anderen Dorfbewohner sahen ihn verunsichert an.

„Mit ... Holz?"

„Richtig! Und woraus sind eure Häuser?"

„Holz –" Benedikt Riegler war kleinlaut geworden.

„Siehst du!"

Einige Soldaten setzten ein breites Grinsen auf.

„Und das wollen wir doch nicht, oder?", sagte der Kommandant wie zu einem kleinen Kind.

Riegler schüttelte den Kopf.

Johann musterte die Soldaten genauer. Sie machten alles andere als einen kampfbereiten Eindruck. Auch die Pfannen ihrer Gewehre waren ohne Zündkraut und Lunte, es würde Minuten dauern, bis sie einsatzbereit waren. Alle Indizien sprachen also gegen einen Angriff auf das Dorf. Was sich hier abspielte, war mehr ein Einschüchterungsversuch, wenn auch ein gelungener. Trotzdem hätten die Dorfbewohner im Falle eines Kampfes keine Chance, und so hielt Johann den Mund.

Der Kommandant wurde lauter. „Ihr Bauern habt einen klugen Dorfvorsteher! Hört gut zu: Meine Männer brauchen die Rast. Ich gebe euch aber mein Wort, dass ihr nichts von uns zu befürchten habt, wenn ihr euch uns gegenüber rechtens verhaltet. Und wir werden nicht länger bleiben als nötig! Wir haben nämlich genug von euch und eurem gottverdammten Land!"

Riegler seufzte. „Was verlangt ihr?"

„Eine trockene Unterkunft und genug zu essen."

„Ach, und sonst nichts?", spottete Franz Karrer, der in der ersten Reihe der Dorfbewohner stand.

Der Kommandant wendete langsam den Kopf in seine Richtung.

Erregtes Murmeln machte sich unter den Dörflern breit, und Franz Karrer wurden schlagartig die Konsequenzen seiner leichtfertigen Worte bewusst.

Zu spät.

Der Kommandant machte einen Schritt auf Karrer zu, zog blitzschnell seinen Säbel und hielt ihn Karrer ans rechte Ohr. Dem wurden die Knie weich.

„Du hast ein großes Maul, Bauer, und das mag ich nicht!" Mit einem schnellen Schmiss durchtrennte der Kommandant Karrer das halbe Ohr. Dieser schrie auf und drückte die Hand auf die Wunde, Blut quoll zwischen seinen Fingern hindurch und tropfte in den Schnee. Alle wichen erschrocken von ihm ab, einige der Frauen begannen zu weinen.

„Und jetzt scher dich zu deinesgleichen, bevor ich's mir anders überleg!", herrschte der Kommandant den Verwundeten an.

Kajetan Bichter drängte sich zwischen die beiden. „Lasst ab, wir stehen hier alle unter Gottes Gnade. Und so etwas nützt doch niemandem."

„Sieh an, ein Pfaffe. Ihr predigt doch immer nur gegen Gewalt, wenn sie nicht Eurem Zwecke dient."

„Unter Gottes Herde –"

„Genug gefrömmelt!", unterbrach ihn der Kommandant scharf.

Bichter verstummte.

„Ihr sollt bekommen, wonach Ihr verlangt", warf Riegler beschwichtigend ein und wagte kaum, dem Soldatenführer in die Augen zu blicken.

„Gut, dann mach uns ein Haus leer." Der Kommandant deutete mit dem Säbel auf Franz Karrer. „Seines." Er ließ den Säbel in die Scheide zurückgleiten, wandte sich wieder Riegler zu. „Außerdem muss sich jemand um unsere Verwundeten kümmern. Ich höre?"

Niemand sagte ein Wort, der Dorfvorsteher starrte zu Boden. Der Kommandant wurde ungeduldig. „Was ist jetzt – wähl irgendeinen aus, sonst tu ich's."

Benedikt Riegler sah auf und blickte hilflos zu den Dorfbewohnern. „Wer –"

„Ich mach's schon!" Sophie trat aus der Menge hervor, die anderen sahen sie erstaunt an. Der Kommandant musterte sie kurz, dann huschte ein Lächeln über sein Gesicht. „Da schau her – ein Weibsbild mit Mumm. Du lässt mir meine Soldaten aber eh in Ruh?"

„Die erwehren sich schon", spottete Sophie.

„Meine Magd hat keine Zeit, eure Männer zu pflegen.“ Jakob Karrer war vorgetreten und spuckte aus. „Sucht euch eine andere.“

Benedikt Riegler rollte mit den Augen. „Jakob, ich bitt dich –“

„Nein! Nicht die Sophie“, sagte Karrer grimmig. Er deutete Sophie mit der Hand, zu ihm zu kommen, aber diese zögerte.

„Bauer – du kannst deiner Magd natürlich verbieten, was du willst“, sagte der Kommandant ruhig und ging einen Schritt näher zu Karrer hin. Der stutzte, blieb aber stehen. „In dem Fall –“, die Stimme des Kommandanten wurde leiser, „wirst allerdings du dich um meine Männer kümmern. Verstanden?“

Karrer blickte den Kommandanten scharf an. Dieser erwiderte ungerührt den Blick.

Stille herrschte am Platz.

„Gut, so viel Arbeit ist's ja nicht. Das wird sie schon schaffen“, sagte Jakob Karrer schließlich merklich leiser und machte einen Schritt zurück. „Aber sie kommt nur, wenn sie unbedingt gebraucht wird.“

„Natürlich, Bauer, natürlich. Du kriegst deine Magd schon wieder – und das unbeschadet, darauf geb ich dir mein Wort.“ Der Kommandant wandte sich an seine Männer. „Wir beziehen Quartier!“

Ein alter Soldat – wohl der Adjutant – trat vor die Männer. „Zugleich!“ Die Soldaten bemühten sich, stramm zu stehen und einen geordneten Eindruck zu machen.

„Marsch!“

Die Soldaten rückten ab, die Versammlung löste sich langsam auf. Elisabeth stürzte auf Franz Karrer zu. „Onkel Franz!“

„Geht schon, Liserl, ist halb so wild“, beschwichtigte er sie und hielt sich das verletzte Ohr.

Jetzt trat Jakob Karrer zu seinem Bruder. „Du weißt wohl auch nicht, wann es besser ist, das Maul zu halten, was?“, schnauzte er ihn an.

„Na, du weißt ja nicht, was ich ihn noch alles heißen wollt“, Franz würdigte seinen Bruder keines Blickes, dann drehte er sich zu Sophie um. „Kommst gleich mit?“

Sie nickte. „Ist vielleicht am besten. Dann kann ich euch gleich sagen, was die Soldaten brauchen.“

„Sophie – warum tust denn das?“, fragte Elisabeth leise.

Sophie zuckte mit den Achseln. „Einer muss es ja machen. Außerdem –“ sie blickte kurz zu Johann, dann wieder zu Elisabeth „ist es ganz gut, hie und da wegzukommen. Das lenkt einen ab.“ Jakob Karrer, der ihre Worte gehört hatte, stieg die Zornesröte ins Gesicht, aber er sagte nichts.

„Bin nicht lang fort“, Sophie lächelte Elisabeth und Johann zu, dann gingen sie und Franz los.

„Brauchst nicht glauben, dass du bei mir unterkommst!“, rief Jakob Karrer seinem Bruder hinterher.

„Aber Vater –“

„Schluss damit. Ist bald Brotzeit“, maßregelte er Elisabeth. „Wir gehen.“ Er stapfte grimmig in die Richtung seines Hauses, Elisabeth folgte ihm.

Albin trat zu Johann. „Das wird noch böse enden.“

„Mal den Teufel nicht an die Wand, Albin. Wenn die das Dorf schleifen wollten, hätten sie das längst getan. Das war nur ein Säbelrasseln, mehr nicht. Wenn die wieder bei Kräften sind, werden sie schneller wieder weg sein, als du glaubst.“

„Gottlose Knechte sind sie allemal.“ Albin spuckte den abziehenden Soldaten nach, dann folgte er Karrer und Elisabeth.

Es wurde still auf dem Dorfplatz. Alle hatten den Platz verlassen, nur Johann und Kajetan Bichter waren zurückgeblieben. Der Pfarrer sah Johann an, schien etwas sagen zu wollen – aber dann sackten seine Schultern ein, er drehte sich um und stapfte auf seine Kirche zu.

Johann blickte Bichter nach, der jetzt die Tür der Kirche öffnete. Ein seltsamer Mensch, dachte er. Der Pfarrer wirkte unglücklich und getrieben, von einer großen Last gedrückt, aber den anderen im Dorf fiel das nicht auf. Oder es war ihnen egal.

Die Kirchentür fiel krachend zu.

Johann war allein. Er blickte über die Kirche und den Friedhof, über die Wälder und Berge der rötlich untergehenden Sonne entgegen – dann kehrte sein Blick wieder zu dem dunklen Fleck zu seinen Füßen zurück. Er starrte die Blutstropfen an, die eine kleine Lache am hart getretenen Boden gebildet hatten.

Ihm war, als würde der Boden selbst bluten.

Tief in seinem Inneren spürte Johann, dass Albin Recht hatte. Die Sache würde böse enden, egal, von welcher Seite die Gefahr drohte. Aber was konnte er machen?

Nichts.

Alles.

Johann verließ mit langsamen Schritten den Dorfplatz.

Franz Karrer eilte in seinem Haus herum, unschlüssig, was er mitnehmen sollte. Die Soldaten waren bereits untergebracht. Wer nicht ernsthaft verwundet war, hockte in der beheizten Stube, die anderen lagen in den oberen Kammern.

Sophie, die mit Franz Karrer gekommen war, wollte nach oben zu den Verwundeten, aber ein Pflock von Mann stand am Fuße der Treppe und bewachte den Treppenaufgang. Sophie baute sich vor ihm auf, in der Erwartung, er würde sie bemerken und Platz machen. Als er keine Anstalten machte, riss ihr der Geduldsfaden.

„Lasst mich vorbei oder sollen sich eure Verwundeten selbst pflegen?“, schnauzte sie ihn an.

Der Soldat blickte überrascht zu ihr hinunter und machte einen Schritt zur Seite. „Hab dich nicht gesehen ...“

Sophie stieg trotzig die steilen Stufen zum Söller hinauf. „Dummer Hund“, schimpfte sie leise. Oben lugte sie in die erste Kammer: Zwei Soldaten lagen ermattet im Bett, der eine hatte seinen rechten Arm und den rechten Oberschenkel straff bandagiert, dem anderen war der halbe Kopf eingewickelt worden, der Verband über der linken Schläfe war dunkelrot verkrustet.

Sophie ging in die nächste Kammer, wo ein Soldat am Boden saß und sich gerade stöhnend seine zerfledderten Stiefel von den wunden Füßen schälte. Das Fleisch seiner Zehen war pechschwarz, Sophie wusste, dass man ihm den Fuß absägen müsse. Der Kamerad des Soldaten lag neben ihm, bleich und völlig verschwitzt, er hatte wahrscheinlich hohes Fieber, vielleicht sogar Wundbrand.

In der letzten Kammer riss sich ein Soldat gerade die letzten schmutzigen Stofffetzen von seinem Armstumpf und betrachtete entgeistert die Stelle, an der bis vor kurzem seine linke Hand gewesen war. Das Fleisch an den Rändern der Wunde war schwarz verfärbt, der Gesichtsausdruck des Soldaten machte deutlich, dass er nur zu genau wusste, was ihm blühte: Man würde ihm das tote Gewebe stückweise abschneiden, bevor es sich ausbreiten und den gesamten Körper vergiften konnte.

Sophie überlegte kurz, ob sie die richtige Entscheidung getroffen hatte, besann sich dann aber darauf, dass Barmherzigkeit und Nächstenliebe vor niemandem Halt machen dürfen, auch nicht vor den Bayern. Sie wusste, was sie zu tun hatte, fasste sich ein Herz und überschlug im Kopf, was sie benötigte. Dann eilte sie zur Treppe.

Ein Schrei aus der ersten Kammer ließ sie über die oberste Stufe stolpern. Sie stürzte die halbe Treppe hinunter, versuchte vergeblich, das Geländer zu fassen. Da fing sie jemand auf. Verdattert sah Sophie, dass es der Soldat war, den sie vorhin angeschnauzt hatte. Er lächelte sie an.

„Du bist mir ja eine ganz Stürmische, was?"

Sie blickte ihn ungläubig an.

„Gefällt mir! Ich bin der Gottfried!", sagte er mit tiefer Stimme und stellte sie wieder auf die Füße.

Sophie richtete sich schnell ihre Haare und sah ihn immer noch trotzig an. „Sophie."

„Was brauchst denn?", wollte er wissen.

Ihr Trotz wich einem Lächeln. „Einen Kübel mit heißem Wasser, viele Fetzen, am besten eine Tuchent, ein Messer und – eine Säge. Und ein paar kräftige Burschen."

„Ich allein reich dir wohl nicht, was?"

„Werden wir noch sehen, Gottfried, werden wir noch sehen", gab sie keck zurück.

Gottfried nickte und ging weg, um die Dinge zu organisieren, nach denen Sophie verlangt hatte.

Kein schlechter Kerl, schmunzelte Sophie, gar kein so schlechter Kerl.

In der Stube verströmte der glühend heiße Ofen behagliche Wärme. Durch die kleinen Fenster fiel das letzte Licht des Tages. Albin und Johann lehnten an der geschlossenen Tür, Elisabeth legte geräuchertes Fleisch, Würste und Brotlaibe in einen groben Leinensack.

Jakob Karrer beobachtete den Vorgang widerwillig. „Diese verdammten Soldaten haben uns gerade noch gefehlt."

„Alles Plünderer und Mordgesellen!", ereiferte sich Albin.

Johann schwieg.

„Albin, du bringst mir den Sack zu dem Gesindel. Fang aber keinen Streit an, hörst?“

„Lass nur, ich mach das schon“, bot sich Johann an.

„Meinetwegen“, stimmte Karrer zu, „aber für dich gilt das Gleiche! Und nachher ladet ihr den Schlitten ab und schlichtet die Blochen, verstanden?“

Johann packte den Sack und verließ die Stube.

Johann näherte sich dem Wachposten vor dem Haus. Franz Karrer kam ihm entgegen, gerahmte Heiligenbilder und eine kleine hölzerne Dose in den Händen. Sein Ohr hatte aufgehört zu bluten.

„Das war alles, was ich hab mitnehmen können. Den Rest werden sie mir wohl hinmachen, die Hunde.“

„Wo kommst du jetzt unter?“, wollte Johann wissen.

„Der Alois hat im Söller noch Platz, hat er mir angeboten.“

„Wird schon werden. Alles Gute.“

„Ist recht, Johann, dir auch.“

Johann näherte sich dem Wachposten, der ihn müde ansah. „Ich bring was zu essen, vom Jakob Karrer.“

Die Wache ließ ihn passieren.

Die Luft in der Stube war zum Schneiden mit Pfeifenrauch gefüllt, der sich mit dem Geruch von Ruß und Schweiß zu einem beißenden Gestank vermischte. Tonsplitter waren über den Fußboden verstreut, einige Soldaten saßen dicht gedrängt um den Tisch und löffelten Mus, andere schliefen zusammengerollt in der Ecke.

Die Stimmung war gedrückt.

„Noch mehr zum Essen.“ Johann stellte den Sack in eine Ecke, in der bereits mehrere Holzsteigen mit Brotlaiben, Würsten, Speck und Schnaps waren. Die Soldaten nahmen kaum Notiz von ihm.

„Ist ja noch ein weiter Weg bis nach Bayern“, sagte Johann beiläufig.

„Was geht dich das an, Knecht?“ Ein alter Kämpfer mit hochrotem Kopf blickte ihn scharf an. Es war der Adjutant, der die Männer auf dem Platz befehligt hatte. Einige Schmisse zierten sein Gesicht, einer davon hatte seine linke Augenbraue und den Wangenansatz gespalten.

Johann kannte diese Sorte Soldat, die schon alles gesehen und erlebt hatte und innerlich leer und müde war. Und auf den letzten Stoß wartete.

„Hab mich nur gefragt, wie ihr in dieses abgelegene Tal geraten seid. Immerhin sind die Bayern für ihre genauen Karten bekannt.“

Der Alte setzte ein Grinsen auf. „Da hast schon Recht, wir haben's uns nicht ausgesucht. Nach der Schlacht um Innsbruck wollten wir wieder über die Grenze zurück, aber wir sind von Tyroler Sturmscharen in die Zange genommen worden. Die Schweine haben uns langsam aufgerieben.“ Er spuckte seinen Kautabak auf den Boden. „Über zweihundert Mann waren wir in Innsbruck noch, kannst du dir das vorstellen, Knecht? Zweihundert!“

Plötzlich hörten sie markerschütternde Schmerzensschreie vom Söller her, die aber bald verstummten. Betretenes Schweigen herrschte in der Stube, einige der Soldaten bekreuzigten sich.

Der Alte nahm einen tiefen Schluck aus seinem Lederbeutel und verzog ob der Schärfe des Gesöffs das Gesicht. Johann versuchte, sich nichts anmerken zu lassen, auch wenn er innerlich mit dem armen Teufel da oben litt. Wahrscheinlich hatten sie ihm irgendein Körperteil abgesägt, dachte er, ein furchtbares Schauspiel, dem Johann nur zu oft hatte beiwohnen müssen.

Andererseits: Lieber hand- als leblos, hatte einer seiner Kameraden einmal gescherzt, bevor er selbst an der Reihe war. Die Amputation hatte er dann überlebt, nicht aber den anschließenden Wundbrand.

Johann riss sich aus seinen Gedanken. „Und auf dem Weg zur Grenze ist dann der Winter eingebrochen ...“, hakte er nach.

„Ja, der hat uns den Rest gegeben. Viele haben wir unterwegs zurücklassen müssen. Zu viele. Aber was kümmert's dich?“ Der Alte schnupfte kurz. „Und jetzt verschwind!“

Johann erkannte, dass er nicht mehr erfahren würde.

Geduld. Sonst will am Ende noch einer von denen etwas über deine Vergangenheit wissen.

Und das wollte Johann auf keinen Fall. Er verließ die Stube.

Der alte Kämpfer blickte ihm nach ...

„Verdammt neugierig, der Knecht“, raunzte ein Soldat, der in der Ecke der Stubenbank lungerte. Seine Kopfbinde war vor Dreck fast schwarz.

„Wenn das ein Knecht ist, dann fress ich einen Besen, das sag ich dir. Der war mal einer von uns, das spür ich“, gab der Alte als Antwort.

„Ein Bayer?“

„Mensch, du bist so blöd wie dein Verband dreckig ist, Joseph. Ein Soldat, mein ich.“ Der Alte biss kräftig von einer geräucherten Wurst ab und kaute sie genüsslich mit offenem Mund.

„Und du hast die Weisheit mit'm Löffel g'fressen, was?“, gab Joseph eingeschnappt zurück.

„Das wär dann zumindest ein Löffel mehr als du“, sagte der Alte grinsend.

Bevor Joseph antworten konnte, schwang die Stubentür auf und der Kommandant kam herein. Der Alte wollte aufspringen, aber der Kommandant machte eine abwehrende Handbewegung. „Schon recht, Albrecht.“ Er blickte auf seine abgekämpften Soldaten, nahm dann wohlwollend die Wärme und das Essen zur Kenntnis.

„Da können wir's aushalten, was?", schallte es aus einer Ecke.

Der Kommandant nickte und wandte sich an den alten Kämpfer. „Sind alle untergebracht, Albrecht?"

„Jawohl!", gab der Alte scharf zurück und schluckte die Wurst hinunter. „Die Verwundeten haben wir oben in die Stuben gelegt."

„Ich weiß, ich war grad oben", antwortete der Kommandant und fuhr nach einer kurzen Pause fort. „Er hat's überlebt."

Albrecht sah ihn fragend an.

„Der Friedrich. Wir mussten ihm –"

Albrecht nickte, er verstand. „Die Bauern haben auch schon was zum Essen gebracht", lenkte er ab.

„Haben sie Schwierigkeiten gemacht?"

Der Alte schüttelte den Kopf. „Lammfromm, das feige Pack."

„Dann hoffen wir, dass das auch so bleibt. Wenn einer aufmuckt, will ich sofort eine Meldung. Das mein ich auch auf unsere Leut bezogen. Schärf denen noch mal ein, dass die mir auch ja die Weiber in Ruh lassen, verstanden?"

„Jawohl."

Der Kommandant klopfte seinem Adjutanten auf die Schulter. „Gut, Albrecht, gut. Wir wollen doch irgendwann wieder heim, was?"

Dann griff er sich ein Stück Speck und einen Brotscherz und setzte sich zu seinen Leuten.

XX

Die Dorfschenke war menschenleer. Nur Alois Buchmüller, Benedikt Riegler und Jakob Karrer saßen an einem Ecktisch, vor sich Zinnkrüge mit Bier und eine halbleere

Flasche Schnaps, der gegen die bedrückende Stimmung aber nichts ausrichten konnte.

„Der Franz ist selber schuld. Der hat noch nie das Maul halten können“, ärgerte sich Karrer.

„Aber Recht hat er trotzdem gehabt. Die fressen und saufen uns noch arm. Dreimal reingespuckt hab ich in jedes einzelne Bier, das ich den Bayern hab rüberbringen müssen“, prahlte Buchmüller.

„Deshalb ziehen sie auch nicht früher ab.“ Riegler nahm einen Schluck Bier. „Wir können froh sein, dass sie unser Dorf nicht geschliffen haben. Ihr wisst, wie's den heurigen Sommer an der Grenze zugegangen ist. Bei uns und bei denen.“

„Ja, ja, wir kennen die Geschichten, hast sie ja oft genug erzählt, dieses Jahr. Ich sag, wir halten uns ruhig und warten, bis sie weg sind“, schlug Buchmüller vor.

Karrer setzte ein heimtückisches Grinsen auf. „Am besten wär', wenn wir die Bayern zu *denen* da oben raufschicken. Dann können sie sich gegenseitig abschlachten.“ Er lachte, Riegler stimmte mit ein.

„Wird aber nicht passieren, Jakob“, meinte Buchmüller und begann, seine Tonpfeife zu stopfen. „Übrigens, habt ihr schon das vom Johann gehört?“

„Was denn?“

„Dir erzählt wohl auch keiner mehr was“, stichelte Buchmüller. „Heut oben im Holz. Der Johann hat dem Albin das Leben gerettet. Hab mir doch von Anfang an gedacht, dass der ein aufrechter Bursch ist.“

Karrer stutzte einen Moment. „Ach das, ja, das haben sie mir erzählt, die beiden“, log er.

„Und Pfannenflicken kann der auch. Meine hat er wieder gut hinbekommen“, fügte Riegler hinzu.

Karrer fühlte Zorn in sich aufsteigen. Der Johann hat sich ja schon sehr gut eingelebt, dachte er und nahm einen großen Schluck aus der Schnapsflasche.

Die Nacht war hereingebrochen, begleitet von leichtem Schneetreiben.

Der Ofen strahlte eine behagliche Wärme aus, Elisabeth saß am Stubentisch und stopfte eine Weste. Johann stand beim Feuerhund und legte einige Späne Kienholz und Kranewitt nach, die sofort zu glosen begannen und gedämpftes Licht warfen. Ein süßlich-harziger Duft machte sich in der Stube breit.

Johann schloss die Augen und atmete tief ein. So sollte es auch einmal in seinem Zuhause riechen.

In einigen Jahren.

Als er die Augen wieder öffnete, sah er, dass Elisabeth ihn anblickte. Schnell senkte sie ihren Blick und fuhr mit ihrer Handarbeit fort. Johann setzte sich ihr gegenüber und begann an einem Stück Holz zu schnitzen.

Sie teilten die Stille.

Plötzlich flog ein Holzspan in Elisabeths Gesicht, überrascht sah sie auf.

„Verzeiht, gnädige Frau", scherzte Johann.

„Glaubst, dass du dir jetzt alles herausnehmen kannst, nur weil du mir Lesen und Schreiben beibringst?"

„*Nur* Lesen und Schreiben?"

Elisabeth lächelte ihn verschmitzt an. „Schau an, da wird einer empfindlich."

Johann fühlte sich von ihr vorgeführt, aber irgendwie gefiel ihm das.

„Was wird denn das, wenn's fertig ist?" Elisabeth deutete auf das Holz in Johanns Hand.

„Ach, das weiß ich selbst noch nicht. Jedes Holz hat eigentlich schon seine vorbestimmte Form, man muss sie nur finden." Johann betrachtete das Stück genau. „Schaut aber aus wie – ein Gesicht. Vielleicht ein Gaukler? Oder eine Narrenfratze? Oder –" Johann blickte Elisabeth in die Augen. „– einer von *denen* da oben?"

Elisabeths Lächeln verschwand. „Woher ...?“, stammelte sie.

„Woher ich das Ammenmärchen kenn?“

„Ammenmärchen?“ Elisabeth legte empört die Weste weg. „Ammenmärchen? Du hast ja keine Ahnung. Du bist nicht von hier.“

„Eben. Ich bin schon viel herumgekommen. Und hab viel gesehen. Aber nichts, was dem nahe kommt, was ich heut gehört hab.“

„Was willst du damit sagen? Dass wir hier alle Narren sind?“

„Geh, Elisabeth. Ich mein ja nur, dass sich das alles unglaublich anhört.“

„Und warum glaubst du, dass hier keiner darüber spricht?“

Johann zuckte mit den Schultern. „Habt ihr überhaupt schon mal einen von *denen* gesehen?“

Elisabeth sah ihn erschrocken an und bekreuzigte sich. „In Gott's Namen, noch nicht.“

„Und woher weißt du dann, dass das alles stimmt?“, bohrte Johann nach.

„Ich weiß es halt.“ Elisabeth verschränkte die Arme. „Ich muss nicht alles hinterfragen.“

Johann blickte ihr in die Augen und verstand – Unwissenheit war manchmal ein verlockendes Kissen. Er drückte ihre Hand.

Das Licht der Ölfunzel ging langsam aus, das glühende Holz im Ofen tauchte den Raum in rötliches Licht. In diesem Zwielicht wirkte Elisabeth für Johann noch schöner als sonst. Er genoss die Magie dieses Augenblicks, als Elisabeth auf einmal ihre Hände zurückzog.

Der Augenblick war vorbei.

Johann stand auf und wollte gerade die Ölfunzel wieder anzünden, als ihn Elisabeth am Arm griff.

„Johann? Warum willst das eigentlich alles wissen?“

Sie sahen sich in die Augen. Elisabeths Atem begann sich zu beschleunigen, die Spannung zwischen den beiden stieg von Herzschlag zu Herzschlag. Johann beugte sich zaghaft zu Elisabeth, sie neigte leicht den Kopf und schloss die Augen.

Plötzlich riss jemand die Tür auf, Johann und Elisabeth erschraken. Es war Albin, er stand mit einem breiten Grinsen vor ihnen. „Nicht, dass ich euch stören will ...“, ätzte er, „Aber dein Herr Vater kommt grad vom Buchmüller, Elisabeth. Ich würd euch raten, ein bisschen auseinanderzurücken.“ Er machte eine Pause. „Und bemüht euch wenigstens, nicht gar so ertappt auszusehen. Ihr schaut aus wie Kinder, die man beim Naschen erwischt.“ Albin drehte sich um und verließ die Stube, sie hörten ihn die Treppe hinaufgehen.

Elisabeth blickte zu Boden.

Johann ging zur Stubentür, drehte sich dann noch einmal um. „Schlaf gut, Elisabeth.“ Er verließ den Raum und schloss die Tür hinter sich.

Elisabeth sah ihm nach.

Du auch, Johann.

Johann wollte gerade die Stufen zu seiner Kammer hinaufsteigen, als ihn jemand festhielt und herumriss. Jakob Karrer stand vor ihm, er roch nach Rauch und Schnaps.

Karrer blickte Johann grimmig in die Augen. „Hab das mit dem Albin heut gehört. Die anderen halten dich ja für einen ordentlichen Burschen.“

Johann entspannte sich, als Karrer ihn plötzlich an der Kehle packte und gegen die Wand drückte. „Aber wenn ich herausfind, dass du bei meiner Elisabeth auch so fleißig bist, wirst dir wünschen, du wärst damals vor meinem Haus verreckt“, flüsterte Karrer.

„Ich hab nichts Unrechtes gemacht ...“

„Und so soll's auch bleiben, mein Bursche." Karrer ließ Johann los und ging in die Stube. Krachend fiel die Tür hinter ihm ins Schloss.

XXI

Das Schneetreiben, das in der Nacht eingesetzt hatte, wurde dichter, es schneite den ganzen nächsten Tag. Da es kaum mehr möglich war, die Wege freizuhalten, tat man, was man in den Bergen in einer solchen Situation immer getan hatte – man zog sich in die niedrigen Bauernhäuser zurück, heizte die Öfen ein und betete, dass der Schneefall aufhören würde.

„Amen!", sagte Jakob Karrer laut und lehnte sich zurück.

„Amen", wiederholten Johann, Elisabeth, Albin und Sophie.

Elisabeth und Sophie standen auf und räumten die Reste des Abendmahls aus der Stube. Die Männer stopften ihre Pfeifen.

„Schaut so aus, als ob es uns nicht so ergeht wie den anderen Dörfern. Die Bayern sind ruhig. Hätt ich nicht gedacht", meinte Albin.

„Narr!", stieß Karrer hervor. „Was glaubst du, woran das liegt? Wenn der Schnee wieder weniger wird und sie freie Hand haben –".

„Bis dahin haben sie sich erholt, und dann hauen sie ab", warf Johann ein.

„Bist schon wieder schlau, Schmied ... scheinst dich ja gut mit dem Pack auszukennen."

Johann blickte ihn ruhig an. „Der Kommandant macht einen vernünftigen Eindruck. Wenn sie gewollt hätten, wär das Dorf schon längst geschliffen."

Bevor Karrer antworten konnte, klopfte es an die Tür und Martin Karrer trat ein. Trockener Schnee rieselte von seinem dicken, wollenen Mantel. „Grüß Gott, Jakob", sagte er zu seinem Sohn und nickte Johann und Albin zu.

„Was willst denn du hier bei diesem Sauwetter? Schneit's draußen noch nicht genug?"

„Ich wollt euch einladen, zu mir zu kommen. Der Franz ist auch da, und wir könnten wieder mal die alten Lieder singen. Ist schon ein Zeiterl her."

„Ich geh sicher nicht aus dem Haus. Hab's hier fein genug", antwortete Karrer ruppig.

„Und die anderen?"

Jakob Karrer musterte Albin und Johann gleichgültig. „Von mir aus."

Die Tür öffnete sich, Elisabeth und Sophie kamen herein.

„Aber die Frauen bleiben im Haus", bestimmte Karrer.

„Geh, Jakob. Ohne die Elisabeth hat das keinen Sinn. Die hat doch eine Stimme wie ein Engerl."

„Den Bayern wird ihre Stimme sicher auch gefallen, wenn sie das mitkriegen", entgegnete Karrer.

„Der einzige Bayer steht am Eingang vom Dorf, friert erbärmlich und könnte nicht mal einer Maus gefährlich werden."

„Bitte, Vater. Du weißt, wie sehr ich die alten Lieder mag", bat nun auch Elisabeth.

Karrer verdrehte die Augen. „In Gott's Namen. Dann geht's halt, aber seid nicht zu lang aus. Johann und Albin, ihr seid mir verantwortlich für die Elisabeth. Und –"

Alle sahen ihn an.

„Die Sophie bleibt da. Wär ja noch schöner, wenn ich mir mein Zeug selbst aus der Kuchl holen müsst."

Er sah Sophie an, ein feistes Lächeln auf den Lippen. Sophie wusste, was an dem Abend kommen würde, hatte es schon oft genug erlebt: Sie musste Jakob Karrer von vorne bis hinten bedienen, und trotzdem war nichts recht und gut genug. Dass sie heute mit den anderen nicht zum Singen gehen durfte, war natürlich auch die Rache dafür, dass sie sich zum Pflegen der Soldaten gemeldet hatte. Aber damit war ja zu rechnen gewesen.

„Kannst mir gleich einen Schnaps holen, Sophie", sagte Karrer laut. „Aber kalt soll er sein."

Sophie nickte und stand auf. Das einzig Gute an Jakob Karrer war, dass er nie zudringlich geworden war. Aber das auch nur, weil er, wie er ihr einmal ins Gesicht geschmettert hatte, nicht daran denke, sich etwas zu nehmen, was das ganze Dorf schon vor ihm gehabt hatte. Die rohe – und zudem unwahre – Bemerkung hatte sie sehr verletzt. Aber besser, er hielt sie für eine Hure und ließ sie in Ruhe, als er vergriff sich an ihr, so wie es viele andere Bauern Tag für Tag mit ihrem Gesinde taten.

Sophie verließ die Stube.

Martin Karrer führte die drei durch das Dorf. Kalter Wind fuhr ihnen allen tief in die Knochen. Es war dunkel geworden, schwaches Licht fiel aus den Häusern auf die fast einen Klafter hohen Schneewände links und rechts des schmalen Weges.

„Wer hat denn den Pfad geschaufelt?", fragte Johann den Großvater.

„Na wer schon? Der Liebling vom Kommandanten, der Franz. Mit einem der Knechte. Immerhin braucht's einen Weg für die Wachablösung."

Albin konnte sich ein Grinsen nicht verkneifen. „Der mit seinem großen Maul. Aber dass es ihn einmal ein halbes Ohr kosten würde, hätte er sicher nicht gedacht."

„Er hat ja noch eins", sagte Martin Karrer. „Mehr braucht er nicht."

Sie waren beim Haus des Großvaters angekommen, der alte Mann öffnete die Haustüre nur einen Spalt breit, damit nicht zu viel Wärme entweichen konnte. „So, kommt schnell herein."

Die vier betraten die kleine Stube in Martin Karrers Haus. Sie war sehr einfach gehalten, doch die Wände und die Decke waren mit Schnitzereien verziert. Unter dem Herrgottswinkel standen Bänke und ein grober Holztisch. Der Ofen war geheizt, es war angenehm warm.

Johann fühlte sich spontan wohl, wie schon damals, als er das erste Mal durch das Haus gegangen war. Es kam ihm ewig vor – wie lange war er schon im Dorf? Er konnte es nicht mit Sicherheit sagen.

Franz Karrer saß bereits am Tisch, einen Verband um den Kopf und einen Schnapsbecher vor sich. Er hob den Becher. „Gesundheit, Männer. Und dir natürlich auch, Elisabeth."

„Lass es dir schmecken, Franz. Hast ja viel gearbeitet heut", sagte Martin Karrer mit einem leichten Lächeln auf den Lippen.

„Diese verdammten bayerischen Hunde – ich kann von Glück sagen, wenn sie mir nicht noch ein Ohr abschneiden."

„Oder was anderes", feixte Albin.

„So wie mich der Kommandant angeschaut hat, trau ich dem das auch noch zu. Der hat höchstpersönlich hinter mir gestanden und mir eine Weile bei der Arbeit zugeschaut, dass ich sie ordentlich mach", sagte Franz kopfschüttelnd.

„Muss er. Er ist für seine Soldaten verantwortlich, und da kommt die Wache an erster Stelle. Ohne Wache keine Sicherheit", meinte Johann.

Er merkte, dass es in der Stube ruhig geworden war. Alle starrten ihn an.

Narr. Halt dich zurück.

„Sicherheit? Auf wessen Seite stehst du denn? Und wer soll überhaupt ins Dorf kommen?“, fragte Franz ungläubig. „Wir sind völlig abgeschnitten.“

„Das hat jemanden vor kurzem nicht davon abgehalten, eine Kuh aus dem Stall zu stehlen.“

„Setzt euch erst einmal hin. Wir trinken was, und dann singen wir“, meinte der Großvater.

„Der Ofen mag äußerlich etwas wärmen, aber fürs Innere braucht's mehr. Johann? Einen Schnaps? Hab gehört, du bist ganz wild danach.“ Franz grinste.

Johann nickte gottergeben und rollte mit den Augen, alle lachten.

Franz schenkte nacheinander jedem einen Schnaps ein. Sie erhoben die Trinkbecher.

„Auf das Dorf.“

„Auf das Dorf!“

Johann kippte den Schnaps hinunter. Kaum zu glauben: Es war Obstschnaps.

Nach einer weiteren Runde Schnaps klatschte Martin Karrer in die Hände. „So, dann lasst uns anfangen. Ich bet das Ave Maria, Elisabeth, du singst dann dazu. Albin, du spielst auf der Scheithold.“

Elisabeth nickte. „Gern, Großvater.“

Albin stand auf und nahm die schmale Zither, die an der Wand neben der Ofenbank hing. Er setzte sich wieder zu den anderen, alle falteten die Hände.

„Gegrüßet seist du, Maria ...“

Johann fragte sich, was nach dem Gebet kommen würde.

„Heilige Mutter Gottes, behüte uns vor der Bedrängnis und beschütze uns vor *ihnen*. Amen.“

Andererseits – wenn die Bewohner dieses Dorfes schon ihre Gebete so beendeten, war sich Johann sicher, dass es auch bei den Liedern nicht anders zuging.

Er sollte Recht behalten.

Alle bekreuzigten sich jetzt und sahen Elisabeth erwartungsvoll an. Diese räusperte sich leise, dann begann sie zu singen, begleitet von Albin, der auf der Scheithold mitspielte.

Johann hatte noch nie eine so schöne Stimme gehört. Voll und ausdrucksstark, gleichzeitig unendlich sanft. Elisabeth sang ein sehr altes Lied, über Tyrol, aber mit Psalmen und Bittgesängen durchsetzt, sodass etwas Eigenes, Neues entstand.

Sie sah Johann beim Singen in die Augen, er blickte zurück. Es schien, als würden sie etwas teilen, etwas, das –

Elisabeth hielt inne, jetzt begannen auch die anderen einzustimmen, sangen eine eigene Strophe, die in der Folge immer wiederkehrte, nachdem Elisabeth eine Strophe beendet hatte.

Und doch – bei aller Schönheit und Stimmung, die der Gesang in der Stube verbreitete, klang für Johann der eigentliche Gedanke deutlich durch, schnitt sich gleichsam bedrohlich zwischen die Harmonien: die Bitte an die Muttergottes um Schutz.

Vor *ihnen.*

Die Gesänge klangen durch die kleinen Fenster nach draußen. Der bayerische Wachposten, der eben abgelöst worden war und durch den zugeschneiten Pfad zu seinem Quartier stapfte, blieb stehen. Er sah zu dem Haus, dem warmen Licht, hörte die Melodien, die dem Sturm trotzten. Sie machten ihn wehmütig. Er musste an sein Zuhause denken, an Frau und Kinder, die er schon so lange nicht mehr gesehen hatte. Merkwürdig, dachte er. Wenn man für einen Augenblick denen zuhört, gegen die man vorzugehen hat, merkt man erst, wie gleich sie alle letztendlich doch sind. Freund oder Feind, jeden bewegt dasselbe.

Ruhe und Frieden.

Liebe.

Oder ein gemeinsames Lied in einer stürmischen Nacht.

Als der Soldat den Gesängen genauer lauschte, kroch ein beklemmendes Gefühl in ihm hoch. Irgendwie klangen die Melodien und Worte beunruhigend, er hatte plötzlich das Gefühl, als schnürten sie ihm die Kehle zu.

Unwillkürlich bekreuzigte er sich, dann stapfte er weiter. Der alte Albrecht hat Recht, dachte er. Wird Zeit, dass wir weiterkommen, irgendwas stimmt ganz und gar nicht in diesem verfluchten Tal.

Die Stimmung hatte für Johann etwas Magisches: der Sturm, die Stube, die fremdartigen und doch vertrauten Lieder ...

Wobei etwas von dieser Magie sicher auch vom Schnaps kam, denn Franz hatte Johann schon drei Mal nachgeschenkt. Als Johann beim fünften abwehrend gewinkt hatte, stichelte Franz: „Ich will morgen in der Kirche nicht der Einzige sein, der einen schweren Kopf hat. Und Weihnachten ist auch bald – da predigt der Bichter morgen sicher lang. Schwere Predigt braucht einen schweren Kopf."

Johann war schon etwas berauscht, als sie aufhörten zu singen.

Nachdenkliche Stille legte sich über den kleinen Raum.

„Auf dass die Lieder helfen", brach der Großvater schließlich das Schweigen.

Johann sah ihn an. „Lasst mich raten: Ihr singt die Lieder nur in den Wintern, wenn es am kältesten ist."

Der Großvater schwieg.

„Und sie sollen gegen die Ausgestoßenen helfen."

Der alte Mann blickte Albin an. „Dein Maul ist offenbar um nichts kleiner als das vom Franz."

„Der Ignaz war's. Im Holz oben. Und er hat Recht gehabt, der Johann verdient die Wahrheit", verteidigte sich Albin.

„Was weißt du denn schon von der Wahrheit?", sagte Martin Karrer unwillig.

Johann bohrte weiter. „Ich hab das Ammenmärchen gehört, von *denen*, die im Wald hausen. Von Gottes Strafe an *ihnen*, der weißen Haut und den spitzen Zähnen." Er hielt kurz inne, dann schaute er dem Großvater in die Augen. „Was ich mich frag: Wenn es *sie* tatsächlich gibt, woher sind *sie* dann gekommen?"

„Sie waren schon immer da", antwortete Martin Karrer schnell. „Und mehr weiß ich auch nicht." Er stand auf. „Ich denk, es ist besser, ihr geht jetzt. Bevor der Jakob misstrauisch wird." Während er das sagte, streifte sein Blick erst Elisabeth, dann Johann.

Johann spürte, dass der alte Mann log und viel mehr wusste, als er zugab. Aber es war nicht der rechte Zeitpunkt, mehr herauszufinden, nicht vor Elisabeth.

Johann stand auf. Er schwankte leicht, der Kopf schien ihm zu platzen.

Der Sensenmann, der grimmige Schnitter, im Totentanz mit seinen Opfern. Das blasse Antlitz, das Betteln um Gnade.

Warum hörte er diese Stimmen? Warum hatte er gerade jetzt dieses Bild vor Augen, das ihn auch in seinen Träumen verfolgte?

Das Blut, das an die Wände spritzte und sich über die Fresken ergoss, schwarz im bleichen Licht des Mondes, pulsierenden Adern gleich ...

Albin fasste ihn an der Schulter und stützte ihn.

Die Stimmen und Bilder verschwanden, Johann sah wieder klar. Er nahm Albins Hand von seiner Schulter. „Dank dir, aber es geht schon wieder."

„Du musst es wissen", sagte Albin grinsend und zwinkerte Franz zu, der diese Geste erwiderte.

Elisabeth küsste ihren Großvater auf die Wange. „Bis morgen in der Kirche, Großvater."

„Bis morgen, Kind."

Elisabeth ging hinaus, Albin folgte ihr. Der Großvater sah Johann durchdringend an. „Pass auf dich auf, Bursche."

Johann nickte wortlos, dann verließ auch er die Stube.

XXII

Schwere Predigt braucht einen schweren Kopf.

Was für ein dummer Spruch, dachte Johann und rieb sich die schmerzenden Schläfen. Sein Kopf dröhnte, er hatte noch den Beerengeschmack des Schnapses im Mund. Übelkeit schwappte durch seinen Körper, verklang und wurde stärker, seine Augen waren geschwollen und gerötet – er fühlte sich schrecklich.

Dass er in der Kirche war und der ausufernden Predigt von Kajetan Bichter folgen musste, verschlimmerte das ganze natürlich um ein Vielfaches. Die Kirche war voll, denn wie Franz Karrer angekündigt hatte, war bald Weihnachten, und der Pfarrer hatte für die kommende Zeit und ihre besonderen Riten viel zu sagen. Als Johann sich sicher war, dass er es keinen Augenblick länger in der Kirche aushalten würde, beendete Bichter die Predigt.

„Amen", sagte die Gemeinde.

„Amen, Brüder und Schwestern." Bichter hielt kurz inne, zögerte. Sein Blick fiel auf die ersten Reihen der groben Holzbänke, auf Karrer und Riegler. Dann schien er sich ein Herz zu fassen und setzte erneut an.

„Noch ein Wort an alle Gläubigen –"

Johann stöhnte innerlich.

„Wie wir wissen, sind die Wege des Herrn unergründlich." Bichter holte tief Luft. „Er hat uns ein Rind genommen und Soldaten in unser Dorf geführt. Und ich verstehe, dass viele von euch besorgt sind. Aber wir werden in diesem viel zu frühen Winter deshalb weder Hunger noch Kälte leiden müssen." Wieder ein kurzes Innehalten. „Vielmehr hilft dieser Verlust denjenigen, die es am notwendigsten brauchen. Und der unter euch, der nicht barmherzig genug ist, auch in größter Bedrängnis zu teilen, möge sich jetzt erheben."

Niemand sagte ein Wort, alle schauten betroffen zu Boden. Johann sah, dass Jakob Karrers Gesicht dunkelrot vor Zorn war.

„So lasset euch nicht von Hass, Angst oder Neid leiten, denn dafür ist kein Platz. Hier nicht, und im Himmelreich erst recht nicht!"

Ein kalter Luftzug fegte plötzlich durch die Reihen. Alle drehten sich um.

Der Kommandant stand in der Kirchentür, seine Männer hinter sich. Er klatschte in die Hände, und als er anhob zu sprechen, blitzte kurz ein Lächeln auf seinen schmalen Lippen auf. „Wohl gesprochen, Hochwürden, wohl gesprochen. Wenn dem so ist, werdet Ihr uns hoffentlich ebenfalls an der Messe teilhaben lassen. Meine Männer sind gute Christen und haben schon lange an keiner Eucharistie teilgenommen."

Bichter zögerte.

Der Kommandant wartete ruhig auf eine Antwort. Gefährlich ruhig.

„Es ist nicht genug Platz in der Kirche. Seht ihr das nicht?" Jakob Karrer hatte diese Worte gesprochen.

Der Kommandant musterte ihn unbeeindruckt, er sah Franz mit einem Verband neben seinem Bruder sitzen, blickte dann wieder Jakob Karrer an. „Einer wie der andere ...", sagte er leise und schüttelte den Kopf. Dann ging er langsamen Schrittes nach vorne, stellte sich von Angesicht zu Angesicht vor Bichter.

„Nun, ich würd sagen, es ist nur recht und billig, wenn einige Eurer Schäfchen, die jeden Sonntag hier sein können, Platz für meine Männer machen. Ein Sonntag bedeutet für die Euren nichts, für meine Männer alles."

„Ich – ich ...", stammelte Bichter.

„Ausgezeichnet. Ich wusste doch, dass Ihr die Barmherzigkeit auch lebt", sagte der Kommandant, drehte sich vor dem verblüfften Pfarrer um und fasste die Dorfbewohner ins Auge. Sein Blick fiel auf die sitzenden Bauern und die stehenden Knechte und Mägde, dann wandte er sich an Jakob Karrer. „Ich denk, Ihr seid lange genug gesessen. Vertretet euch am besten die Beine vor der Kirche." Als der ihn verständnislos anstarrte, hob der Kommandant die Stimme. „Na wird's bald? Raus mit Euch, macht Platz für meine Männer!"

Jakob Karrer öffnete den Mund, schloss ihn wieder.

Alle starrten ihn an. Es herrschte Totenstille in der Kirche.

Der Kommandant legte die Hand an den Säbel.

„Brüder, bitte. Das ist ein Haus Gottes –"

Ein Rumpeln unterbrach die flehentliche Stimme von Kajetan Bichter. Jakob Karrer war so heftig aufgestanden, dass die Sitzbank fast umfiel. Wortlos drängte er sich durch die Reihen der Dorfbewohner nach draußen. Nach einer kurzen Pause folgten ihm Riegler, Buchmüller und die anderen.

„Warum nicht gleich so?", kommentierte der Kommandant den Abgang der wichtigsten Männer des Dorfes ironisch, dann winkte er seine Soldaten nach vorne. Die setzten sich in die ersten Reihen. Der Kommandant wandte sich an Bichter. „Ihr mögt fortfahren."

Dann setzte er sich neben seine Männer.

Alle in der Kirche hatten der Szene atemlos beigewohnt. Jetzt setzte leises Murmeln ein, das verstummte, als Bichter die lateinischen Worte zur Messeröffnung sprach.

Johann war beunruhigt. Nicht wegen der Soldaten, er wusste nach wie vor, dass dem Dorf nichts geschehen würde, wenn alle sich ruhig verhielten. Die Szene eben war nichts als eine Machtdemonstration gewesen, die Johann im Stillen gefallen hatte. Nein, es war der mörderische, schrankenlose Hass in Jakob Karrers Gesicht gewesen, der ihm Sorgen machte. Er kannte diesen Ausdruck.

Wo immer er ihn gesehen hatte, war der Tod alsbald gefolgt.

Johanns Blick fiel auf den Großvater, der hinten bei den Knechten und Mägden stand. Der alte Mann schien Johanns Blick zu spüren, wandte den Kopf und blickte ihn an.

Johann sah in den Augen des Großvaters die gleiche Art der Besorgnis, die er selbst empfand.

War er am Abend zuvor zu harsch zu Johann gewesen? Martin Karrer kamen Zweifel. Er blickte Johann an, dann Elisabeth.

Entscheidungen mussten getroffen werden.

Er wusste innerlich, dass etwas Folgenschweres bevorstand. Seine Sorge galt allerdings nicht sich selbst. Das Leben war, trotz aller bitteren Einschnitte, nicht schlecht zu ihm gewesen. Aber Elisabeth hatte das ihre noch vor sich.

Entscheidungen.

Sie hatte sich für Johann entschieden, und das sollte ihr niemand verwehren. Martin Karrer fuhr sich durch den Bart und zwirbelte die Spitzen nach unten. Nun hatte er sich zu entscheiden.

„So tretet nun vor, um den Leib des Herrn zu empfangen ..."

Die Soldaten standen auf und gingen einer nach dem anderen Richtung Altar.

Als die Messe zu Ende war, verließen die Soldaten die Kirche, gefolgt von den Dorfbewohnern. Draußen standen die Leute in Gruppen zusammen und sprachen gedämpft miteinander. Es schneite, aber nur mehr ganz leicht, die großen Schneefälle waren offenbar vorbei.

Fürs erste.

Einige der Soldaten musterten die Frauen anzüglich. Diese blickten zu Boden, die Männer des Dorfes warfen den Soldaten finstere Blicke zu.

„Ab mit euch nach Hause, aber schnell!“, befahl Jakob Karrer Elisabeth und Sophie. Die anderen Bauern sagten ihren Frauen und Töchtern dasselbe, der Platz leerte sich schnell.

Karrer und die übrigen Bauern machten sich auf den Weg in die Schenke. Franz wandte sich an den Großvater. „Vater, kommst auch noch mit zum Buchmüller?“

„Nein, heut nicht. Ich fühl mich nicht so gut, ich werd heimgehen.“

„Wie du willst.“ Franz drehte sich um und folgte seinem Bruder.

Der Großvater ging quer über den Platz. Als er bei Johann war, blieb er stehen. „Komm später zu mir. Und nimm die Elisabeth mit“, flüsterte er Johann zu.

„Aber –“

„Tu, was ich dir sag!“ Die Stimme des alten Mannes war so beschwörend, dass Johann unwillkürlich nickte.

„Gut, ich schau, dass wir uns davonstehlen können.“

„Seid vorsichtig.“ Der Großvater ging langsam in die Richtung seines kleinen Hauses.

Johann hätte schwören können, dass der alte Mann Todesangst hatte.

„Los jetzt, Männer. Aufstellung, und dann zurück ins Quartier.“ Albrecht, der nicht in der Kirche gewesen war, war auf einmal auf dem Kirchplatz aufgetaucht. Johann hätte darauf wetten können, dass der alte Haudegen keinen Wert auf den Leib des Herrn legte.

Die Männer gehorchten murrend. Der Kommandant trat jetzt aus der Kirche heraus und nickte Albrecht zu. „Schon recht. Sonst kommen sie noch auf dumme Gedanken." Sein Blick schweifte über die Dorfbewohner, die noch auf dem Kirchplatz standen, und verweilte schließlich auf Johann.

Bleib unauffällig. Sieh zu Boden.

Vernunft gegen Stolz.

Der Stolz behielt die Oberhand.

Johann blickte den Kommandanten ruhig an. Der stutzte, kam dann langsam auf ihn zu und stellte sich direkt vor ihn. „So ... da ist einer mit ein wenig Mumm in den Knochen, wie mir scheint."

Johann sagte nichts.

Der Kommandant rief über die Schulter zurück: „Albrecht! Zu mir!"

Albrecht bewegte sich mit einer Schnelligkeit, die man dem alten Kämpfer nicht zugetraut hätte. „Kommandant?"

„Sieh dir den Burschen da an. Was siehst du?"

„Der ist mir schon aufgefallen, als er uns das Essen gebracht hat."

Der Kommandant nickte. „Was machst du hier im Dorf, Bursche?"

„Schmiedearbeiten."

„Du bist hier geboren?"

Johann wusste, dass es keinen Zweck hatte zu lügen. Der Kommandant konnte seine Aussagen jederzeit überprüfen. „Nein, ich bin erst seit kurzem hier."

„Und was hat dich hierher verschlagen? Du hättest überall mehr Arbeit als in diesem gottverlassenen Tal."

Johann zögerte. „Das gleiche Schicksal wie das Eure."

„Also verirrt? So, so ...", murmelte Albrecht.

„Albrecht, was meinst du, könnte einen Mann dazu bewegen, sich hierher zu – *verirren*?“, fragte der Kommandant spöttisch.

„Ich würd mich nur zu einem Zweck hier aufhalten.“

„Nämlich?“

„Ist ein gutes Versteck ...“

„Das würd ich wohl auch meinen.“ Der Kommandant war auf einmal wieder so gefährlich ruhig wie vorhin in der Kirche. „Zum Beispiel, wenn einer keine Lust mehr zum Kämpfen hat.“ Er starrte Johann jetzt direkt in die Augen. „Was meinst du, *Schmied*?“

„Ihr irrt Euch. Ich war nie bei den Sturmscharen.“

„Er war nie bei den Sturmscharen, Albrecht.“

„Sind ja nicht die einzigen Tyroler Kämpfer, Kommandant. Die Fronten ziehen sich überall hindurch. Ich hab gehört, dass der Kaiser nicht wenige tüchtige Gebirgskämpfer in seinen Reihen hat, Freiwillige und weniger Freiwillige.“

Der Kommandant und Albrecht starrten Johann an.

„Ich sag es Euch noch einmal – ich bin kein Soldat.“

„Natürlich bist du *jetzt* kein Soldat mehr“, erklärte der Kommandant.

Schweigen breitete sich aus.

Dann traf der Kommandant eine Entscheidung. „Aber letzten Endes zählt das für mich nicht. Wenn du ein bayerischer Deserteur wärst, würdest du hier auf dem Platz baumeln. Aber ein Tyroler Deserteur ist ein Tyroler Kämpfer weniger an der Front.“

„Wenn er denn Schmied bleibt“, warf Albrecht ein.

„Ganz recht, Albrecht. Wenn er denn Schmied bleibt.“ Er fixierte Johann. „Wirst du das bleiben – *Schmied*?“

„Ihr habt mein Wort“, sagte Johann ruhig.

Die beiden musterten ihn noch einen Augenblick. Dann nickte der Kommandant. „Du wirkst wie ein besonnener Mann. Ich glaub dir. Du kannst jetzt gehen.“

„Ich danke Euch.“ Johann entfernte sich rasch.

Der Kommandant und Albrecht sahen Johann nach.

„Albrecht?“

„Jawohl?“

„Den Mann im Auge behalten.“

„Natürlich, Kommandant.“ Der alte Kämpfer grinste.

XXIII

Martin Karrer saß an seinem Stubentisch und betete. Er betete so innig, wie er seit Jahren nicht mehr gebetet hatte. Dafür, dass für das Dorf und seine Bewohner die Zeit noch nicht gekommen war.

Er betete für Elisabeth.

Und er bat Gott um Vergebung, dass er einen nicht in seine Gebete einschloss. Auch wenn es sein eigen Fleisch und Blut war. Aber er glaubte schon lange nicht mehr, dass sein Sohn irgendeine Form der Vergebung verdient hatte. Nicht seit dem Winter, als er seine eigene Mutter hatte sterben lassen.

Ein Klopfen an der Tür. Der alte Mann sah auf, bekreuzigte sich. „Herein mit euch!“

Johann und Elisabeth betraten die Stube.

„Ist der Jakob noch beim Wirt, Johann?“

Elisabeth antwortete an Johanns Stelle. „Der kommt nicht vor einer Stunde. Das tut er nie.“

Der alte Mann nickte. „Die Zeit muss reichen.“ Er sah die beiden durchdringend an.

„Was ist denn, Großvater?“, fragte Elisabeth, die sich unter seinem Blick unbehaglich fühlte.

„Setzt euch, Kinder.“

Die beiden setzten sich.

„Ich sag’s euch frei raus: Ihr solltet das Dorf so rasch wie möglich verlassen.“

„Was? Aber Großvater –“

Der alte Mann machte eine abwehrende Handbewegung. „ Ich freu mich ja, dass ihr zwei euch mögt. Aber ich bin nicht der Einzige, der das gemerkt hat, auch der Jakob ist schon misstrauisch. Und du weißt, was er tut, wenn er euch erwischt.“ Er hielt einen Moment inne. „Außerdem kann die Stimmung im Dorf jeden Moment umschlagen. Die Soldaten und –“

„Und die Ausgestoßenen?“, fragte Johann.

„Ja“, sagte Martin Karrer knapp.

„Da ist jetzt aber schon lange nichts mehr passiert. Bis aufs Stanzerl halt“, fügte Elisabeth hinzu. „So richtig, mein ich.“

„Ich hab eine schlimme Vorahnung, und die wird von Tag zu Tag ärger. Ich bitt euch inständig: Nehmt das Nötigste mit und lasst dieses Tal hinter euch.“ Der Großvater legte die Stirn in Falten. „Schau Liserl, ich bin auch nicht mehr der Jüngste, und mit dem Johann hast einen rechten Mann an deiner Seite.“

Elisabeth schüttelte trotzig den Kopf. „Ich geh nicht ohne dich, Großvater.“

„Bei allem Respekt, aber ich seh auch nicht, warum wir von heut auf morgen alles hinter uns lassen sollten. Durch den Schnee würden wir sowieso nicht weit kommen. Erst wenn's ein bisschen taut, vielleicht. Und selbst dann ...“ Johann rieb sich das Kinn. „Selbst dann versteh ich's nicht.“

„Man muss auch nicht immer alles verstehen, Johann“, warf Elisabeth ein.

„Kluge Worte“, bekräftigte der Großvater.

„Nein, eben keine klugen Worte. Genau das sind die Gründe, warum die Leut falsche Entscheidungen treffen. Sie nehmen Dinge einfach hin, nur weil sie ihnen jemand vorbetet, ohne selbst zu überlegen. Dabei ist es genau umgekehrt: Je mehr man von etwas weiß, desto besser kann man die richtige Entscheidung treffen.“

Elisabeth schüttelte verständnislos den Kopf. Nur Martin Karrer ahnte, worauf Johann hinauswollte. Er ahnte auch, dass er das, was er wusste, nicht mehr länger verschweigen konnte.

Vielleicht sollte er das auch gar nicht.

Er seufzte, dann lehnte er sich zurück. „Ich nehm nicht an, dass ich dich umstimmen kann?“

Johann schüttelte den Kopf.

Der alte Mann begann seine Pfeife zu stopfen, schien zu überlegen. Dann gab er sich einen Ruck. „Nun gut. Dann soll’s so sein.“

Und er erzählte ihnen alles.

Es war vor über 100 Jahren. Oberflächlich schien alles im Dorf seinen Weg zu gehen: Es hat schon lange keine schlechte Ernte mehr gegeben, das Vieh war zahlreich, den Leuten ging es gut.

Vielleicht zu gut. Es heißt, die Leut sind hochmütig geworden.

Und dann ist es auf einmal geschehen: Innerhalb von wenigen Jahren sind immer wieder Kinder auf die Welt gekommen, die anders waren. Kinder mit einer Haut wie aus Wachs, die in der Sonne fast geschmolzen ist, und am ganzen Körper haben sie schwarze Verästelungen gehabt. Ihr Zahnfleisch war immer wund, die Zähne haben ausgeschaut wie von einem Tier.

Die Leute waren zuerst entsetzt, natürlich. Sie haben die Kinder versteckt, weil sie sich geschämt haben. So konnte zumindest nach außen kein Schaden entstehen, haben sie sich gedacht.

Sie hatten Unrecht.

Nach einer gewissen Zeit haben sich andere angesteckt. Mütter. Väter. Geschwister. Durch einen Biss oder Kratzer. Bei manchen hat es Tage gedauert, bis man's gemerkt hat, bei manchen nur eine Nacht.

Immer mehr haben sich verändert, sind wie ein Nachtmahr durch das Dorf und die Wälder gehetzt und haben Angst und Schrecken verbreitet.

Also haben die Dorfältesten beraten, was man dagegen tun konnte.

Und der Beschluss war hart, aber einstimmig, bis auf den damaligen Pfarrer, der war natürlich dagegen. Mit den Kindern hatte man Mitleid, es wurde angeordnet, sie den alten Franziskanermönchen zu überlassen. Die haben oben in den Wäldern gelebt, in der verlassenen Burg.

Aber damit hat sich das Dorf schwer versündigt. Die eigenen Kinder weggeben!

Und die anderen, die von den Kindern angesteckt waren, die hat man wie Vieh eingefangen und oben im Wald auf einem riesigen Scheiterhaufen verbrannt. Um ihre Seelen zu reinigen, wie beteuert worden ist. Die Schreie waren herzzerreißend, die hat man bis ins Dorf herunter gehört. Aber die Leute haben ihren Kindern die Ohren zugehalten und gewartet, bis es vorbei war ...

Viele Jahre später – ich war noch sehr jung, aber ich erinnere mich, dass es ein eisig kalter Winter war – sind dann immer wieder Leute erschlagen aufgefunden worden. Alle aus den Familien, die damals die Kinder weggegeben haben.

Natürlich haben wir gewusst, wer's war.

Als immer mehr gestorben sind, haben sich die Männer auf den Weg zu den Franziskanern gemacht. Diese wollten die ihnen Anbefohlenen aber nicht herausgeben. Sie haben gesagt, dass man sich nicht gegen Gottes Geschöpfe versündigen soll, gegen keines seiner Geschöpfe.

Also haben die Dorfbewohner die Burg mit Mann und Maus niedergebrannt. Der Feuerschein war noch hier unten zu sehen, und die Rauchsäule war so gewaltig, dass sie den ganzen nächsten Tag die Sonne verdunkelt hat.

Aber wer Wind sät, wird Sturm ernten …

Die Ausgestoßenen, die überlebt haben, sind dann über das Dorf hergefallen, es war entsetzlich, wie der jüngste Tag. Vermummte Geschöpfe mit Krallen und schwarzen Augen, mit schier übermenschlichen Kräften, haben alles Lebendige vernichtet.

Die Menschen haben sich natürlich gewehrt, aber es hat keinen Sinn gehabt.

Alle aus dem Dorf haben sich dann am Hauptplatz vor der Kirche versammelt, um der Raserei gemeinsam Einhalt zu gebieten. Die Ausgestoßenen sind auf sie zugekommen, gnadenlos und unaufhaltsam, aber plötzlich sind sie wie erstarrt stehen geblieben.

Weil die Kirche auf einmal in Flammen stand.

Auch die Dorfbewohner waren wie versteinert.

Und dann hat uns der damalige Pfarrer beschworen, den Kampf zu beenden. Und als er so dagestanden ist, vor der brennenden Kirche, und mit donnernder Stimme gesprochen hat – da war es, als redete Gott selbst durch ihn.

Und so haben wir uns gefügt.

Sie sind wieder hinauf, und wir haben alles wieder aufgebaut und sind geblieben. Das war es, was der Pfarrer gepredigt hat: Wir sollen bleiben und nicht weggehen, es sei Gottes Wille. Damit wir ihnen in den kalten

Wintern beistehen können, wenn sie sich nicht mehr aus eigener Kraft ernähren können. Immerhin waren sie genauso ein Teil von uns wie wir von ihnen.

Und so ist es dann geschehen. Wir lassen sie in Ruhe und sie uns. Nur in den ganz kalten Wintern holen sie sich manchmal Vieh oder Getreide, um zu überleben.

Dort oben, in diesen verfluchten Wäldern ...

Der Großvater hatte geendet, in der Stube war es still. Elisabeth schien wie vor den Kopf gestoßen.

„Und deshalb redet niemand darüber“, sagte Johann schließlich.

Der Großvater nickte. „Sie wollen vergessen ...“

„Daher auch die Bannzeichen überall.“

„Bannzeichen? Das sind keine Bannzeichen, das sind Schutzzeichen!“, entrüstete sich der Großvater. Johann wusste, dass dies reine Schönfärberei war, denn ob man jemanden von sich fernhalten oder sich vor jemandem schützen wollte, lief letztendlich auf dasselbe hinaus: *Sie* sollen fernbleiben.

„Was bedeutet das Zeichen denn genau?“, fragte Johann.

Der Großvater schüttelte müde den Kopf. „Genau weiß ich es nicht, und es ist jetzt auch nicht mehr wichtig. Es hat etwas mit dem Tierkreiszeichen des Aries zu tun, der alte Pfarrer hat einmal gesagt, dass sie um diese Zeit das erste Mal erschienen sind.“ Er stand auf. „Ich bitt euch noch einmal: Verlasst das Dorf. Ich fürcht, es wird nicht mehr lange dauern, bis *es* passiert.“

Johann und Elisabeth sahen sich an.

„Was meinst du damit?“ Elisabeths Stimme zitterte leicht.

„Ich spreche vom Zorn, der über das Dorf kommen wird. Von der endgültigen Auslöschung *ihrer* Vergangenheit.“

„Ein – Gottesgericht?“ Elisabeth bekreuzigte sich bei diesen Worten.

„Warum soll das ausgerechnet jetzt kommen? Offenbar funktioniert doch das Totschweigen ganz gut!“ Johann fiel es immer noch schwer, der ganzen Geschichte Glauben zu schenken.

Der Großvater stand auf und blickte aus dem kleinen Fenster, das beinahe vollständig vom Schnee zugeweht war. „Ich weiß es auch nicht. Es ist mehr wie bei einem geprügelten Hund. Der wird auch alle Hiebe geduldig ertragen, bis er schließlich zubeißt. Und Hiebe gab's wahrlich genug.“

Wie auf Befehl trottete Vitus neben seinen Herrn und blickte ihn erwartungsvoll an. Der Großvater kraulte ihn hinter den Ohren, der Hund winselte genüsslich.

„Ich red ja nicht von dir, Vitus“, murmelte der alte Mann besänftigend.

„Wir können dich doch nicht allein lassen, Großvater. Nicht jetzt, wo die Soldaten hier sind.“ Elisabeths Stimme klang bestimmt, sie schien den ersten Schock über die Vergangenheit des Dorfes bewältigt zu haben.

Der alte Mann wandte sich wieder den beiden zu. „Macht euch um mich keine Sorgen, einem Greis werden sie schon nichts tun. Aber geht, solang noch Zeit ist.“

In Johann keimte leises Unbehagen auf. Was, wenn der alte Mann doch Recht hatte und die Geschichte stimmte?

„Was wird aus dem Rest des Dorfes werden?“, fragte er beunruhigt.

„Vielleicht ist es an der Zeit, dass wir uns endlich unserer schändlichen Vergangenheit stellen. Der Herrgott wird mit denen sein, die voll der Reue reinen Herzens sind. Und dafür ist es nie zu spät“, erklärte der Großvater.

Voll der Reue. Ein schöner Gedanke. Nun, das würde dann ja wohl nicht viele in diesem Dorf betreffen, dachte Johann. Er nahm Elisabeths Hand. „Wir werden gehen, das versprech ich.“ Er hielt inne. „Aber erst, wenn die Soldaten weg sind.“

Der Großvater starrte ihn an.

Dann nickte auch Elisabeth. „Und wir werden jeden mitnehmen, der sich uns anschließen will. Wir können unsere Leut nicht ihrem Schicksal überlassen.“

„Das geht nicht. Die Wege sind zugeschneit, die Alten und die Kinder schaffen das nicht“, sagte Martin Karrer beschwörend.

„Wir werden einen Weg finden. Nicht, Johann?“

Johann sah die Entschlossenheit in ihren Augen. In diesem Augenblick war sie nicht nur schön – sie war für Johann der Inbegriff all dessen, was er je begehrt hatte.

Er liebte sie.

„Ich versprech’s.“ Johann drückte ihre Hand, sie lächelte ihn an.

„Verdammte Narren“, grummelte der Großvater. Aber hinter dem Groll verbarg sich ein Lächeln. Er war stolz auf seine Enkelin, insgeheim hatte er gewusst, wie sie reagieren würde. Und er war stolz auf den Mann, den sie sich ausgesucht hatte.

Vielleicht gab es ja doch noch Hoffnung.

XXIV

„List! Bitte nicht! Habt Mitleid!"

Johann erwachte, riss die Augen weit auf. Sein Herz pochte, trotz der Kälte in der Schlafkammer war er schweißgebadet.

Wieder der Alptraum. Wieder die verhasste Stimme. Wann würde sie je verstummen?

Wenn du für deine Schuld bezahlt hast.

Johann rieb sich die müden Augen. Seine Kehle war wie ausgedörrt, er ging zum Tisch unter dem kleinen Fenster, auf dem ein Wasserkrug stand. Albin schlief unterdessen unbeirrt weiter.

Johann hob den Krug und nahm einige Schlucke des eiskalten Quellwassers. Es erfrischte ihn, und er fühlte sich etwas besser. Er stellte den Krug unter dem Fenster ab, das völlig von Eisblumen bedeckt war, dann schabte er mit den Fingern einen kleinen Fleck vom Glas und blickte hinaus.

Das Dorf lag vor ihm, tief verschneit, die Nacht war sternenklar, der Schnee glitzerte unter dem Mondlicht. Am Ende des Dorfes hob sich die Kirche gegen den Himmel ab.

Ein friedlicher Anblick. Wenn man nicht um die Geschichte des Dorfes wusste, das seine Geheimnisse wie unter meterhohem Schnee verbarg.

Als Johann an die Geschichte der Ausgestoßenen dachte, die ihnen der Großvater erzählt hatte, fröstelte ihn. Wie schmerzhaft es war, nicht bei Vater und Mutter aufwachsen zu können, hatte er am eigenen Leib erfahren, doch war er immerhin zeitlebens gesund gewesen. Aber wie die Tiere in den Wäldern zu leben und das Licht zu scheuen – das musste über die Zeit die Seele so finster werden lassen wie die dunklen Abgründe, in denen man zu hausen gezwungen war.

Wenn es stimmte, dass der Herr die am härtesten prüfte, die er am meisten liebte, dann bliebe den Ausgestoßenen das Purgatorium mit Sicherheit erspart, und sie würden sofort ins Himmelreich auffahren.

Johann fuhr sich durch die zerzausten Haare. Purgatorium, Himmelsreich – wieder so eine Mär, die Leidenden Trost spenden sollte.

Die Hoffnung stirbt zuletzt.

Johann gähnte und wollte sich gerade wieder abwenden, als er eine Bewegung bei der Kirche wahrnahm. Er blickte genauer hin, aber er hatte sich nicht getäuscht: die Kirchentür hatte sich geöffnet, und eine Gestalt schlich aus der Kirche.

Es war Kajetan Bichter, der Pfarrer.

Bichter sah sich um, dann hastete er über den Friedhof. In *ihre* Richtung.

Johann zog sich an, schlüpfte in seinen Ledermantel und verließ die Kammer.

Die Nacht war klirrend kalt, als Johann den Friedhof querte und den Fußspuren des Pfarrers folgte. Gott sei Dank war der Mond fast voll, in seinem hellblauen Licht war die Spur mühelos auszumachen.

Johann bemühte sich, leise zu gehen, denn die Nacht war totenstill, und jedes Geräusch war auf weite Entfernung hörbar. Er überquerte eben eine leichte Hügelkuppe, als er ihn plötzlich sah – Kajetan Bichter war höchstens hundert Schritte vor ihm und stapfte die steile, offene Wiese hinauf, die in den Wald mündete.

Plötzlich blieb der Pfarrer stehen.

Johann erstarrte.

Langsam drehte sich Bichter um. Johann ließ sich blitzschnell in den Schnee fallen. Er versank in der weichen, kalten Masse, wusste, dass Bichter etwas gehört haben musste. Sein Herz schlug rasend schnell.

Dann hörte er wieder Schritte.

Gut. Der Pfarrer hatte offenbar keinen Verdacht geschöpft.

Johann sah vorsichtig auf. Bichter verließ die Wiese und verschwand im Wald. Johann wartete noch einen Moment, dann stand er auf, klopfte sich, so gut es ging, den Schnee ab und folgte dem Pfarrer in die Dunkelheit des Waldes hinein.

Der nächtliche Wald umfing Johann mit der gleichen Stimmung wie damals, nachdem er und Albin die Kuh gefunden hatten. Johann konnte nicht genau beschreiben, was es war, er konnte es nur fühlen: eine Bedrohung, die von dem verwachsenen Unterholz und den irgendwie zu dicht beieinander stehenden Bäumen ausging.

Eine Bedrohung, die durch die Nacht noch vervielfacht wurde und so allumfassend war, dass Johann das Atmen schwer fiel. Wenn er es nicht besser wüsste, hätte er geschworen, dass der ganze Wald –

Johann stolperte und konnte sich gerade noch an einem der Bäume abstützen. Die Rinde war gefroren und rau, sie fühlte sich fremd an. Reflexartig zog Johann die Hand wieder weg, dabei ritzte die Rinde seine Handfläche.

Winzige Blutstropfen fielen auf den Schnee.

Johann starrte das Blut an, das im Mondlicht pechschwarz war, sah, wie es im Schnee verschwand, als ob es aufgesogen würde.

Pechschwarz, so wie das *ihre.*

Dann sah er auf. Blickte auf die Bäume, die sich ihm mit ihren gefrorenen Ästen entgegenzustrecken schienen, wie um ihn –

Bleib bei Sinnen! Konzentrier dich auf dein Ziel!

Und das Ziel stapfte unaufhörlich weiter durch das ansteigende Unterholz hinauf, kaum noch erkennbar.

Johann nahm eine Handvoll Schnee und rieb sich das Gesicht, um alle irreführenden Gedanken loszuwerden. Der Schnee brannte wie kaltes Feuer auf seiner Haut, aber es half – er konnte wieder klar denken.

Konzentrier dich auf dein Ziel!

Johann atmete tief durch, dann folgte er den Spuren weiter den Wald hinauf. Mit jedem Schritt gewann er mehr von seiner Sicherheit zurück. Er ging schneller, hielt aber immer Deckung hinter den Bäumen, die jetzt nur mehr Bäume waren und keine Gestalten eines Nachtmahrs.

Trotzdem achtete er sorgsam darauf, sie nicht zu berühren.

Nach einer Weile wurde der Wald lichter, und Johann konnte in einiger Entfernung wieder die Gestalt von Kajetan Bichter ausmachen. Johann huschte von Baum zu Baum und achtete darauf, den Abstand nicht zu verringern.

Dann tat sich vor ihm eine Lichtung auf, Johann blieb gebannt stehen.

Mitten auf der Lichtung ragte eine Ruine wuchtig in den Himmel. Zwischen den Schneemassen zeichneten sich geschwärzte Mauern ab, die die Größe des ursprünglichen Baus nur erahnen ließen. In der Mitte erhob sich ein halb eingestürzter Turm in die Höhe. Johann nahm an, dass dies die Überreste der alten Burg sein mussten, in der einst die Mönche die Kinder aus dem Dorf aufgenommen hatten.

Es war ein überwältigender Anblick: die verschneite Ruine im kalten Mondlicht, mitten in diesen Wäldern, und dahinter die hohen Gebirgsketten ...

Überwältigend und furchteinflößend.

Johann ging hinter einem Baum in Deckung. Er sah, dass der Pfarrer zielsicher auf eine der Mauern zuschritt und dann hinter einem Schneehaufen verschwand.

Johann wartete eine Weile. Bichter erschien nicht wieder.

Vorsichtig verließ Johann seine Deckung und ging zu dem Schneehaufen, immer auf der Hut vor einem Hinterhalt. Aber hinter dem Schneehaufen war nur eine Öffnung im Boden. Johann sah abgetretene Steinstufen, die in die Tiefe führten.

Er zögerte, dann stieg er langsam in die Dunkelheit hinab.

XXV

Vorsichtig schlich Johann die nassen und rutschigen Stufen hinunter. Zunächst war es stockdunkel, er konnte sich nur langsam von Stufe zu Stufe tasten. Er stützte sich mit seiner rechten Hand immer wieder an der Wand ab, fühlte die kalten, grob behauenen Steine.

Plötzlich flackerte von weiter unten etwas Licht herauf. Johann blieb sofort stehen. Aber der Lichtschein kam nicht näher, wahrscheinlich war es eine Fackel, die an einer Wand befestigt war. Über eine Treppe, die sich steil nach unten wand, stieg Johann dem Licht entgegen.

Mit jedem Schritt spürte er die zunehmende Kälte, die ihm aus der Tiefe entgegenschlug. Am Ende der Treppe fand er sich in einem hohen gemauerten Raum wieder, an dessen Wand eine brennende Fackel hing. Unterhalb der Fackel war eine schwer beschlagene Holztüre in die Wand eingelassen, sie verschloss, was auch immer dahinter liegen mochte. Die Tür war nur mit einem massiven Eisenring zu öffnen, der in Kopfhöhe befestigt war.

Johann lehnte sich an die Tür und lauschte – nichts, nur das monotone Tropfen von Wasser. Vorsichtig zog er an dem Eisenring, öffnete die Tür einen Spalt und spähte hinein.

Ein schwach beleuchteter Gang grub sich in die Dunkelheit, sein Ende war nicht auszumachen. Weitere Gänge zweigten von ihm ab und vermittelten den Eindruck eines finsteren Labyrinths. Als sollte es niemand, der es je betreten hatte, wieder verlassen können, so kam es Johann vor.

Er spürte die Gefahr.

Johann holte tief Luft und schlich in den Gang hinein.

Der Gang war eng, aber die Fackeln an den Wänden spendeten wenigstens so viel Licht, dass Johann seinen Weg finden konnte. Über ihm spannte sich ein Tonnengewölbe, links und rechts zweigten immer wieder Kammern ab.

Neugierig betrat Johann eine der Kammern und sah sich um. Ein modriger Geruch erfüllte den Raum, auf dem festgetreten Erdboden lagen mehrere Behälter aus Holz. Johann trat näher an einen der Behälter heran, sah hinein.

Brotlaibe lagen übereinander, mit pelzigem Schimmel überzogen, trotzdem war ein Laib frisch angebrochen. Daneben war etwas in Tücher gewickelt, Johann schob das feuchte Leinen zur Seite und sah ein Stück Fleisch, aus dem sich die Köpfe unzähliger Maden wanden.

Dies also waren die Speisevorräte der Ausgestoßenen, wenn man es überhaupt so nennen konnte. Der Überfluss, auf den das Dorf so neidisch war. In Johann stieg Zorn auf, als er an die Gier und den Neid mancher Dorfbewohner dachte.

Ignoranz und Dummheit sind zumeist Geschwister.

Johann bedeckte das verdorbene Fleisch wieder mit dem Tuch. Ein kalter Schauer lief ihm über den Rücken, als er sich erinnerte, wie schwer es ihm gefallen war, in der Gefangenschaft faulige Nahrungsmittel zu essen, die man nicht einmal einem Tier vorgesetzt hätte. Und wie dankbar er seinen Peinigern gleichzeitig gewesen war, dass sie ihm überhaupt etwas gegeben hatten.

Johann stand auf. Wenn dies stellvertretend für das Leben hier oben stand, dann hauste man dort unten im Dorf fürwahr in Saus und Braus. Und dann war es vielleicht nur rechtens, wenn das Dorf irgendwann einmal dafür gerade stand.

Er verließ die Kammer und ging weiter den Gang entlang.

Nach einiger Zeit hörte Johann Stimmen, die zusehends lauter wurden. Er sah, dass der Gang nicht weit vor ihm endete und erkannte eine schwere Holztür, durch deren Spalt etwas Licht fiel. Von hier mussten auch die Stimmen kommen.

Johann legte die letzten Meter lautlos zurück. Dann hatte er die Tür erreicht, blickte vorsichtig durch den schmalen Spalt hinein. Er wagte kaum zu atmen.

Er konnte nur einen kleinen Teil des Raums erkennen, sah eine wuchtige, offene Feuerstelle in der Mitte, der Boden bestand aus großen, teils zerbrochenen Steinfließen. Fackeln an den Wänden warfen unruhiges Licht, die Decke des Raumes war nicht zu erkennen und lag in völliger Dunkelheit.

Vor der Feuerstelle stand Kajetan Bichter und sprach mit jemandem, der außerhalb von Johanns Blickfeld stand. Johann hörte nur die Stimme der anderen Person, aber sie genügte, um ihm einen Schauer über den Rücken laufen zu lassen. Es war ohne Zweifel eine menschliche Stimme, und doch klang sie anders, kalt und kratzig.

„Anselm, ihr müsst diesmal länger mit dem Fleisch auskommen. Bayerische Soldaten sind ins Dorf marschiert und haben so gut wie alle Vorräte konfisziert“, sagte Bichter gerade.

„Geschehet Euren Leuten recht. Nunc werden auch sie erfahren, was Entbehrung bedeutet.“ Die Stimme wurde lauter. „Ein usus, der unser Leben täglich bestimmet!“

Johann hatte so etwas noch nie gehört: die Person sprach eine seltsame Mischung aus altertümlichem Latein und Deutsch. Offenbar hatte das frühere Leben unter den Mönchen bei den Ausgestoßenen seine Spuren hinterlassen und über die Jahre eine neue „Sprache“ hervorgebracht. Und als Johann sich in Erinnerung rief, wo er war, schien ihm diese Sprache passend, sie war wie geschaffen dafür, durch düstere Gemäuer geflüstert zu werden und sich in unterirdischen Labyrinthen zu verlieren ...

Die Stimme von Kajetan Bichter riss ihn aus seinen Gedanken.

„Habt ihr den Rest der Kuh geholt?“, fragte dieser.

„Glaubet Ihr etwa, wir würden das verschwenden?“

„Trotzdem heißt der Herr Diebstahl nicht gut, Ihr wisst, dass das gegen Seine Gebote verstößt ...“, belehrte Bichter sein Gegenüber.

„Nur eine ihrer Weideflächen, dann müssten wir kein Vieh stehlen. Ihr wisset das, und Er wisse es auch!“

„Ich weiß, ich weiß, Anselm ...“ Der Pfarrer senkte den Kopf. „Der Herrgott prüft euch hart –“

„Das wohl.“ Ein Augenblick der Stille. „Von Matthäus fehlet seit Tagen jegliche Spur. Zwei der Alten, Marcus et Jesaja, sind letzte Woche gestorben. Sind nur noch Haut und Beine geweset. Et Maria ist letzte Nacht von uns gegangen, ihre Erkältung hatte dem kleinen Leib zu viel abverlanget.“ Die Stimme wurde bitter. „Was will der Herr mit einem erst drei Monate alten Leben? Cum vita innocenti?“

Stille herrschte im Raum.

„Habt keine Angst, Er wird sie zu sich nehmen", entgegnete Bichter dann ruhig.

„Sie ist bereits begraben, bei den anderen. Ihr werdet doch die letzten Worte über sie sprechen?" Die Stimme zitterte leicht.

„Natürlich, mein Sohn, natürlich."

Betretenes Schweigen erfüllte den Raum, das von Anselm schließlich unterbrochen wurde.

„Außerdem haben wir beschlossen, dass wir uns diesmal Gehör verschaffen werden. Das fünfte Jahr wird des balden anbrechen. Und er wird wieder kommen."

Bichters Stirn legte sich in Zornesfalten. „Aber ihr wisst doch, dass der Jesuit nur kommt, um zu beobachten. Zu beobachten, um zu berichten. Nicht sich einzumischen. Nicht zu schlichten! Nicht zu sühnen!"

„So waret es bisher", fuhr Anselm unbeirrt fort. „Aber diesmal haben wir unam notitiam für ihn. Eine Nachricht, damit uns vielleicht die justitia widerfahret, die uns hier schon so lange verweigert ist."

„Macht euch doch nicht lächerlich!", fuhr Bichter ihn an, „glaubt ihr vielleicht, dass irgendjemand etwas auf euch gibt? Was könntet ihr denn schon bieten? Soll der Heilige Vater in Rom von seinem Stuhl herabsteigen und euch die Hand reichen?"

„Nur die Toten sind näher apud Christum als wir", entgegnete Anselm kleinlaut.

Bichter beruhigte sich wieder und legte ihm die Hand tröstend auf die Schulter.

„Anselm –"

Johann beugte sich vor – und stieß dabei leicht gegen die Tür.

Sie öffnete sich einen Spalt, langsam und knarrend.

Johann erstarrte, sein Herz schlug wie wild. Die beiden mussten das Geräusch gehört haben. Johann überschlug im Geist bereits eine mögliche Flucht aus der Ruine, als der Pfarrer wieder zu sprechen begann.

„Ich werd weiterhin versuchen, auf meine Leute einzuwirken“, sagte Bichter.

Johann beugte sich wieder zur Tür. Er konnte nun mehr von dem Raum erkennen. Links von der Feuerstelle sah er die Umrisse einer Gestalt. Sie neigte sich jetzt näher zu Bichter, der unwillkürlich zurückwich.

„Pater, ich verspreche Euch, der Tag wird kommen. Pro culpa maxima – Eure Leut werden für ihre Schuld einstehen.“

Das Licht einer der Fackeln fiel auf ihn, Johann konnte den anderen jetzt erkennen. Sein Atem stockte, Eindrücke dessen, was er sah, brannten sich ihm blitzartig ein, Bilder, die er nie mehr vergessen würde:

Die totenblasse, wächserne Haut, an vielen Stellen aufgerissen.

Die Augen glasig und ausdruckslos.

Der Mund verschorft, spitze, gelbe Zähne, die teils zwischen schwarzen Lippen sichtbar waren.

Das Fehlen jeglicher Haare, pechschwarze Adern, die sich deutlich unter der blassen Kopfhaut abzeichneten und zu pulsieren schienen, und sich von den Ohren abwärts immer dichter verästelten.

Der hagere Körper, von einer schäbigen, vielfach geflickten Mönchskutte verhüllt.

Johann stockte der Atem. So viel sie in ihrem Leiden Menschliches hatten, so wenig hatten sie es in ihrer Erscheinung. Er stieß unwillkürlich die Luft aus.

Die beiden Personen vor ihm hielten inne. Dann wandten sie sich langsam in seine Richtung.

Johann glitt lautlos einen Schritt zurück, drehte sich um und lief, so schnell er konnte, durch die Gänge zurück. Panik übermannte ihn, er dachte an nichts, nur an Flucht, erreichte wieder den großen Raum, hastete die Steinstufen hinauf, immer höher, bis er die Öffnung über sich sah.

Er legte die letzten Stufen zurück, sein Atem raste, dann hatte er das Tageslicht erreicht.

In Sicherheit.

Johann atmete tief durch, kam nur langsam wieder zur Ruhe. Sein Blick fiel auf die dunkle Öffnung neben ihm, die wie ein Schlund das Licht verschluckte.

In Sicherheit?

Er sah die Steinstufen, die hinab in die Gewölbe führten, zu den Gängen und –

zu ihnen.

Johann horchte, aber es blieb still. Die Morgendämmerung hatte bereits eingesetzt, ihr fahles Licht fiel nur schwach durch die kalten Nebelschwaden, die sich auf Ruine und Wald legten.

Johann wartete noch einen Moment, aber es schien ihm niemand von unten gefolgt zu sein. Hastig lief er zu einem der großen Bäume am Rand der Lichtung, dann folgte er seiner Spur ins Tal hinab.

Als Johann das Dorf im Morgengrauen erreichte, war er froh, dass ihm im Wald niemand aufgelauert hatte. Schlafwandlerisch war er herabgestiegen, die Ereignisse in der Ruine waren ihm nicht mehr aus dem Kopf gegangen.

Die Ausgestoßenen waren Wirklichkeit, dieser Zweifel war nun endgültig beseitigt. Johann war sich sicher, neben dem Pfarrer vielleicht der erste Mensch überhaupt aus dem Dorf zu sein, der die Lage der Ausgestoßenen unvoreingenommen gesehen hatte. Und das war bei Gott keine beneidenswerte, nein, sie stand konträr zu dem, was erzählt wurde. Dort oben lebten keine Bestien, dort hausten Todgeweihte, für die jeder Tag ein Überlebenskampf war. Trotzdem blieb die Frage, *was* sie waren – Menschen? Dämonen?

Johann verharrte einen Moment.

Vermutlich etwas von beidem. Wie jeder Sterbliche auf Gottes Erde.

Und von welchem Jesuiten hatten sie gesprochen? Nachdenklich ging Johann weiter.

„Pater, ich verspreche Euch, der Tag wird kommen. Pro culpa maxima – Eure Leut werden für ihre Schuld einstehen."

Wie war die Aussage des Mannes zu verstehen? Spielte er auf das Hier und Jetzt an? Oder auf den Tag des jüngsten Gerichts, an dem sich ein jeder für seine Taten verantworten muss? Mit Letzterem hatte Johann kein Problem, von Ersterem ging eine unmittelbare Gefahr für das Dorf aus.

Und für Elisabeth.

Vielleicht hatte der Großvater doch Recht, mehr als er geglaubt hatte ...

Elisabeth trug gerade einige Scheite Holz zum Hintereingang des Hauses, als sie Johann näher kommen sah.

„Johann, wo warst denn? Der Vater hat schon nach dir gefragt."

Johann ging nicht auf die Frage ein. „Der Pfarrer war heut Nacht bei den Ausgestoßenen. Oben in der Ruine." Er starrte zum Wald. „Dein Großvater hat Recht gehabt. Die ganze Geschichte stimmt."

Elisabeth warf die Scheite auf den Boden. „Und du bist dem Pfarrer gefolgt – bist du verrückt?" Sie packte ihn am Arm.

„Aber die kennen sich. Der Pfarrer verschweigt euch allen etwas."

Plötzlich dröhnte Jakob Karrers Stimme aus dem Haus. „Elisabeth! Wo bleibst denn?"

Elisabeth hob rasch die Scheite wieder auf. „Johann, wenn du wirklich mit mir fort willst, dann geh nicht mehr da rauf. Versprich es mir."

„Aber –“

„Versprich es mir!“

Johann zögerte, dann nickte er. „Wie du meinst.“

„Dank dir.“ Elisabeth sah sich schnell um, dann gab sie Johann einen flüchtigen Kuss auf die Wange. Als sie sich von ihm abwenden wollte, hielt er sie fest, zog sie näher zu sich.

Sie sahen sich in die Augen. Elisabeths Herz begann zu rasen, so lange hatte sie –

„Elisabeth!“ Wieder Karrers Stimme.

Johann ließ Elisabeth los. Die beiden blickten sich an, Elisabeth resigniert, Johann wütend. Dann drehte sie sich um, ging zum Hauseingang und verschwand im Inneren.

Johann trat verärgert gegen den Holzstapel.

Nicht mehr lange, Karrer, nicht mehr lange ...

Gedämpfte Klagelaute drangen in die kleine Stube, in der sich Sophie die Hände wusch. Das Wasser in der Blechschüssel färbte sich so rot, dass sie alsbald nicht mehr den Boden darin sehen konnte. Blut war eine hartnäckige Farbe.

Sophie öffnete schnell ein Fenster und kippte das Blutwasser hinaus, um gleich darauf die Schüssel erneut mit Wasser zu füllen. Nach hartnäckigem Rubbeln bekam sie ihre Finger schließlich sauber.

Ein Schatten fiel von hinten über Sophie und ließ sie erschauern.

„Fertig, gnädiges Fräulein?“, schallte Gottfrieds Stimme.

Sophie drehte sich kichernd um. „So hat mich noch niemand genannt ...“

„Bei mir daheim würd dich ein jeder so nennen müssen.“

„Ach geh, auch deine Frau?“, stichelte sie.

Gottfried sah sie verschmitzt an. Endlich eine, die nicht auf den Mund gefallen war. Und hübsch war sie obendrein, dachte er, als ihn der erwartungsvolle Blick Sophies zu einer Erklärung mahnte.

„Die ist vor sechs Jahren gestorben. Ein Pferdefuhrwerk hat sie erwischt."

„Tut mir leid", sagte Sophie ehrlich.

„Wenn alles gut geht, ist in wenigen Wochen mein Dienst zu Ende. Mein Hof könnte dann schon die Hand einer Frau gut brauchen."

Sophie machte einen Schritt auf ihn zu und gab ihm einen empörten Klaps auf die Brust. „Die G'schicht erzählst wahrscheinlich einer jeden, oder?"

Gottfried grinste. „Das wohl, aber gewirkt hat's noch bei keiner."

Sophies Herz begann immer stärker zu klopfen. Ein redlicher Kerl schien er ja zu sein. Und vielleicht war das ihre Chance, all das hier hinter sich zu lassen. Das Dorf. Karrer.

Und *sie*.

Jetzt wollte sie es wissen. „Und dann lässt mich fallen wie einen heißen Erdapfel, was?"

Gottfried packte sie bei den Armen und zog sie zu sich. „Im Gegenteil, heiraten würd ich dich." Sophie traute ihren Ohren nicht.

Er zog sie noch näher zu sich heran, Sophie gab ihm eine leichte Ohrfeige. „Ich bin aber nicht so eine ...", gab sie sich empört.

„So eine würd ich auch nicht nehmen", parierte er und küsste Sophie, die nicht im Traum daran dachte, Widerstand zu leisten. Sie versank in seinem Kuss und der Umarmung.

Ewigkeiten später, so schien es ihr zumindest, löste sie sich von Gottfried, hauchte leise „bis morgen" und huschte aus der Stube.

XXVI

Die Dorfschenke war nur spärlich besucht. Eine Gruppe Bauern saß am Tisch in der Mitte, unter ihnen Franz Karrer, Benedikt Riegler und Alois Buchmüller. Sie hatten schon einige Stunden getrunken, mehrere Bierkrüge und Schnapsgläser standen vor ihnen. Ihre Augen waren gerötet vom Alkohol und dem Rauch, der die Luft zu ersetzen schien. Und vom Hass auf die drei Soldaten, die etwas abseits saßen, jeder einen Becher Branntwein vor sich.

Franz Karrer warf den Soldaten einen finsteren Blick zu und wandte sich dann an Riegler. „Jetzt sind die schon seit Tagen da. Das Gesindel." Er spuckte auf den Boden.

„Wem sagst das? Aber was soll ich tun? Aus dem Dorf werfen, mit bloßen Händen?" Riegler sah auf das verstümmelte Ohr von Franz und tippte diesem auf die Brust. „Siehst eh, was mit denen geschieht, die aufmucken." Er nahm einen großen Schluck Bier und rülpste laut. „Und das war noch harmlos."

„Aber am Heiligen Abend sollten s' weg sein", stieß Franz hervor. „Wir brauchen gar nicht feiern, wenn die dann noch da sind."

„Viel gibt's so und so nicht zu feiern diesmal", sagte Josias Welter. „Z'erst die Sache mit der Kuh, dann die Soldaten ... Ich würd sagen, wir warten mit den Vorbereitungen auf den Christtag, bis die Bayern sich aus dem Dorf geschlichen haben. Sonst gehen die gar nicht mehr, wenn sie spitzkriegen, dass wir die Festtage feiern."

„Genau", bekräftigte Benedikt Riegler. „Keine geschmückten Häuser, keine Zweige, keine Lieder, und ja nichts Besonderes zum Essen auffahren. Dann hauen die schon von selbst ab, das Gesindel. Sind ja noch ein paar Tag hin."

„Wirt, bring uns drei Bier!“, bestellte einer der Soldaten mit schwerer Zunge.

„Sofort!“, rief Buchmüller, sprang auf und ging zur Schank. Die anderen sahen ihm teilnahmslos nach, Franz hatte einen verächtlichen Zug um den Mund. „Feiglinge. Alle miteinander“, dachte er und nahm noch einen Schluck Bier.

Alois Buchmüller schenkte die drei Krüge ein und stellte sie auf ein dickes Holzbrett. Er wusste genau, was die anderen von ihm hielten, aber es war ihm gleichgültig. Er hatte Familie und musste eben durchkommen. Die Bayern zahlten zwar keinen Gulden, aber sie soffen auch nicht übermäßig, und ihr Kommandant sorgte dafür, dass sie jeweils nur kurz in der Schenke blieben. Und das war allemal besser, als wenn sie ihm die Gaststube zusammenhauen würden.

Als Buchmüller sah, dass ihn keiner beobachtete, spuckte er noch schnell in jeden der drei Bierkrüge, dann hob er das Holzbrett und trug die Krüge feist grinsend zu den Soldaten.

„Bitt'schön. Lasst es euch schmecken!“

„So, wie einem euer Gesöff halt schmecken kann. Wenn du Bier brauen lernen willst, musst nach Bayern kommen, Fettsack“, sagte einer der Soldaten patzig.

„Müsst es ja nicht saufen. Aber vielleicht kann ich euch ja später mit unserem Hausschnaps entschädigen?“, entgegnete Buchmüller süffisant. Bayerisches Bier, pah! Aber es schien nicht ratsam, sich mit dem Burschen anzulegen, der gesprochen hatte, das brutale, wettergegerbte Gesicht versprach keine Gnade. Und dazu der breite Nacken, und –

Alois Buchmüller stutzte. Er sah genauer hin, aber er täuschte sich nicht. Das konnte doch nicht wahr sein! Hier, im Dorf, in seiner Schenke, bei Tageslicht!

„Na dann, wie gesagt – Gesundheit“, stammelte Buchmüller und ging langsamen Schrittes zu dem Tisch mit den anderen Bauern.

Die Soldaten sahen ihm desinteressiert nach.

„Dem hast es aber gegeben, Hans“, sagte einer der Soldaten grinsend.

„Alles Duckmäuser. Die Sorte kenn ich zur Genüge. Prost zusammen!“ Die Männer hoben die Krüge.

„Benedikt! Benedikt!“ Buchmüller setzte sich schwer atmend an den Tisch.

„Na, was hast denn? Haben dir die verfluchten Bayern schöne Augen gemacht, oder –“

„Der Mittlere und der Linke haben sie.“

Riegler blickte ihn verständnislos an. „Sie?“

„Die Gottesgeißel!“ flüsterte Buchmüller leise und bekreuzigte sich.

Alle am Tisch verstummten.

„Bist dir sicher?“, fragte Riegler.

„Ich hab’s ja grad selber gesehen. Am Hals –“ Buchmüller konnte nicht weitersprechen, deutete stattdessen mit den Fingern an seinem Hals die Verästelungen nach.

Die anderen sahen ihn erschrocken an. Plötzlich knallte Franz die Faust auf den Tisch. „Na dann ...“ Er stand auf.

„Franz, wart!“, rief Riegler und wollte ihn festhalten. Aber der schüttelte seine Hand ab, ging zum Tisch und baute sich vor den Soldaten auf.

„Schau, schau, wen haben wir denn da?“, sagte der Soldat mit dem brutalen Gesicht. „Was willst denn, Bäuerlein?“

Seine Kameraden lachten.

„Mach den Hals frei!“, sagte Franz Karrer ruhig.

Das Lachen erstarb, der Soldat sprang auf und stieß Franz brutal zu Boden. „Was fällt dir ein, du Hund? Wie redest denn mit mir?“ Seine Kameraden standen ebenfalls auf und musterten unruhig die Bauern, die an ihren Tisch kamen.

Riegler und Josias Welter halfen Franz auf.

Sie warfen sich einen kurzen Blick zu, dann fielen sie über die Soldaten her.

Diese waren völlig überrascht und in der Minderzahl. Trotzdem wehrten sie sich heftig, und ihre Kampferfahrung wog ihre zahlenmäßige Unterlegenheit auf. Fäuste flogen, der Kampf wogte unentschlossen hin und her, bis –

Bis Franz Karrer seinen Feitel zog und ihn dem Soldaten mit dem brutalen Gesicht in die Brust rammte.

Der Soldat spuckte Blut. Er blickte überrascht auf das Messer in seiner Brust, dann auf Franz, und schließlich wieder auf das Messer. Langsam packte er den Griff und zog sich den Feitel mit einem Ruck aus der Brust. Ein Blutschwall pulsierte so heftig aus der Wunde, dass es aussah, als würde der Soldat leer gepumpt.

Der Soldat drückte Franz den Feitel in die Hand, dann kippte er gurgelnd nach hinten um. Als er am Boden aufschlug, war er bereits tot.

Eine dunkle Lache breitete sich unter ihm aus und wurde schnell größer.

Für einen kurzen Moment schien die Zeit in der Schenke stillzustehen. Die Soldaten starrten auf ihren toten Kameraden, dann auf die Bauern. Die Bauern starrten ebenso auf die Leiche, dann auf Franz, der von seiner Tat genauso überrascht war wie alle anderen.

Dann löste sich die Erstarrung, und die Soldaten versuchten an den Bauern vorbei aus der Schenke zu fliehen. Einem gelang es, der andere wurde von Riegler und Welter festgehalten.

„Ihr verfluchten Mörder! Wir werden euch alle aufknüpfen!“, schrie der Soldat außer sich vor Zorn.

„Halt dein Maul!“, entgegnete Franz, „ihr solltet uns dankbar sein. Schau her!“ Er kniete sich zu dem Toten hin und fetzte ihm den Rock vom Oberkörper. Als der Soldat den nackten Oberkörper seines Kameraden sah, verstummte er entsetzt.

Die anderen wirkten gefasster, aber der Anblick schockierte auch sie: Tiefe, schwarze Verästelungen hatten sich schlangengleich über die gesamte Brust ausgebreitet.

Dem Soldaten schien es, als würden sie pulsieren. „Das ist Teufelswerk!“, schrie er, „Ihr habt ihn verhext!“

Aber sie beachteten ihn nicht. „Der Herrgott steh' uns bei!“, flüsterte Buchmüller und bekreuzigte sich.

„Hol den Pfarrer!“, befahl Riegler Josias Welter. Der nickte und rannte aus der Schenke.

Wenige Augenblicke später stürmte ein Trupp Soldaten die Schenke, unter ihnen der alte Albrecht.

Die Bauern hoben die Hände.

Albrecht kniete sich bei der Leiche des Soldaten nieder. Er schloss ihm die Augen, verharrte kurz, dann stand er auf. Er musterte Karrer, Riegler und die anderen eiskalt, dann gab er mit ruhiger Stimme den Befehl.

„Raus mit dem Gesindel! Auf den Dorfplatz!“

XXVII

Fast das ganze Dorf hatte sich auf dem Kirchplatz versammelt. Die nicht gekommen waren, blickten neugierig, aber ängstlich aus ihren kleinen Fenstern.

Zwei Gruppen standen sich auf dem Platz gegenüber. Auf der einen Seite die Dorfbewohner mit Benedikt Riegler und Franz Karrer an der Spitze, auf der anderen die bayerischen Soldaten, voran ihr Kommandant.

Dazwischen lag der tote Soldat im Schnee.

Bis auf ein Murmeln unter den Dorfbewohnern war es still, nur das Rauschen des kalten Windes war zu hören, der von den Bergen herabfegte.

Das Gesicht des Kommandanten war starr, als er Riegler ansah. „Was war hier los? Sprich!"

Bevor Riegler etwas sagen konnte, kam ihm Franz zuvor. Wütend rief er „Eure Leut haben die Gottesgeißel! Schaut sie Euch an, bald werdet ihr alle so aussehen wie der da!" Er zeigte auf den toten Soldaten und die Verästelungen auf dessen Brust.

„Er hat Recht, euch kann nur mehr der Herr retten!", sagte Josias Welter.

„Schweigt! Schweigt, ihr abergläubisches Gesindel! Alles was ich seh, ist mein erschlagener Soldat!" Die Stimme des Kommandanten dröhnte über den Platz.

Alle verstummten erschrocken.

„Erlöst hat er ihn!", flüsterte die alte Salzmüller trotzig.

Der Kommandant fuhr herum. „Was hast du gesagt, alte Vettel?"

Sie erwiderte seinen Blick, küsste zwei ihrer Finger und machte das Zeichen gegen das Böse. Dann spuckte sie ihm vor die Füße.

Der Kommandant wurde weiß im Gesicht, seine Hand fuhr zum Säbel. „Dir alten Hex werd ich gleich –"

„Beruhigt euch. Beruhigt euch alle!" Kajetan Bichter hatte diese Worte gesprochen, er eilte zum Kommandanten hin. „Bitte. Ihr wisst ja nicht, wovon Ihr redet. Wer sich einmal mit der Gottesgeißel ansteckt, der wird wie die da oben." Er zeigte mit zitterndem Finger in die Wälder oberhalb des Dorfes. „Schaut Euch doch den Toten näher an. Seht Ihr die schwarzen Verästelungen? Dies sind die untrüglichen Vorzeichen der Geißel."

Jetzt wandte sich Benedikt Riegler an den Kommandanten. „Seid ihr kurz vor unserem Dorf jemandem begegnet?“

Der Kommandant nickte. „Ja, nach Einbruch der Dämmerung, auf eine vermummte Gestalt – wir wollten nur fragen, ob er sich hier auskennt. Gesagt hat er nichts, stattdessen hat er uns attackiert.“ Er machte eine kurze Pause. „Das Letzte, was er getan hat.“

Kajetan Bichter schüttelte den Kopf. „Dazu hattet Ihr kein Recht.“

Der Kommandant trat ganz nahe zu ihm hin. „Hört gut zu, Pfarrer, niemand greift meine Soldaten straffrei an. Und *niemand* stellt meine Entscheidungen in Frage! Wenn ich so etwas zuließe, würden meine Männer, für die ich die Verantwortung trag, auf dem Schlachtfeld keine Stunde überleben.“ Er trat zurück, seine Stimme hallte über den Platz. „Als wir in euer Dorf gekommen sind, hab ich da nicht eindeutig klargestellt, wie wir uns gegenseitig verhalten sollen?“ Er sah die Dorfbewohner an. „Wir haben uns daran gehalten, ihr nicht.“

Dann stellte er sich neben den toten Soldaten. „Wer von euch war’s? Wer hat meinen Soldaten erschlagen?“

Schweigen.

Der Kommandant drehte sich um und blickte zu dem Soldaten, der die Tat gemeldet hatte. Dieser zeigte wortlos auf Franz Karrer. Als sich der Kommandant Franz zuwandte, machten die anderen Dorfbewohner unwillkürlich einen Schritt von ihm weg.

Franz blieb bleich, aber gefasst stehen.

Der Kommandant nickte, zwei Soldaten packten Franz links und rechts grob bei den Armen und hielten ihn fest.

Der Kommandant blickte Franz an und sprach so, dass es alle hören konnten. „Ich sprech Dich für den Totschlag an meinem Soldaten schuldig. Dieses

Urteil wird standrechtlich vollstreckt. Albrecht!" Er gab dem alten Kämpfer ein Zeichen, dieser zückte ein Messer.

Jetzt begann sich Franz Karrer panisch zu wehren, aber vergeblich, die Soldaten hielten ihn eisern fest. Ein Raunen ging durch die Menge.

„Was fällt Euch ein, Euch als Richter in meinem Dorf aufzuspielen?", rief Benedikt Riegler dem Kommandanten zu.

Kajetan Bichter wandte sich ebenso an den Kommandanten. „Ich bitt Euch, zeigt Gnade in Gottes Namen!"

Der Kommandant spuckte verächtlich auf den Boden. „So viel Gnade, wie ihr meinem Mann habt zukommen lassen, Pfarrer?" Der Kommandant grinste kalt. „Da Ihr von Gott sprecht, heißt es nicht *Aug um Aug, Zahn um Zahn*?"

Er nickte seinem Adjutanten zu. Der ging schnellen Schrittes auf Franz zu, stach ihm ohne zu Zögern das Messer links in den Hals und riss es in einem Halbkreis herum. Dann packte er Franz am Schopf und zog seinen Kopf nach hinten. Blut schoss wie in einer Fontäne aus dem Hals, Franz riss die Augen auf und quiekte aus der Wunde wie ein abgestochenes Schwein.

Die Dorfbewohner waren wie versteinert, selbst manche der Soldaten wendeten den Blick ab.

Franz Karrer sank langsam auf die Knie und fiel mit dem Gesicht vornüber in den Schnee. Seine Beine zuckten noch ein paar Mal, dann war er tot.

Allmählich begann jeder zu realisieren, was geschehen war, die Frauen brachen in Tränen aus, die Männer senkten den Kopf und bekreuzigten sich.

Dann hörten sie den Wutschrei, der über den Dorfplatz dröhnte. Jakob Karrer war aufgetaucht, die Fäuste geballt, hinter ihm standen Johann, Elisabeth und Sophie. Langsam ging Karrer jetzt nach vorne, die Menge teilte sich vor ihm. Er beugte sich über den Leichnam seines Bruders und strich ihm kurz über die Haare.

„Franz ...“, flüsterte er leise.

Dann stand er auf und blickte zum Kommandanten. „Dafür,“ er holte tief Luft, „dafür wirst du mir bezahlen, du Saukerl!“

Der Kommandant sah ihn interessiert an. „Ach ja? Dann doch am besten gleich jetzt.“

„Vater, nicht!“, rief Elisabeth, „sie werden –“

In diesem Moment ging ein Schrei durch die Menge. Jakob Karrer hatte einen Holzprügel aufgehoben und sprang auf den Kommandanten zu. Der blieb ungerührt stehen, denn er wusste, dass er sich auf seinen Adjutanten verlassen konnte. Und wirklich trat Albrecht blitzschnell vor seinen Kommandanten und schlug Karrer so gekonnt in den Magen, dass dem die Luft wegblieb. Karrer klappte zusammen, das ganze hatte höchstens ein, zwei Augenblicke gedauert.

„Vater! Vater!“ Elisabeth wollte nach vorne stürmen, aber Johann hielt sie zurück.

„Lasst Euch das eine Lehre sein! Wenn hier einer Recht spricht, dann ich!“, sagte der Kommandant.

„Recht sprechen kann nur der Herrgott!“, murmelte Kajetan Bichter und bekreuzigte sich.

Der Kommandant trat sehr nahe an den Pfarrer heran, seine Lippen waren aufeinander gepresst. „Pfarrer,“ stieß er leise hervor, „Pfarrer, ich warne Euch. Haltet Eure Schäfchen unter Kontrolle, oder es wird noch mehr Blut fließen.“

Dann wandte er sich an Benedikt Riegler. „Du da! Du hast vorhin gesagt, dass zwei meiner Männer diese, hm, *Gottesgeißel* hätten. Wer ist der andere?“

Riegler zeigte auf den Soldaten, der in der Schenke gewesen war. Der Kommandant nickte dem Mann zu. „Oberkörper freimachen!“

„Aber Kommandant –"

„Wird's bald?"

Der Soldat tat eingeschüchtert, wie ihm befohlen. Er zog sein Hemd aus, und alle konnten die schwarzen Verästelungen sehen, die sich über die Brust zogen. Nicht so stark wie bei seinem toten Kameraden, aber unverkennbar.

„Ich hab gedacht, das wär vielleicht eine Blutvergiftung, oder so ...", murmelte der Soldat kleinlaut.

Der Kommandant wandte sich an Albrecht. „Sperrt diesen da," er zeigte auf Jakob Karrer, „und den da", er zeigte auf den Soldaten, der seinen Kommandanten überrascht ansah, „in einen Stadl ein und bewacht sie! Ich werde morgen entscheiden, was geschehen soll."

Die Soldaten, einer davon war Gottfried, führten den Befehl unverzüglich aus und zerrten Karrer und den Soldaten schnell zu einem nahe gelegenen Stadl. Beide wehrten sich, jedoch ohne Erfolg, dann wurden sie in das Innere des alten Holzbaus gestoßen.

Sophie sah entsetzt zu. Wie konnte Gottfried nur?

In diesem Moment drehte dieser sich um, sah Sophie und warf ihr einen hilflosen Blick zu.

Die Tür wurde mit einem dicken Brett verriegelt, zwei Soldaten blieben als Wachposten stehen.

„Das könnt ihr nicht machen, der Soldat wird den Vater anstecken, ich bitt Euch!", rief Elisabeth verzweifelt.

„Sie hat Recht. Ihr habt das Todesurteil über beide gesprochen!", warf Kajetan Bichter ein.

Der Kommandant seufzte. „Pfarrer, ich sage es nicht noch einmal: Euer Aberglaube interessiert mich nicht! Kümmert Euch lieber um das Wohlergehen derer, die sich noch nicht schuldig gemacht haben. Und – sorgt für ein anständiges Begräbnis der beiden Toten!"

Er drehte sich um und verließ mit seinen Soldaten den Hauptplatz.

Die Dorfbewohner nahmen, noch immer geschockt, die beiden Leichen auf.

„Bringt sie in den kleineren Getreidespeicher hinter meinem Hof“, befahl Benedikt Riegler. „Der ist leer. Lange müssen sie eh nicht drin bleiben, wir werden sie morgen beisetzen.“ Er sah Bichter fragend an.

Der Pfarrer nickte geistesabwesend.

Von Riegler angeführt, trugen die Dorfbewohner die Leichen vom Platz weg. Kajetan Bichter schien etwas zu Elisabeth sagen zu wollen, schüttelte dann aber den Kopf und ging in seine Kirche.

Auch Sophie verließ den Platz. Sie wusste, dass Gottfried nicht gegen die Befehle seines Kommandanten handeln konnte. Sie seufzte – nun würde alles noch viel schwieriger werden. Aber vielleicht spielte das keine Rolle mehr, wenn sie nur sich hatten.

Johann und Elisabeth blieben allein auf dem Dorfplatz zurück. Elisabeth blickte zum Stadl, vor dem die Wachen standen, dann auf den großen Blutfleck, der in der Mitte des Platzes zu sehen war. Sie brach in Tränen aus.

Johann umarmte sie erst zögerlich, dann drückte er sie fest an sich. „Es wird alles gut, Elisabeth. Ich versprech’s dir.“

Dann blickte er nach oben. Schneeflocken fielen vom Himmel, immer dichter ...

Johann erinnerte sich an Ignaz’ Worte, an einen bestimmten, unheilvollen Satz, den der Knecht damals in den Wäldern ausgesprochen hatte.

Es geschieht nur in den besonders kalten Wintern.

So wie es aussah, waren die Soldaten ihre geringste Sorge.

Er drückte Elisabeth fester.

XXVIII

Es war dämmrig geworden. Im Dorf war es sehr still, die Ereignisse des Tages hatten dazu geführt, dass die Bewohner zu Hause blieben und die Türen verriegelten.

Vor dem Stadl, in dem Jakob Karrer und der Soldat eingesperrt waren, patrouillierten zwei neue Wachposten. Sie hatten sich aus Schutz gegen den immer heftiger werdenden Schneefall dicke Mäntel umgehängt. Keiner sagte ein Wort, bis der eine den anderen in die Seite stieß und grinste.

„Da schau her! Hoher Besuch."

Elisabeth näherte sich, sie trug einen kleinen irdenen Topf. Sie blieb vor den beiden Soldaten stehen.

„Was willst du?", fragte sie einer der beiden barsch.

„Ich bring Essen für meinen Vater", antwortete Elisabeth.

„Essen? Zeig mal her!"

Widerwillig hob sie den Deckel. Der Geruch von Fleischsuppe entströmte dem Topf, der Soldat sog den Duft tief ein. „Euch fehlt's ja an gar nichts, wie mir scheint. Immer das gleiche mit euch Bauern. Z'erst heißt es, ihr habt nichts, und wenn man das Dorf schleift, findet man Vorräte, dass der Churfürst genug hätt."

„Wir haben nur das Nötigste für den strengen Winter. Und von dem fresst ihr uns keinen geringen Teil weg", antwortete Elisabeth verärgert.

Der Soldat zuckte ungerührt mit den Schultern. „Ich würd eh lieber dich fressen!" Er setzte ein beinahe zahnloses Grinsen auf. „Aber meinetwegen, gib deinem Vater halt was. Zu ihm lassen kann ich dich aber nicht." Er klopfte mit dem Gewehrkolben gegen die Holzwand, die breite Spalten aufwies. „Karrer! Herkommen!"

Der andere Soldat musterte Elisabeth und grinste dreist. „Ich bin auch hungrig. Hast mir nichts mitgebracht?"

Elisabeth beachtete ihn nicht. Sie beugte sich vor, versuchte durch den Spalt in der Wand des Stadls etwas zu erkennen. Aber sie sah nichts, nur altes Stroh und –

Plötzlich schälte sich vor ihr das zornige Gesicht von Jakob Karrer aus der Dunkelheit.

Elisabeth zuckte zurück, fasste sich aber schnell wieder. „Vater, ich hab dir –"

„Was machst du hier? Scher dich weg!", fuhr er sie scharf an.

„Aber ich wollt doch nur –"

„Hast du mich nicht verstanden? Mach, dass du heimkommst, und verriegle das Haus! Ich brauch keine Hilfe!"

Und so plötzlich, wie es aufgetaucht war, verschwand sein Gesicht wieder in der Dunkelheit.

Elisabeth stand reglos da. Auch in der Gefahr zeigt ihr Vater keine Spur von Menschlichkeit. Tränen schossen ihr in die Augen, aber sie wollte sich vor den grinsenden Soldaten keine Blöße geben.

Oder hatte ihr Vater sie nur so angefahren, damit sie nach Hause ging und sich vor den Soldaten fernhielt?

Elisabeth atmete tief die eisige Luft ein, bis die Kälte ihre Lungen zu zerschneiden drohte. Dann ging sie langsamen Schrittes vom Stadl weg, den Topf achtlos in der Hand. Die Wachen blickten ihr nach.

„He, Dirne," rief der eine, „ich hab noch immer Hunger!"

Ohne anzuhalten warf Elisabeth den Topf in den Schnee und ging unbeirrt weiter.

„Ersticken sollst dran ...", murmelte sie zornig.

Die Dämmerung brachte die Kälte der Nacht mit sich, und der Wachposten vor Franz Karrers Haus stellte sich den Kragen auf. Von drinnen war kein Laut zu hören. Die Verwundeten versuchten zu genesen, und ihre Kameraden teilten mit ihnen die Ruhe, denn Ruhe war in ihrem

Leben kostbar und vielleicht das einzige Wertvolle, das ihnen noch geblieben war.

Im obersten Stock warf eine Ölfunzel Licht durch das kleine Fenster.

„Ihr wolltet mich sprechen.“ Albrecht sah seinen Kommandanten fragend an. Dieser saß vor einem wuchtigen Tisch, auf dem er mehrere Karten ausgebreitet hatte. Er blickte auf und begann, sich eine Pfeife zu stopfen.

„Komm rein, Albrecht, und mach die Tür zu“, befahl er ruhig.

Albrecht tat, wie ihm geheißen.

„Setz dich.“

Der alte Soldat setzte sich auf einen wackligen Stuhl, der unter seinem Gewicht knarrte.

„Über ein Jahrzehnt kämpfen wir schon gemeinsam“, fuhr der Kommandant fort, „über ein Jahrzehnt, in dem ich es immer vermieden habe, Zivilisten unnötiges Leid zuzufügen, sofern es in meiner Macht stand. Das weißt du am besten, oder Albrecht?“

Albrecht nickte und lehnte sich in seinem Stuhl zurück. So nachdenklich hatte er seinen Vorgesetzten selten erlebt.

„Aber was soll ich mit diesen starrköpfigen Bauern machen? Ich denke fast, die tischen uns keine Lügen auf. Die glauben wirklich, dass es irgendeinen Fluch oder etwas in der Art gibt, und dass sie rechtens gehandelt hätten.“ Der Kommandant blickte seinen Adjutanten prüfend an.

„Der Meinung bin ich auch“, entgegnete dieser.

„Aber was heißt das für uns, Albrecht?“ Der Kommandant nahm einen tiefen Zug aus seiner Pfeife und blies die Rauchschwaden langsam in die Luft. „Wenn ich den fetten Bauern morgen hinrichten lasse, dreht vielleicht das ganze Dorf durch. Wir würden mit Sicherheit alle

Verwundeten verlieren und hätten ein unvorstellbares Blutbad zu verantworten. Wir würden das gesamte Dorf schleifen müssen." Er machte eine kurze Pause. „Frauen, Alte, Kinder. Wir könnten es uns nicht leisten, auch nur eine Seele am Leben zu lassen."

Albrecht fuhr sich mit der Hand nachdenklich übers Gesicht. „Ich weiß, Kommandant, ich weiß."

„Und wofür das alles? Wegen einer Narretei, vor der ein jeder hier die Augen verschließt. Und den Verstand, Herrgottsakra!" Er stand abrupt auf und ging zum Fenster. Unten sah er den Wachmann immer wieder leicht in die Hocke gehen, um sich aufzuwärmen.

Albrecht zögerte kurz. „Allerdings –"

Darauf hatte der Kommandant gewartet. „Ja, Albrecht?"

„Allerdings – was wäre, wenn Ihr morgen Gnade vor Recht ergehen lassen würdet? Sowohl was den fetten Bauern betrifft, als auch bei unserem eigenen Mann? Als Geste sozusagen."

„Eine Geste?" Der Kommandant musste leicht grinsen. Albrecht war nicht nur ein treuer Kampfgefährte, er war auch stets ein aufrichtiger Berater, der Situationen oft besser beurteilen konnte als er selbst. Er nickte. „Eine Geste, die selbst ein Tyroler Bauer, aber noch wichtiger, eine jede Bäuerin verstehen würde."

„Nur so ein Gedanke", spielte Albrecht seinen Vorschlag herunter.

Der Kommandant trat zu ihm und klopfte ihm auf die Schulter. „Gnade vor Recht. Eine vorweihnachtliche Geste. Ist gut, Albrecht."

Dieser verstand und verließ den Raum.

Der Kommandant ging wieder zum Fenster und betrachtete das Dorf.

So soll es sein.

Und hoffte zugleich, dass bis morgen Früh niemand eine Dummheit begehen würde.

Jakob Karrer und der Soldat saßen sich stumm gegenüber. In der dunklen Scheune war es totenstill.

Karrer fixierte angespannt sein Gegenüber. Seine Augen hatten sich mittlerweile an die Dunkelheit gewöhnt, und er konnte die Veränderungen im Gesicht des Soldaten sehen: die schwarzen Verästelungen, die sich unaufhaltsam ausbreiteten, die blasse Haut ...

Er wusste, was er zu tun hatte. Wieder einmal lag es an ihm.

Der Soldat schwitzte, war unruhig, außerdem kämpfte er mit dem Schlaf. Er nickte immer wieder kurz ein, und schreckte dann sofort wieder hoch. Er wusste instinktiv, dass er wach bleiben musste, spürte die Gefahr, die von der großen, stummen Gestalt ihm gegenüber ausging.

Die Zeit verging quälend langsam.

Schließlich verlor der Soldat den Kampf. Der Schlaf übermannte ihn, sein Kopf fiel nach vorn auf die angezogenen Knie.

Auf diesen Moment hatte Jakob Karrer gewartet.

Leise stand er auf. Fast beiläufig nahm er den wuchtigen Stiel einer abgebrochenen Haue, die neben ihm an der Wand lehnte, und glitt durch die Dunkelheit langsam auf den schlafenden Soldaten zu, bemüht, jedes Geräusch zu vermeiden.

Er starrte auf den gleichmäßig atmenden Körper unter sich, der für ihn kein Mensch mehr war. Er war einer von *ihnen*, mit der Krankheit, die er so sehr hasste.

Tod und Verderben über euch.

Dann hob er den Stil und holte aus.

Genau in diesem Moment erwachte der Soldat, als hätte er den Tod gerochen. Er sah Karrer über sich, rollte sich blitzschnell auf die Seite und konnte so dem mörderischen Schlag gerade noch ausweichen. Dann schnellte er hoch und schlug Karrer den Stiel aus der Hand. Der stürzte sich auf ihn, der Kampf begann.

Stumm und unerbittlich.

Bis ein Schrei durch die Scheune gellte.

Draußen schreckten die beiden Wachsoldaten aus ihrem Halbschlaf auf.

„Was war das?"

„Ich weiß nicht. Ist das von drinnen gekommen?"

„Kann ich nicht sagen." Der Soldat spähte in das Innere der Scheune, konnte aber nichts erkennen. „Karrer? Was macht ihr da?"

Jakob Karrer sah entsetzt auf seinen Arm. Eine tiefe Bisswunde zeichnete sich ab, schwarz und unheilverkündend. Panisch versuchte er die Bissspuren abzuwischen, aber vergeblich.

Er blickte von seinem Arm zu dem Soldaten, der ihm gegenüber kauerte. Sah dessen blutigen Mund.

Er wusste, was die Verletzung bedeutete.

Nichts würde mehr sein, wie es war. Kein Hof, Grund und Boden, keine Elisabeth, keine Sonne, kein Leben mehr. Im Zwielicht dahinvegetieren.

Er würde wie *sie* werden ...

Sein Arm pulsierte, ein warmes Brennen breitete sich schnell von der Wunde aus, über seine Brust und dann weiter, in seinen Kopf hinein. Er fühlte die Hitze, fühlte den roten Nebel, der sich hinter seinen Augen ausbreitete.

Jakob Karrer stieß ein Knurren aus.

Dafür würden sie büßen, sie alle, die ihm nicht geholfen hatten. Das gesamte Dorf.

Plötzlich war ein polterndes Geräusch zu hören. Das Tor wurde entriegelt, fahles Licht fiel herein. Dann stürmten die Wachsoldaten in den Stadl, blieben aber stehen, als sie die beiden Gestalten sahen, die sich reglos gegenüberstanden.

„Karrer? Was zum Teufel –“

Langsam, in einer gemeinsamen Bewegung, drehten sich Jakob Karrer und der Soldat zu den Wachsoldaten um ...

Hostimentum

XXIX

Am nächsten Morgen lag dichter Nebel gleich einem Leichentuch über dem Dorf. Er hüllte die Häuser ein und dämpfte jedes Geräusch. Man konnte kaum zwischen Himmel und Erde unterscheiden, so dicht war das geisterhafte Weiß.

Die Tür von Jakob Karrers Haus öffnete sich, Elisabeth schlüpfte heraus. Sie schloss leise die Tür und ging eilig den schmalen Pfad zwischen den Häusern entlang. In der Hand hatte sie eine flache, eiserne Pfanne mit noch warmem Mus. Vielleicht würde ihr Vater heute etwas essen. Wenn er überhaupt noch –

Sie zwang sich, an etwas anderes zu denken.

Er ist dein Vater.

Natürlich war er das, trotzdem gab es tief, ganz tief in ihr drinnen eine Stimme, eine Stimme mit verführerischem Klang, die ihr sagte, dass es ihm recht geschehe, wenn –

Nein!

So etwas durfte sie nicht einmal denken. Er war ihr Vater, den zu ehren ihre Pflicht war.

Vor Elisabeth tauchte jetzt der Stadl aus dem Nebel auf. Sie ging zur Vorderseite, wunderte sich, dass keine Wache zu sehen war. Dann erstarrte sie.

Das breite Tor war aus den Angeln gerissen und lag im Schnee.

Elisabeth kam näher, blickte in den Stadl hinein. Was sie sah, ließ sie entsetzt aufschreien: Vor ihr lagen die Körper der Wachsoldaten, grausam verkrümmt und von wuchtigen Hieben entstellt.

Elisabeth drehte sich um und rannte aus dem Stadl.

Neben den Leichen, kaum zu erkennen, führten zwei Fußspuren in den Wald hinauf …

„Wir haben Euch gewarnt, dass das geschehen wird“, rief Benedikt Riegler aufgebracht.

Johann, Elisabeth und der Großvater hatten sich mit anderen Dorfbewohnern und Soldaten beim Stadl versammelt und folgten dem Disput zwischen dem Kommandanten und Riegler. Die beiden standen neben den Leichen der Wachsoldaten.

„Vier meiner Männer sind tot, seit wir in euerm verdammten Dorf sind, und du kommst mir immer noch mit deinen abergläubischen Geschichten?“, stieß der Kommandant hervor.

„Eure Männer waren schon so gut wie tot.“

„Wenn das so ist, dann trifft euch ja keine Schuld“, meinte der Kommandant ironisch.

„Wenn ihr uns nicht glaubt, steigt doch zum Kloster hinauf und seht selbst nach“, sagte Riegler provozierend.

„Das werden wir, Bauer, verlass dich drauf“, entgegnete der Kommandant.

Riegler stutzte, dann huschte ein Grinsen über sein Gesicht. „Eine weise Entscheidung.“

Auch Alois Buchmüller konnte sich ein selbstgefälliges Grinsen nicht verkneifen. Wie es schien, würden die Bayern nun genau das tun, was Jakob Karrer damals in der Schenke angesprochen hatte. Für einen Augenblick war sich Buchmüller sicher, dass sich ihre Probleme nun endlich lösen würden, und zwar ohne ihr Zutun.

Aber der Augenblick währte nur kurz.

„Wie weise meine Entscheidung ist, wirst du dann schon selbst merken. Ihr werdet nämlich mitkommen“, sagte der Kommandant ruhig.

Benedikt Riegler riss die Augen auf, sein Mund klappte auf und zu. Der Kommandant wandte sich an die Dorfbewohner. „Alle Männer im waffenfähigen Alter ziehen mit uns. Und Gnade euch Gott, wenn wir nichts finden.“ Dann drehte er sich zu Albrecht um. „Abmarsch morgen Früh bei Sonnenaufgang. Und sieh zu, dass die feigen Bauern vollständig antreten."

Kajetan Bichter trat erregt zu ihm. „Das sind einfache Leute und keine Soldaten. In Gottes Namen, lasst die Sache auf sich beruhen und zieht aus dem Dorf ab."

„Pfarrer," der Kommandant machte eine unheilverkündende Pause, „Ihr solltet Euren Leuten lieber Mut machen, damit keiner auf die Idee kommt, sich seiner Verantwortung zu entziehen." Er lächelte, dass Bichter fror. „Wenn auch nur einer heut Nacht flieht oder sich drücken will, und wenn's die Dorfratte ist, dann werde ich meinen Männern gestatten, sich mit Eurer Herde zu amüsieren."

Er fuhr mit gestrecktem Zeigefinger die Menge ab und blieb bei Elisabeth stehen. „Und mit diesem hübschen Schäfchen fangen wir an ..."

Elisabeth wurde blass, Johann, der neben ihr stand, nahm ihre Hand.

Der Kommandant drehte sich wieder zu Kajetan Bichter. „Haben wir uns verstanden?"

Der Pfarrer nickte langsam.

„Gut, wir sehen uns morgen früh." Der Kommandant gab seinen Soldaten ein Zeichen, dann verließen er und seine Männer den Stadl.

Der Pfarrer starrte ihnen hinterher, schüttelte resigniert den Kopf und blickte Benedikt Riegler fassungslos an. „Wie konntest du es nur wagen? Wie konntet ihr alle es nur wagen? ‚Die Rache ist mein; ich will vergelten, spricht der Herr.' Der Herr! Und nicht du, Benedikt Riegler. Wisst ihr denn nicht, was denen widerfährt, die das Schwert führen?"

Riegler und die anderen blickten ihn ungläubig an.

Ohne eine Antwort abzuwarten, wendete sich der Pfarrer ab und wollte zur Kirche gehen. Als er sich an Johann vorbeidrängte, hielt dieser ihn an der Schulter fest.

„Pater, wollt Ihr denn gar nichts tun?“

„Du hast wohl den Kommandanten nicht gehört? Jetzt liegt unser Schicksal in Gottes Hand allein. Aber die rechte Sache wird bestehen ...“, sagte Bichter. „So bete ich ...“, setzte er leise hinzu.

Johann packte ihn fester an der Schulter. „Tut etwas, verflucht noch einmal! Ich weiß, dass Ihr dazu imstande seid!“

Kajetan Bichter sah Johann entgeistert an, tiefe Furchen der Verzweiflung im Gesicht. „Es ist zu spät, Schmied, zu spät für mich, für das Dorf – für uns alle. Gott allein wird nun richten.“

„Wenn das so ist, dann betet wenigstens zu Ihm. Für die Euren“, sagte Johann kalt und ließ Bichters Arm los.

Ein verwirrtes Lächeln huschte über das Gesicht des Pfarrers. „Für die Meinen ... das werde ich.“ Mit langsamen Schritten ging er zur Kirche.

Unter den übrigen Dorfbewohnern machte sich Panik breit.

„Wir werden alle getötet“, rief Josias Welter verzweifelt.

„Wir müssen das Dorf verlassen, sonst gehen wir alle drauf“, warf Alois Buchmüller ein.

„Bist verrückt? Dann schleifen sie das Dorf mit Mann und Maus, du hast den Kommandanten doch gehört“, entgegnete Riegler wütend und packte Buchmüller am Kragen.

„Seid ruhig!“ Johanns Stimme drang durch das Stimmengewirr, und die Autorität darin ließ die anderen verstummen.

„Was habt ihr denn an Waffen?“, fragte er Riegler.

Der schüttelte den Kopf. „Nichts Richtiges. Wir sind doch –“ Er blickte zu Alois Buchmüller, den er immer noch am Kragen hielt, und ließ ihn verlegen los. „Wir sind doch nur Bauern.“

„Gut, dann müssen wir uns mit dem behelfen, was da ist“, überlegte Johann. „Sensen, Beile, Hauen, bringt sie in die Scheune vom Karrer, ich werd sehen, was ich tun kann.“

„Vergelt's Gott, Johann“, sagte Riegler dankbar und drückte ihm die Schulter.

„Schon recht. Eine Hand wäscht die andere.“

Riegler nickte, dann verließen er und die andern Bauern den Platz vor dem Stadl.

Johann und Elisabeth machten sich mit Albin und dem Großvater auf. Als sie den Dorfplatz überquert hatten, nahm Elisabeth Albin zur Seite. „Begleit du bitte den Großvater nach Haus. Und bring gleich seine Sense mit, ihr werdet sie brauchen.“ Albin nickte, die vier trennten sich.

„Bis später, Großvater.“

Der alte Mann nickte nur, sagte aber nichts.

Johann und Elisabeth gingen stumm eine Weile nebeneinander, dann ergriff sie seine Hand.

„Johann?“

„Ja?“

„Kannst du uns wirklich helfen?“ Elisabeth blieb stehen.

„Ich hoff schon. Einen Versuch ist's allemal wert.“

„Aber –“ sie blickte ihm in die Augen. „Warum tust du das alles?“

„Weißt das noch immer nicht?“ Er strich ihr sanft über die Wange.

Sie schüttelte den Kopf. „Ist das der einzige Grund? Es ist nur, weil du – so wie du vorhin mit den Leuten geredet hast ...“ Sie holte tief Luft. „Du bist doch nicht wirklich nur Schmied?“

Er lächelte. „Als Schmied kommst du herum in der Welt. Und überall lernst du etwas.“

„Johann, sei ernst.“

Sein Lächeln verschwand. „Ich werd's dir einmal erzählen, Elisabeth, nur nicht jetzt. Eins kann ich dir aber sagen: Ich werd euch nicht im Stich lassen. Ich hab da einiges gutzumachen, und dieses Dorf ist vielleicht so etwas wie ein Neuanfang für mich."

Sie drückte seine Hand, er zog sie näher zu sich. „Dieses Dorf und vor allem eine seiner Töchter", sagte Johann leise, beugte sich zu ihr hin.

Elisabeth schreckte zurück. „Nicht, da sieht uns doch ein jeder! Was werden die Leut denken?"

Dass ich nichts auf ihre Meinung geb, dachte Johann.

„Entschuldige, hast Recht", antwortete er zögernd.

Elisabeth ging zum Haus, Johann folgte ihr.

Benedikt Riegler, der mit Josias Welter und Alois Buchmüller vor der Schenke stand, sah Johann und Elisabeth aus einiger Entfernung. „Schau, schau, was passiert, wenn die Katz aus dem Haus ist ...", murmelte er nachdenklich. „Wenn der Jakob das sehen könnt. Da würd nicht viel übrig bleiben von unserem Schmied."

Josias Welter schüttelte den Kopf. „Wär ich mir gar nicht so sicher. Der Johann – irgendwas hat der. Ich glaub, ich werd mich da oben eher bei ihm halten."

„Benedikt – müssen wir da hinauf? Was ist, wenn wir uns gegen die Bayern auflehnen? Lass den Johann die Sensen und Messer scharf machen, und dann jagen wir die Sauhunde aus dem Dorf", drängte Buchmüller.

„Viel zu riskant", entgegnete der Dorfvorsteher bestimmt. „Da verlieren wir vielleicht schon hier im Dorf, denk an die Weiber und Gschrappen. Nein, vielleicht gelingt es uns schon am Weg hinauf, die Bayern umzustimmen. Vergiss nicht, dass es morgen sicher stürmen wird. Dann kommt wahrscheinlich eh keiner durch den Wald, und wir müssen so und so umkehren. Und wenn nicht“, er schwieg für einen Augenblick, „wenn wir doch ganz zum Kloster rauf müssen, mit den Soldaten, dann ist das vielleicht wirklich die beste Möglichkeit, mit *ihnen* endgültig aufzuräumen. Dann ist die Sache erledigt, ein für alle Mal. Keine gestohlenen Vorräte mehr, keine toten Viecher, keine Gottesgeißel.“ Er spuckte aus, dann grinste er hinterhältig. „Vielleicht hat der Herr uns die Soldaten nicht zufällig geschickt. Und weil wir gerade beim Herrn sind – passt ab jetzt auf, was ihr unserem Hochwürden gegenüber sagt. Der scheint nicht mehr ganz zu wissen, zu wem er gehört.“

„Amen.“ Buchmüller und Welter stimmten in das Grinsen mit ein.

Die Männer kehrten wieder in die Schenke zurück.

Gottfried stand am Ende des Dorfes Wache und fror im schneidenden Wind. Bis nach Mitternacht musste er hier noch ausharren, um dann vielleicht ein paar Stunden Schlaf zu ergattern. Vor dem Strafzug. Einer völlig sinnlosen Aktion, dessen war er sich sicher, und er war nicht der einzige in seiner Einheit, der so darüber dachte. Sollten die verfluchten Tyroler ihre Probleme doch alleine bewältigen.

Hatte es nicht gereicht, dass sie hier einmarschieren mussten, um des Churfürst Ehre?

Hatte es nicht gereicht, dass sie fast vollständig aufgerieben wurden, weil sie in einem Gelände kämpfen mussten, das ihnen nicht vertraut war?

Und hatte es nicht gereicht, dass sie nun auch noch hier überwintern mussten, in diesem düsteren Tal, in dem der Aberglaube jegliche Vernunft bezwang?

Das Geräusch von Schritten riss Gottfried aus seinen finsteren Gedanken.

Sophie näherte sich ihm zögernd und stellte sich dann neben ihn.

Eine Zeit lang sagte keiner der beiden ein Wort, sie teilten das Sausen des Windes und den Blick auf die Nebelwand, die durch das Tal unaufhaltsam auf sie zukam.

„Die anderen werden dich sehen, Sophie“, begann Gottfried.

„Ist mir egal“, gab sie kurz von sich. „War's mir immer schon.“

Das Auf- und Abbrausen des Windes überbrückte die Stille, gaukelte ihnen vor, sie wären die einzigen Menschen auf Gottes Erde.

„Ich versteh, wenn du jetzt deine Meinung über mich geändert hast“, brachte Gottfried zögernd hervor. Sophie überlegte eine Weile.

„War ja nicht deine Schuld, hast ja auch keine Wahl. Niemand hat eine.“

„Mein Versprechen steht noch. Ich weiß, dass wir uns eigentlich gar nicht kennen, aber –“

„Dafür haben wir dann noch genug Zeit. Wenn du nur heil wieder zu mir zurückkommst.“

Gottfried griff ihre Hand. „Das werd ich. Der Strafzug kann auch nicht schlimmer sein als das, was ich hinter mir hab. Außerdem hat mich der Herrgott doch nicht umsonst hierhergeführt. Zu dir. Und ich versprech, dass ich immer für dich da sein werd.“

Die Nebelwand hatte sie erreicht und vollständig eingehüllt. Sophie gab Gottfried einen zärtlichen Kuss auf den Mund. „Dann hast mich ab jetzt am Hals, du bayerischer Depp. Hier hält mich nichts mehr.“

Gottfried sah sie mit freudestrahlenden Augen an. „Du weißt ja nicht, wie glücklich du mich damit machst.“

Sophie drückte ihn fest an sich, dann löste sie sich von ihm. „Ich muss wieder zurück zum Hof. Wir sehen uns morgen.“ Sie eilte davon.

Gottfried sah ihr nach, dann lächelte er. Es gab wieder eine Zukunft für ihn.

XXX

Die Sonne war untergegangen und ließ ein trübes Zwielicht zurück, aus dem die kleine Kirche in den Himmel ragte. Es war ein seltsames Bild, gerade so, als ob sich das Gotteshaus wie ein belehrender Fingerzeig zu seinem Schöpfer streckte.

In der Sakristei waren die meisten Kerzen kegelförmig zerflossen. Die rußigen Flammen flackerten im Wind, der durch die Ritzen des Fensterrahmens eindrang. Weihrauch verströmte seinen markanten Geruch.

In der Mitte der Sakristei kniete Kajetan Bichter, über seine Bibel gebeugt, auf dem Holzscheit. Hastig blätterte er zwischen einzelnen Passagen hin und her und murmelte die Verse mit. Seine Stirn war in Falten gelegt, er wirkte verängstigt und unschlüssig. Kein Wunder – die Zeit für eine Entscheidung war gekommen, eine Entscheidung, der er ein Leben lang ausgewichen war.

Aber wie sollte man auch eine Tat beurteilen, die rechtens erscheint, aber nicht denen widerfährt, die einen zeitlebens rechtens behandelt hatten? Wenn die Zeit alle Wunden zu heilen vermag, dann war jetzt der Augenblick gekommen, sich diese Wunde zuzufügen.

Ohne Deine Führung, o Herr, sind wir alle verloren und werden in Finsternis darben, ob unserer Taten. In ewiger Finsternis.

In Finsternis darben.

Ewige Finsternis.

Der Pfarrer schloss die schwere Bibel mit einem dumpfen Knall, und für einen Moment entfaltete sich der süßliche Geruch alten Papiers wie ein Feuerpilz.

Bichter atmete tief ein, senkte den Kopf und versuchte in sich hineinzuhören. Die Keilseite des Holzscheits grub sich tief in seine Knie, von denen bereits ein taubes Gefühl ausging.

Wie soll ich entscheiden, Herr? Was wird bleiben, wenn ich den falschen Weg wähle? Bin ich bereits so geblendet, dass ich ihn nicht mehr zu erkennen imstande bin?

Schmerz reinigt den Verstand.

Bichter öffnete seine Kutte und ließ sie zu Boden gleiten. Mit zitternder Hand griff er neben sich und fasste den kalten, ledergeflochtenen Stiel der kurzen Geißel.

Gib mir ein Zeichen, o Herr.

Bichter schlug die Geißel nach hinten, die einzelnen Schwänze klatschten auf das vernarbte Fleisch des Rückens und ließen es blitzschnell weiß werden. Schweiß schoss ihm ins schmerzverzerrte Gesicht, als sich die weißen Striemen dunkelrot färbten.

Gib mir ein Zeichen, o Herr.

Wieder schlug er die Geißel zurück, diesmal über die andere Schulter. Ein Brennen breitete sich vom Rücken her aus, umgab und vereinnahmte ihn vollkommen.

Nur ein Zeichen.

Jetzt zog er fester durch.

Und fester.

Und dann – war es genug.

Kajetan Bichter fiel nach vorn und musste sich an der Tischkante festhalten. Er atmete tief und schwer, Bluttropfen perlten durch die feinen Schnitte an die Hautoberfläche, sammelten sich und begannen, den Rücken hinabzulaufen.

Schmerz reinigt den Verstand.

Aber er offenbart keine Antworten.

Als Bichter sich wieder wegstieß, verrückte er dabei den Tisch, und das Buch der Bücher fiel auf den schmutzigen Steinboden. Der Pfarrer erschrak, er ließ die Geißel fallen und hob das Buch auf. Sorgfältig legte er es auf den Tisch und las die zufällig aufgeschlagene Stelle:

„Der Geist des Herrn ist über mir, darum dass mich der Herr gesalbt hat. Er hat mich gesandt, den Elenden zu predigen, die zerbrochenen Herzen zu verbinden, zu verkündigen den Gefangenen die Freiheit, den Gebundenen, dass ihnen geöffnet werde, zu verkündigen ein gnädiges Jahr des Herrn und einen Tag der Rache unsers Gottes, zu trösten alle Traurigen, zu schaffen den Traurigen zu Zion, dass ihnen Schmuck für Asche und Freudenöl für Traurigkeit und schöne Kleider für einen betrübten Geist gegeben werden, dass sie genannt werden die Bäume der Gerechtigkeit, Pflanzen des Herrn zum Preise.
Sie werden die alten Wüstungen bauen, und was vorzeiten zerstört ist, aufrichten; sie werden die verwüsteten Städte, so für und für zerstört gelegen sind, erneuern."

Bichter hob erneut die Geißel und presste vor der zu erwartenden Pein die Augen zusammen.

Gib mir ein Zeichen, o Herr.

Wieder sang die Geißel durch die Luft und klatschte auf den gemarterten Rücken.

Nur ein Zeichen.

Der Pfarrer hörte ein Rascheln, öffnete seine Augen. Ein Luftzug fuhr über die Bibel, blätterte einige Seiten um. Der Pfarrer überflog die Zeilen aus den Prophezeiungen des Jesaja:

„Denn ich habe einen Tag der Rache mir vorgenommen; das Jahr, die Meinen zu erlösen, ist gekommen."

Das Zeichen, auf das er gewartet hatte. Kajetan Bichter bekreuzigte sich und begann laut zu sprechen. „Gelobet seiest Du voll der Gnade, Dein Reich komme, Dein Wille geschehe ..."

Er versank in innigem Gebet.

Draußen war die Nacht hereingebrochen, begleitet von starkem Schneetreiben und untermalt vom Heulen des Windes.

Johann und Albin saßen in der Scheune, jeder einen Schleifblock vor sich. In der Scheune war es eiskalt, der Sturm fegte durch alle Ritzen, die beiden Ölfunzeln warfen nur wenig Licht. Hinter Johann lehnten bereits einige geschliffene Sensen und mit Nägeln gespickte Dreschflegel an der Wand und harrten ihrer morgigen Zweckentfremdung. Vor ihm lagen verschiedene alte Hieb- und Stichwaffen.

Johann schliff mit gekonnten Bewegungen ein Messer, während Albin sich abmühte, das Schwungrad mit seinem rechten Fuß in Bewegung zu halten und gleichzeitig darauf zu achten, die Klinge eines Dolches am Schleifstein nicht zu verkannten. Was ihm nicht immer gelang.

„Verfluchter Mist! Da kann ich mich ja gleich ans Spinnrad setzen", schimpfte Albin.

„Nur wirst du es da noch schwerer haben, die Klingen zu schärfen."

„Red du nur. Die reinste Weiberarbeit ist das!"

„Wenn dein Weib deine Klingen schärft, dann musst du aber für sie kochen", lachte Johann. „Den Tag will ich erleben."

„Brauchst gar nicht lachen, ich hab mir schon mal selber was gekocht. Was ein Weib kann, kann ich schon lang."

„Na, alles hoffentlich nicht", zwinkerte Johann Albin zu.

„Na wart, du Lump, ich wird dir gleich –" In diesem Moment kam Albin der Dolch aus. Er sauste, durch den

Schleifstein beschleunigt, knapp über Johanns Kopf hinweg in die Holzwand und blieb mit hellklarem Singen zitternd stecken.

Albin blickte Johann entgeistert an.

Dieser wandte den Kopf zur Scheunentür und schrie: „Elisabeth, der Albin wird ab heut für uns kochen!"

Albin stand auf, um den Dolch aus der Wand zu ziehen. Im Vorbeigehen boxte er Johann auf die Schulter. „Kann ja wohl einem jeden passieren."

„Sicherlich, Herr Albin, sicherlich", gab Johann trocken zurück.

Albin zog den Dolch mit einem Ruck aus der Wand und wog ihn in der Hand. „Wie kämpft man damit?"

„Glaub mir, wenn's darauf ankommt, dann weißt du's. Dann wirst du's wissen."

Albin setzte sich wieder an seinen Schleifbock. „So wie du?"

„Hab's oft genug erleben müssen."

„Hast du daher die Narben auf der Brust?"

Johann nickte. „Aber ich hab immerhin überlebt. Bleib morgen also dicht bei mir, dann wird das schon schiefgehen da oben. Die können es ja auch nicht."

„Und was, wenn die's genauso wenig wollen wie wir?" Wenn wir's einfach nicht tun? Keiner von uns?"

„Da haben die Bayern auch noch ein Wörtchen mitzureden. Und die werden nicht so darüber denken wie du und ich, und vielleicht die da oben. Zu einem Feuer braucht's immer einen Funken, und den werden die Bayern schon springen lassen."

„Und was, wenn wir uns davonmachen? Du schnappst die Elisabeth und dann machen wir uns auf durch den Wald, noch heut Nacht?"

„Hast doch gehört, was die Bayern dann mit dem Dorf machen. Denen ist egal, ob da nur Frauen und Kinder sind. Oder der Großvater. Im Moment haben sie die besseren Karten und wir müssen mitspielen. Ob wir wollen oder nicht."

Albin nickte resigniert. Er kannte die Gesetze.

Das Recht ist immer auf der Seite des Stärkeren. Und der Stärkere schreibt die Geschichte.

Und dies würde wohl auch immer so bleiben ...

Plötzlich wurde das Scheunentor aufgerissen. Schnee und Wind peitschten ins Innere und brachten die Ölfunzeln beinahe zum Erlöschen. Elisabeth kam herein und schloss schnell das Tor hinter sich. Sie hatte nur einen Janker über ihr Nachthemd gezogen und war völlig außer Atem. „Johann – der Herr Pfarrer –", sie brach ab, holte tief Luft.

Johann und Albin blickten sie fragend an.

Elisabeth hatte sich wieder gefangen. „Ich hab grad vom Fenster aus gesehen, wie er in den Wald gegangen ist. Hinauf. Zu *ihnen*."

Johann stoppte seinen Schleifstein. „Bist dir sicher?"

„Na hör mal", entgegnete Elisabeth empört. „Ich weiß, doch, was ich gesehen hab."

„Der wird sie warnen wollen", sagte Johann nachdenklich.

„Und vielleicht hauen sie dann ab, noch bevor wir oben sind", warf Albin ein.

„Das ist leider nur eine Möglichkeit." Johann überlegte. „Das ganze bedeutet nicht Gutes. Ich werd dem Bichter folgen, vielleicht find ich ja raus, was er wirklich vorhat."

Albin sprang auf. „Nein, ich geh! Schleif du die restlichen Messer fertig."

„Albin –" Weiter kam Johann mit seinem Protest nicht.

„Überlass ja nicht mir die Weiberarbeit." Albin versuchte zu grinsen. „Die kannst du schön selber machen."

Elisabeth fasste ihn am Arm. „Albin, gib auf dich Acht da oben. Es ist ein furchtbarer Sturm, man sieht keine Handbreit."

Er nahm sanft ihre Hand von seinem Arm. „Versprech ich dir."

Dann wandte er sich an Johann und sah ihn ernst an. „Und du pass mir aufs Lisele auf, verstanden?"

Johann nickte. „Dank dir, Albin. Hör zu: Bleib weit hinter dem Bichter und hau sofort ab, wenn's brenzlig wird. Den Helden kannst du morgen auch noch spielen."

Albin nickte, schlüpfte in seine Lodenjacke und zog den Kragen zu. Er drehte sich zu Johann und Elisabeth um, verharrte unschlüssig. Es war still, jeder schien mit den richtigen Worten zu hadern.

Du solltest gehen, nicht der Albin. Und das weißt du auch.

Johann wusste, dass die Stimme in seinem Inneren Recht hatte. Er machte einen Schritt auf Albin zu. „Albin, ich –"

Da war Albin auch schon beim Tor draußen.

Johann und Elisabeth gingen zum Eingang und blickten in den nächtlichen Schneesturm hinaus. Schneeflocken trieben ihnen ins Gesicht, der Wind ließ ihre Augen tränen.

Wortlos legte Johann den Arm um Elisabeth und drückte sie an sich. Sie lehnte den Kopf an seine Schulter. „Ich hab kein gutes Gefühl bei der Sache", sagte sie, und die Besorgnis in ihrer Stimme war unverkennbar.

Schneeflocken wurden in die Scheune gepeitscht, die Flammen der Funzeln, bläulich und klein, waren kaum mehr erkennbar.

„Wohin werden wir gehen, wenn das hier vorbei ist?", fragte Elisabeth leise.

„Wohin du willst", antwortete Johann ruhig und bestimmt.

Eine Weile sagte keiner der beiden etwas. Dann flüsterte Elisabeth etwas in Johanns Ohr.

„Wenn Wehmut macht sich drückend schwer,
der Sterne Glanz kein bisschen mehr,
kein Sonnenstrahl vom Himmel fällt,
das Herz voll Kummer kläglich bricht,
wärst du für mich ein strahlend Licht,
das Einz'ge auf der Welt.“

„Mein Gedicht. Du kannst es auswendig?“ Seine Stimme war sanft.

Sie sah ihm in die Augen. „Hab auch jedes Wort so gemeint.“

Er fühlte, wie Elisabeth unter dem dünnen Janker zitterte. „Und jetzt schau lieber, dass du schnell in die Stube kommst, bevor du hier zum Schneemanderle wirst. Ich komm nach, wenn ich fertig bin.“

Elisabeth nickte, löste sich von ihm und lief zurück ins Haus. Johann setzte sich wieder an den Schleifblock.

XXXI

Der Schneesturm ließ die Gestalt vor ihm fast unsichtbar werden.

Albin hielt keuchend inne, musste erst einmal zu Atem kommen, da er die ganze Zeit durch den kniehohen Schnee gelaufen war. Zum Glück waren die Fußspuren noch zu erkennen, sonst hätte er sofort umkehren müssen, und das –

Er sah, wie die Gestalt des Pfarrers von der Dunkelheit des Waldes verschlungen wurde.

Jetzt war er allein. Zeit, die letzte Entscheidung zu treffen.

Albin blickte zurück: Das Dorf lag weit hinter ihm, war nur noch eine verschwommene, graue Insel in einem weißen Meer. Aber Johann und Elisabeth verließen sich auf ihn. Wenn er jetzt umkehrte, wie würde er dastehen? Er könnte ihnen nicht mehr in die Augen blicken.

Könnte *ihr* nicht mehr in die Augen blicken.

Albin beobachtete den Wald. Alles ruhig.

Da! Eine Fratze! Oder doch ein Baumstumpf am Waldrand?

Ein letztes Mal drehte er sich um.

Sah in den Schneesturm, wo das Dorf lag. Einer schlimmen Gefahr ausgeliefert.

Dann sei's drum.

Er lief los und ließ sich ebenfalls von der Dunkelheit verschlingen.

Johann hatte die Arbeit an den Waffen beendet. Mehr konnte er nicht tun, aber die Geräte würden morgen meistern, was man ihnen abverlangte. Er löschte die beiden Ölfunzeln und trat ins Freie.

Es war schneidend kalt draußen, Johann blickte zum Wald hoch.

Keine Bewegung, bis auf die Schneeflocken, die in der Dunkelheit tanzten.

Spiel bloß nicht den Helden, Albin.

In der Stube brannte noch Licht. Langsam ging Johann auf das Haus zu.

Johann betrat die behagliche Stube. Elisabeth war über ihrem Nähzeug eingeschlafen und schreckte auf.

„Vater?"

Sie erkannte Johann, legte das Nähzeug beiseite und erhob sich.

„Setz dich, ich mach dir das Essen."

Johann hielt sie am Arm fest und zog sie an sich.

Elisabeth blickte ihn überrascht an, unschlüssig, was sie denn nun tun –

Er beugte sich zu ihr und küsste ihre Wangen. Sie schloss die Augen, öffnete leicht ihren Mund. Johann liebkoste ihre Haut, ihre Augen, ihre Nase. Ein warmes Gefühl hüllte sie ein. Als sich ihre Lippen berührten, war es Elisabeth, als würde sich alles um sie herum drehen. Sie erwiderte den Kuss, schlang ihre Arme um Johann und drückte ihn, so fest sie konnte, an sich.

Dann löste sie sich von ihm. Sie fühlte Schuld in sich aufsteigen, aber wie konnte etwas, das sich so richtig anfühlte, denn falsch sein? Für Elisabeth zählte nur der Augenblick.

Morgen war der Tag des Strafzugs. Heute sollte Johann der ihre sein.

Elisabeth staunte darüber, wie sicher diese Entscheidung gekommen war und wie richtig sie sich anfühlte.

Johann, der nicht verstand, warum sich Elisabeth aus seiner Umarmung gelöst hatte, wollte gerade eine verlegene Entschuldigung stammeln, als Elisabeth ihn an der Hand nahm und ihn aus der Stube zog.

Elisabeth schloss die Tür und zündete die kleine Petroleumfunzel an, die ein weiches, bernsteinfarbenes Licht spendete. Johann stand hinter ihr. Sie verharrte einen Augenblick, atmete tief durch. Dann drehte sie ihren Kopf, blickte Johann über die Schulter in die Augen, hoffte, er würde ihre Unsicherheit nicht merken.

Langsam öffnete sie die Bänder am Oberteil ihres Kleides. Sie lächelte verlegen, weil sie mit ihren zitternden Fingern fast einen Knoten zu- anstatt aufgezogen hätte. Dann öffnete sie die Masche der Schürze auf ihrem Rücken und ließ sie zusammen mit ihrem Kleid auf den Boden fallen.

Johann begann ebenfalls, sein Hemd aufzuschnüren. Elisabeth entledigte sich nun auch ihrer weißen Bluse und der Beinkleider und drehte sich zu Johann um.

Nun stand sie nackt vor ihm. Ihre Brust hob und senkte sich schnell vor Aufregung, sie wartete auf seine Reaktion.

Johann zog sie an sich und küsste sie zärtlich. Er streichelte ihren Rücken, fühlte, wie sich die feinen Härchen aufstellten.

Elisabeth streifte Johann das Hemd ab, spürte seine Wärme. Dann umarmten sich die beiden und sanken aufs Bett.

Albin hetzte in Todesangst durch den Wald.

Spiel nicht den Helden.

Wollte er auch nicht, aber nur ein Moment der Unachtsamkeit hatte gereicht, und den konnte er nun nicht mehr ungeschehen machen. Albin blickte sich schnell um, in die wirbelnde Hölle hinter ihm: Waren *sie* schon da? Die Dunkelheit ließ nur Vermutungen zu, seine einzige Chance war es, den Waldrand zu erreichen. Er rannte weiter, spürte kaum die feinen Schnitte der Äste, die ihm ins Gesicht peitschten, nur die kalte Luft, die sich mit jedem Atemzug in seine Lungen schnitt.

Dann blieb er für einen Moment stehen, lauschte.

Waren *sie* hinter ihm her?

Ein lauter werdendes, rhythmisches Brechen des Unterholzes gab Antwort.

Sie waren.

Johann und Elisabeth lagen nebeneinander und liebkosten sich. Elisabeth genoss Johanns Zärtlichkeiten, sie war unsicher und neugierig zugleich. Nach Sophies Erzählungen hatte sie es sich immer anstrengender vorgestellt, gleich einer Arbeit, die man eben zu erledigen hatte, ohne viel Gefühl. Aber Johann gab ihr die Zeit, die sie brauchte.

Dann zog er sie auf sich, ihre langen Haare fielen wie ein schützender Schleier um ihre beiden Gesichter. Elisabeth fühlte seine Erregung, begann sanft, ihr Becken an seinem zu reiben. Ihr Atem wurde schwerer, kleine Schweißperlen glitzerten auf ihrer Haut.

Sie vergaßen die Welt um sich.

Innerlich hatte er es gewusst, hatte sich für eine solche Aufgabe nicht gewappnet gefühlt. Leises Anschleichen, Ausharren, Verstecken. Geschicklichkeit. Alles Eigenschaften, die er nicht hatte, die er noch nie –

Albin stolperte über eine Wurzel und stürzte hart zu Boden. Er überschlug sich mehrmals, dann blieb er liegen. Reißender Schmerz durchfuhr seine linke Hand.

Aber er hatte keine Zeit für Wehleidigkeiten. Er blickte hinter sich: Mehrere Gestalten schälten sich aus der Finsternis des Waldes.

Albin rappelte sich auf. Ein Stich fuhr ihm ins Knie, aber er ignorierte den Schmerz, lief humpelnd weiter.

Er hatte immerhin ein Versprechen zu halten.

Jetzt gab es kein Zurück mehr, leichte Angst stieg in Elisabeth auf.

Als Johann in sie eindrang, durchzuckte ein schneidender Schmerz ihren Unterleib, sie krallte ihre Finger in seinen Rücken.

„Soll ich aufhören?“, flüsterte er ihr ins Ohr.

„Nein, es ist nur –, es ist schon vorbei“, log sie. Johann bewegte sich leicht auf und ab, und allmählich schwand der Schmerz, machte Lust und Erregung Platz, die Elisabeth in Wellen durchströmten. Leise begann sie zu stöhnen, dann immer schneller und lauter, im Einklang mit Johanns Bewegungen.

Und plötzlich geschah es – Elisabeth fühlte eine nie zuvor gekannte Einigkeit, eine Einigkeit mit *ihm*, mit Johann, die sich wunderbar richtig anfühlte. Wenn ein Moment ewig dauern könnte, sollte es dieser sein, dachte sie, bevor sie sich endgültig in ihrer Lust verlor …

Albin sah den hellen Schnee durch die Bäume blitzen, die Wiese war nun nicht mehr weit. Er würde es schaffen. Und dann hatte auch er die Gefahr bezwungen, hatte eine Geschichte zu erzählen.

Nur noch wenige Meter.

Albin peilte die Baumschneise vor sich an, durch die er sich in Sicherheit schlagen würde. Ein letztes Mal drehte er sich im Laufen um: niemand zu sehen.

Albin blickte wieder nach vorne, als ihm ein wuchtiger Schlag die Nase brach und ihn von den Füßen riss.

Ein grellweißer Blitz, dann war alles schwarz.

Ein Luftstoß ließ die Funzel ausgehen und die Stube in blauem, nächtlichem Licht versinken. Johann sank auf Elisabeth, ihr Atmen im gleichen Rhythmus. Elisabeth schloss die Augen und drückte Johann an sich.

So nah sollte er ihr immer bleiben.

Und nichts auf der Welt würde sie trennen können.

Die Gestalt in der abgewetzten Kutte ließ den schweren Ast in den Schnee fallen und trat an den Bewusstlosen heran. Eine wächserne Hand packte Albin und schleifte ihn langsam in den Wald zurück.

„Woran denkst du?“, wollte Johann wissen.

„Daran, dass du morgen bei mir bleiben solltest. Ich schließe einfach die Tür ab, und wir überlassen die Welt da draußen sich selbst.“

„Das wär mir auch das Zweitliebste.“

„Was wär dir dann lieber?“

„Es gar nicht erst morgen werden zu lassen“, flüsterte Johann. „Wir halten einfach die Gestirne an und bewahren die Nacht.“

Elisabeth küsste ihn und drückte ihn an sich. „Dann mach du das, ich hab grad keine Hand frei“, sagte sie zärtlich ...

XXXII

Elisabeth erwachte. Fahles Licht fiel von draußen herein, bald würde der Morgen anbrechen.

Und *es* beginnen.

Sie drehte sich um, zu dem Mann, der an ihrer Seite lag.

Johann.

So geborgen hatte sich Elisabeth noch bei niemandem gefühlt. Ihre Mutter hatte sie nie gekannt, und ihr Vater hatte ihr das Leben alles andere als leicht gemacht.

Johann hingegen – er war stark, er war zärtlich, und er würde einen Ausweg finden und sie nie allein lassen, dessen war sie sich gewiss.

Die Decke war verrutscht und gab einen Blick auf seinen vernarbten Oberkörper frei. Elisabeth fröstelte. Was mochte Johann erlebt haben, was verbarg er?

Plötzlich hörte sie, wie sein Atem schneller wurde. Er musste träumen, und was immer es war, es war nichts Angenehmes. Er stieß seltsame Worte hervor, wild und fremdartig, sodass Elisabeth es mit der Angst zu tun bekam. Sie zögerte, dann rüttelte sie ihn an der Schulter.

Er öffnete die Augen.

„Johann, du träumst nur!“

Der Schnitter, im Totentanz mit seinen Opfern.

„Johann?“

Blut an den Wänden.

Erst jetzt schien er Elisabeth zu erkennen, nahm schweigend ihre Hand, bis sein Atem wieder ruhiger ging.

„Was hast du denn geträumt, um Himmels Willen?“, fragte sie besorgt.

Er wollte nicht antworten. Konnte es nicht.

„Oder war’s kein Traum?“ Elisabeth strich mit der Hand über seine vernarbte Brust und sah ihm tief in die Augen. „Manchmal tut’s gut, wenn man darüber spricht.“

Da war sie wieder, diese unglaubliche Stärke in ihren Augen, in die er sich so verliebt hatte.

Er wollte es ihr nicht sagen.

Er musste es ihr sagen. Sie hatte ein Recht darauf.

Johann setzte sich auf und starrte zum Fenster. Der Morgen würde sich noch etwas Zeit lassen.

„Elisabeth – du hast mich gefragt, ob ich immer schon Schmied war. Und woher ich manche Sachen kann, die ein normaler Schmied nicht kann.“

Sie lächelte, strich über seinen Oberarm. „Na ja, manche der Sachen kann sicherlich auch ein normaler Schmied.“ Als sie sein ernstes Gesicht sah, errötete sie. „Verzeih bitte.“

„Ich hab dir ja erzählt, dass ich von Mönchen in einem Kloster aufgezogen worden bin.“

„Bei Abt Bernardin.“

„Ja. Priester wollt ich aber keiner werden, also haben sie mich ziehen lassen, Abt Bernardin hat sogar dafür gesorgt, dass mich ein Schmied, den er gut gekannt hat, als Geselle aufgenommen hat. Da war ich grad mal elf oder zwölf Lenze alt. So hab ich dann gelernt bei dem. Ich war nicht ungeschickt, und es hat eigentlich alles gut ausgeschaut, bis –“

Sie sah ihn an.

„Bis ich eines Tages Soldaten in die Händ gefallen bin. Die haben dringend Männer für den Krieg gebraucht, aber ein Tyroler darf ja nicht im Ausland kämpfen, nur bei den Sturmscharen und nur wenn's um Tyrol geht. Aber denen war das egal, die haben einfach einkassiert, wen sie gefunden haben, ich war nicht der einzige Tyroler. Da hast du nichts dagegen machen können, die haben uns mitgenommen und in ein Ausbildungslager gesteckt.

Es hat sich dann herausgestellt, dass ich im Nahkampf richtig gut war, also haben sie mich der Infanterie zugeteilt, obwohl das so eine Sache war – meistens bist du gar nicht erst zum Nahkampf gekommen, weil sie dich über den Haufen geschossen haben, wenn du über das Schlachtfeld auf den Gegner zugelaufen bist.

Na, jedenfalls hab ich lange genug überlebt, dass sie mich nach Italien zum Prinz Eugen gekarrt haben, gegen die verfluchten Franzosen.

Da war's dann richtig schlimm.

Wir sind gegen die Franzosen angerannt, sie gegen uns, und die Dörfer mit den Zivilisten oft in der Mitte. Die Leut – Soldaten wie Dörfler – sind zu hunderten verreckt, die meisten erst nach der eigentlichen Schlacht, an ihren Verletzungen. Und unser Kommandant hat dabei nur hämisch gegrinst. Sein Generalstab war um nichts besser, es ist so, wie die Leute sagen: Der Fisch beginnt am Kopf zu stinken.

Wobei – der Kopf selbst war in Italien ja noch in Ordnung, der Prinz Eugen und die meisten seiner Leute sind ehrenhaft geblieben, soweit das im Krieg überhaupt möglich ist. Aber unseren Zug kann er nicht im Auge gehabt haben, denn die Offiziere waren allesamt ein Ausbund an Grausamkeit, denen hat's Spaß gemacht, den Boden mit Blut zu düngen. Müsste sowieso von Zeit zu Zeit sein, um das Land zu reinigen, haben sie immer gesagt und gelacht, der Kommandant am lautesten.

Er hatte auch allen Grund dazu – aber das kannst du ihr nicht erzählen. Noch nicht.

Eines Tages war's dann so weit. Der Feind ist wieder einmal anmarschiert und war etwa noch einen Tagesmarsch entfernt, zwischen ihm und uns war nur ein kleines Dorf. Waren eh kaum mehr Leut da, nur Alte und Weiber und Kinder, die Männer waren tot oder eingezogen. Ich hab mir gedacht, wir würden das Dorf räumen und gegen den Feind ausbauen, aber weit gefehlt – der Stab hat beschlossen, dass eine lebende Bastion doch hervorragend geeignet wär, dem Feind die Schneid abzukaufen. Die feigen Franzosen wären eh weich wie Butter, die würden garantiert nicht in ein paar Unschuldige hineinfeuern. Und wenn doch – dann habe man zumindest Zeit gewonnen, sodass die Reiterei sie in die Zange nehmen kann. „Wir werden die Dörfler wie Vieh gegen die Franzosen treiben!" Ich weiß noch, wie der Kommandant, dieses hagere Schwein, das ganz ruhig gesagt hat.

Das hat dann das Fass zum Überlaufen gebracht. Ich habe noch in der gleichen Nacht mit dem einzigen Kameraden, dem ich damals vertraut hab, gesprochen. Es war ein Preuße, der schon an vielen Fronten in der Armee der Österreicher gekämpft hat. Ein aufrechter Kerl und guter Kämpfer. Einer, auf den man sich hat verlassen können. Wir waren beide schnell einig – es musste ein End gemacht werden, egal, welche Konsequenzen das auch bedeutete.

Es hat sich herausgestellt, dass wir nicht allein dieser Meinung waren, und wir sind dann mit anderen entschlossenen Männern zum Zelt, wo der Stab geschlafen hat. Wir haben die Wachen überwältigt – ein paar waren auf unserer Seite – und haben die feinen Herrn Generäle vor die Wahl gestellt: Dorf räumen oder Tod.

Kannst dir vorstellen, wie der Kommandant dreingeschaut hat. Aber aufgeben wollten sie nicht, die Herren Offiziere, und haben den Tod gewählt.

Dann hat leider eine von den Wachen Alarm schlagen können, und es ist zu einem Scharmützel gekommen. Der Stab ist geflohen, auf das Dorf zu, wir ihnen hinterher, Vollmond war's, man hat meilenweit gesehen. Sie sind in ein Beinhaus gelaufen, das neben einer Kapelle war, und dort haben wir sie gestellt. Ich kann mich noch sehr gut daran erinnern, es war ein seltsames Gebäude, geduckt und aus Stein, mit unheimlichen Fresken an den Wänden, ein richtiger Totentanz. Irgendwie passend zu dem, was kam."

Johann machte eine Pause, starrte ins Leere. „Wir mussten kurzen Prozess machen, weil wir gewusst haben, was uns blühen wird."

Elisabeth blickt ihn entsetzt an.

„Wir haben keine Wahl gehabt, Elisabeth. Die hätten sich nicht umstimmen lassen, und dann wären wir alle *und* das Dorf draufgegangen. So haben es wenigstens die Unschuldigen geschafft."

„Dafür habt ihr euch an den Offizieren schuldig gemacht ...", flüsterte Elisabeth.

An allen bis auf einen.

„Im Krieg macht sich ein jeder schuldig, die Frage ist nur, ob du es auf der Seite der Gewinner oder der Verlierer gemacht hast. Glaub mir."

„Schuldig vorm Herrn, mein ich."

„Hätt noch nie erlebt, dass der ins Geschehen eingegriffen hätt, egal, wen du vor der Flinte hast. Der Klerus erteilt den Seinen doch immer die Absolution."

Sie sah ihn an, zwang sich zu verstehen, was er meinte. Es gelang ihr nicht. „Und was ist dann geschehen?"

„Ich hab später erfahren, dass sie wen anderen zum Kommandieren geschickt haben, er soll den Ruf eines strengen, aber gerechten Befehlshabers genossen haben, und bis dahin haben sich unsere Soldaten zurückgezogen. Die Dorfbewohner sind abgehauen, und dann haben wir natürlich selbst auch fliehen müssen. So schnell kannst gar nicht schauen, wie sie dir bei lebendigem Leib die Haut abziehen, wenn du einen Offizier tötest. Da kannst ein ganzes Land voller Bauern töten, geschieht dir nichts, aber bei einem Herrn Offizier, und dann noch bei einem ganz hohen ... Der Preuße und ich haben die Flucht geschafft, aber wir wurden getrennt. Gott weiß, was aus ihm geworden ist. Die meisten unserer Kameraden allerdings wurden damals gleich geschnappt und als Warnung mit aufgeschnittenen Bäuchen auf den Mauern der nächsten Stadt aufgeknüpft, sodass sie tagelang langsam verreckt sind, die armen Hunde.

Aber sie hatten's hinter sich, ich hab's fast schlimmer erwischt – bin den Franzosen in die Hände gefallen. Die haben mich für einen Spion gehalten, und du kannst dir ja vorstellen, was man mit denen macht."

Sie strich über die Narben an seinem Oberkörper. „Das waren die?"

Er nickte. „Besonders einer: Marschall Gamelin. Dem hat das richtig Spaß gemacht, aber selbst er hat nichts rauspressen können. Dann haben sie mich von einem dreckigen Loch ins andere geschmissen, aber eines Tages bin ich ihnen doch entwischt. Bin wieder hierher, aber weil ich immer noch als Deserteur und Mörder gelt, bin ich seither mehr oder weniger auf der Flucht.

Vor ihnen. Und noch jemand anderem, der dich irgendwann –

Bevor ich dann zu euch in dieses Tal gekommen bin, halbtot, hab ich mir gedacht, dass es eh am besten wäre, ich krepier. Aber dann hat mich jemand gesund gepflegt."

Er strich ihr sanft über die Wange.

„Und so – kann ich alles vielleicht ein wenig gutmachen, wenn ich euch helf."

Elisabeth zögerte, dann küsste sie seine Hand. „Bist trotzdem ein guter Mann, Johann. Egal, was du getan hast – der liebe Gott sieht in dein Herz und wird dir verzeihen."

„Vielleicht seh ich ihn schneller, als ich denk ..." Nachdenklich blickte er zum Fenster, es war deutlich heller geworden.

„Bestimmt nicht. Es hat schon seinen Sinn, dass du hier bei uns – und bei mir bist." Elisabeth legte den Kopf auf seine Schulter. „Der Herrgott hat noch was vor mit dir, sonst hätt er dich schon längst geholt."

Johann lächelte. Er hätte es fast selber geglaubt.

In dem Moment läuteten die Kirchenglocken Sturm.

Der Morgen war da.

Und mit ihm der Strafzug.

Die Kirchenglocken verstummten, Johann und Elisabeth sahen sich an. Dann beugte sich Johann vor, gab Elisabeth einen Kuss. Als er sich abwenden wollte, hielt sie ihn fest.

„Johann – bleib bei mir. Bitte." Sie hatte Tränen in den Augen.

„Du weißt, das kann ich nicht. Hast doch gehört, was sie dann mit dem Dorf machen."

„Soll das Dorf doch zum Teufel gehen!", stieß sie hervor und schluchzte.

„Elisabeth – das meinst du nicht ernst, und das weißt du."

Sie holte tief Luft, das Schluchzen verebbte. „Hast eh Recht. Es ist nur – ich würd es nicht ertragen, wenn ich dich verlier. Gerade jetzt, wo –"

„Dann verlierst mich auch nicht. Versprochen." Er lächelte und wischte ihr die letzten Tränen aus den Augen. „Und jetzt gehen wir lieber, bevor die noch auf dumme Gedanken kommen."

XXXIII

Elisabeth zog sich gerade an, als Johann mit sorgenvoller Miene zurückkam. „Der Albin ist nicht in der Kammer."

„Glaubst, er ist schon unten?"

„Scheint eher so, als hätt er gar nicht hier geschlafen." Johann trat so heftig gegen den Türstock, dass Elisabeth erschrak. „Verdammt, ich hätt doch selber gehen sollen."

„Das kannst jetzt auch nicht mehr ändern, Johann. Vielleicht ist er noch auf dem Weg, oder er wartet im Wald auf euch. Er weiß ja, dass ihr kommt."

„Ich hoff, du hast Recht."

Sie nickte, dann verließ sie die Kammer.

Johann trat zu dem kleinen Tisch, der unter dem Fenster stand, und nahm den Bleikrug mit Wasser. Er durchstieß die dünne Eisschicht der Oberfläche und goss sich dann Wasser aus dem Krug in eine kleine Schüssel. Sorgfältig wusch er sich das Gesicht, die Kälte des Wassers machte ihn munter. Dann ging er in seine Kammer.

Dort öffnete Johann sein Bündel, holte eine lederne Halskrause heraus. Er betrachtete sie nachdenklich. Die vielen Schnitte an der Oberfläche zeugten von misslungener Kehlenschlitzerei.

Er legte die Halskrause um, schnürte sie im Genick zu und prüfte mit einem Handdruck ihren Sitz. Dann schlüpfte er in seinen Mantel, band ihn bis zum Kragen zu und ging aus dem Raum.

Unten bei der Eingangstür wartete Elisabeth bereits auf ihn, sie traten hinaus und ließen das Haus und die Erinnerungen an die letzte Nacht hinter sich.

Schneefall hatte eingesetzt und tauchte alles in ein diffuses Licht. Johann und Elisabeth eilten zum Dorfplatz, wo einige Gestalten standen, Gespenstern gleich, die dann langsam die Formen von Menschen annahmen.

Das gesamte Dorf war versammelt und zitterte im Morgenfrost. Frauen und Greise standen bei ihren Angehörigen, die jüngeren Kinder suchten in den Kittelfalten der Mütter Schutz. Die älteren Kinder standen für sich, verstanden aber nicht, was dieser Aufmarsch zu bedeuten hatte.

Verstanden nicht, dass es ein schicksalhafter Tag war, nach dem nichts mehr so sein würde, wie es einmal gewesen war.

An der Westseite des Platzes, der Kirche zugewandt, standen die Soldaten in Reih und Glied, angeführt von ihrem Kommandanten. Hinter ihm wartete der alte Albrecht, gefolgt von Kajetan Bichter und Benedikt Riegler. Hinter Riegler hatten sich die Männer des Dorfes gesammelt, bewaffnet mit Sensen, Dreschflegeln, Mistgabeln, Hauen und Äxten, die weniger an Kriegsgerät erinnerten denn an brachiale Totschläger.

Keiner sagte ein Wort, die Angst vor dem Unausweichlichen stand ihnen ins Gesicht geschrieben.

Einige Frauen umklammerten ihre Ehemänner und weinten herzzerreißend. Sie wussten, was es bedeuten würde, wenn sie nicht zurückkämen. Alleine konnte keine von ihnen den Hof führen, sie wären gezwungen, ihre Kinder wegzugeben, da sie sie nicht mehr ernähren könnten. Kurz gesagt: Ihr Leben würde wie ein Kartenhaus zusammenfallen, dem man die eine Karte entrissen hatte.

Johann und Elisabeth eilten zum Großvater, der bereits nach ihnen Ausschau hielt. Sophie stand neben ihm, sie war eben erst gekommen, weil sie noch nach den Gefangenen gesehen hatte. Der Kommandant beobachtete sie.

„Endlich seid ihr da.“ Der Großvater nahm Elisabeth am Arm, dann blickte er Johann ernst in die Augen. „Schau, dass du heil wiederkommst, sie braucht dich“, ermahnte er Johann voller Sorge.

Der nickte ruhig. „Ich komm wieder, versprochen." Er zögerte kurz. „Hast den Albin heut schon gesehen?", fragte er dann den Großvater.

„Nein. Ich hab mir gedacht, der kommt mit euch mit?"

Johann schüttelte den Kopf. Er sah den Pfarrer, der mit besorgtem Gesicht hinter Riegler und dem Kommandanten stand.

Bichter war hier.

Aber wo war Albin?

„Unsere Verwundeten werden wie bisher behandelt, verstanden?", befahl der Kommandant.

Riegler nickte, er blickte kurz zu Sophie. „So hab ich's angeordnet."

„Gut. Dann – Achtung! Tretet zurück!" Der Kommandant gab Albrecht ein Zeichen.

„Weg mit den Weibern und Gschrappen!", rief der Adjutant scharf.

Verängstigt wichen die meisten Frauen und Kinder zurück, einige klammerten sich jedoch weiter an ihre Männer. Der Kommandant schritt die Reihen der Bauern ab, vor ihm Albrecht, der mit groben Griffen die Frauen von ihren Männern löste und wegstieß.

Als sie zu Johann kamen, traten Elisabeth und der Großvater einen Schritt zurück und senkten das Haupt.

Der Kommandant und Albrecht waren die Reihe fertig abgeschritten. „Und das sind wirklich alle?", schnauzte Albrecht Riegler an.

„Wenn ich's euch doch sag!"

Der Kommandant sah Riegler abfällig an und blickte dann über den Weg, der das Dorf zweiteilte. Ein unmerklicher Befehl, der von seinem Adjutanten aber sofort wahrgenommen wurde. Albrecht gab zweien seiner Männer ein Handzeichen, die beiden stürmten los und durchkämmten in Windeseile alle Häuser nach Zurückgebliebenen.

Und wurden fündig.

Mit lautem Gezeter zerrten sie Gottlieb Bacher, einen älteren Bauern, aus seinem Hof, seine Frau lief weinend hinterher. Die Soldaten schleppten ihn zum Dorfplatz, stießen ihn vor dem Kommandant zu Boden und legten ihre Gewehre auf ihn an.

Bacher zitterte am ganzen Leib.

Seine Frau versuchte vergeblich, auf die Soldaten einzureden. „Bitte, so habt doch Mitleid mit uns, wir –"

„Halt's Maul, Weib!", befahl einer der Soldaten, blickte dann zu seinem Kommandanten und wartete auf eine Entscheidung.

Der Kommandant senkte müde den Kopf. Das, was er zu vermeiden versucht hatte, war eingetroffen. Aber jede Blöße würde das falsche Signal darstellen. Doch vielleicht – ein Kompromiss?

„Wie alt bist du, Hundskrüppel?", fuhr er Bacher an.

Diesem stand das blanke Entsetzen ins Gesicht geschrieben, seine Hose begann sich im Schritt dunkel zu färben.

„Einundsechzig!", antwortete Johann schnell an Stelle Bachers.

„Stimmt das?", wollte der Kommandant wissen.

Bacher nickte zitternd. „Ja, ein-, einundfünfzig!"

Der Kommandant schüttelte den Kopf, warf Johann einen strafenden Blick zu, dann sah er wieder auf den zitternden Bauern hinab. Nicht mal den Strohhalm, den ihm der Schmied gereicht hatte, wusste dieser Narr zu ergreifen.

Alsdann.

Er nickte seinen Soldaten zu und wandte sich ab.

Plötzlich umgab Pulverdampf die Soldaten und Bacher, zwei Knaller peitschten donnernd durch das Dorf. Bleikugeln zerfetzten Gottlieb Bachers Brust. Er wurde zu Boden geschleudert, lag röchelnd im Schnee.

Einen Augenblick später hörte das Röcheln auf.

Mit lautem Geschrei stürzte die Bäuerin zu ihrem toten Mann, warf sich auf ihn und weinte hemmungslos.

Die Bauern waren geschockt von der Kaltblütigkeit der Soldaten, viele der Frauen weinten und wandten den Blick von der Leiche Bachers ab, drückten die Gesichter ihrer Kinder in ihren Schoß.

„Ich hab euch gewarnt! Ihr verfluchten Bauern, ich hab euch gewarnt! Wenn noch einer aus der Reihe tanzt, wird es ihm wie diesem Tölpel da ergehen, ich schwör's euch!" Der Kommandant blickte in die Gesichter der Bauersleute, die ihm mit einer Mischung aus Furcht und Hass begegneten. Es war ihm egal, er hatte diesen Ausdruck schon oft gesehen, in so vielen Ländern und Dörfern. Mochten sie ihn hassen – wichtig war, dass sie ihm gehorchten. Und das würden sie ab jetzt.

„Wird wohl nichts aus der vorweihnachtlichen Geste, oder, Herr Kommandant?", flüsterte Albrecht, die Antwort bereits wissend.

„Ich fürcht nicht, Albrecht. Manchmal muss die Konsequenz über die Vernunft siegen." Er räusperte sich lautstark.

„Wir rücken ab!"

Langsam setzte sich der Trupp in Bewegung. Hinter Johann reihten sich die beiden Soldaten ein, die Bacher erschossen hatten, sie bildeten die Nachhut.

Plötzlich lief Elisabeth zu Johann.

„Geh zurück, bevor noch was passiert!", herrschte Johann sie an.

Sie achtete nicht auf seine Worte und nahm ihre Silberkette ab, die sie von ihrer Mutter hatte. Sie drückte Johann die Kette in die Hand. „Sie wird dir Glück bringen."

Dieser steckte die Kette nach einem Augenblick des Zögerns ein. Er wollte noch etwas sagen, aber der Soldat hinter ihm stieß ihm den Kolben seines Gewehres in den Rücken. „Weiter, Knecht!"

Johann nickte Elisabeth zu, dann marschierte er weiter.

Elisabeth blieb stehen und sah ihm nach. „Bring's mir ja wieder!", rief sie ihm hinterher, mit den Tränen kämpfend.

Sei stark. Das Letzte, was er sehen soll, ist eine starke Frau, kein verheultes Weib.

Der Trupp entfernte sich, verschwand im Nebel.

Dann waren die Männer fort.

Elisabeth schossen Tränen heraus, sie fiel auf die Knie und hielt sich die Hände vors Gesicht. Warum konnte das Gute nie von Dauer sein? Hatte nicht ein jeder das Recht auf Glück?

Der Großvater trat zu ihr und half ihr auf. „Das wird schon, Kinderl. Der Johann kommt zurück, das spür ich."

Elisabeth wollte daran glauben, sie musste daran glauben, was blieb auch anderes übrig? Also ging sie mit Sophie und ihrem Großvater zum Haus zurück, während der Schneefall immer stärker wurde ...

XXXIV

Der Wind peitschte dem Trupp die dicken Flocken fast waagrecht entgegen, die Männer kämpften sich durch den kniehohen Schnee zum Waldrand hinauf.

Johann fühlte die Gefahr, der sie entgegengingen, er drückte immer wieder Elisabeths Kettchen.

Und schwor sich, zurückzukommen.

Wie so viele deiner Kameraden, die nur Minuten später niedergestreckt worden waren, unfähig, ihren Schwur einzulösen.

Früher war man noch Herr über sein Schicksal gewesen, der Gegner stand vor oder hinter einem. War man geübt, so konnte man parieren, ausweichen, Gleiches mit Gleichem vergelten. Der Tod hatte ein Gesicht – das des Stärkeren, des Schnelleren, des Überlebenden. Doch die Kugel war ohne Antlitz. Sie schoss durch die Luft und streckte den Nächstbesten nieder, der ihr im Wege stand. Ohne Vorwarnung.

Johann mochte Schusswaffen nicht. Sie waren schwer, klobig und umständlich nachzuladen. Aber sie hatten einen Vorteil: Jeder noch so tollpatschige Narr konnte sie bedienen. Solange man nur imstande war, einen Finger zu bewegen, war man in der Lage, aus sicherer Entfernung einem Mann das Leben zu entreißen. Hatte man diese Entfernung aber nicht, so konnte sich das Blatt augenblicklich wenden.

Wie in engen Räumen. Besonders in engen Räumen.

Johann dachte an die Ruine im Wald, an die finsteren Gänge. Das würde auch für die Bayern kein gütliches Ende nehmen. Vermutlich für Niemanden.

Das Dorf war wie ausgestorben, der Sturm peitschte ungehindert zwischen den Häusern hindurch. Im Haus von Martin Karrer signalisierte ein einsames Licht im Stubenfenster Leben.

Elisabeth umklammerte einen Becher warmer Milch, neben ihr saß der Großvater und schmauchte eine Pfeife. Die Stube war dunstig, es war ein Ort, an dem sie sich immer geborgen und sicher gefühlt hatte.

Sicher bei ihrem Großvater. Sicher vor ihrem Vater.

Dieses Gefühl schien im Augenblick jedoch so fern wie der nächste Sommer. Fragen rasten ihr durch den Kopf. Warum waren alle so bereitwillig mitgegangen? Das Dorf wäre stark genug gewesen, sich zu wehren.

Und wo war ihr Vater?

„Komm, Kinderle, beten wir zum Herrgott. Das ist alles, was wir im Moment tun können.“ Der Großvater streichelte ihr über die Schulter.

Elisabeth faltete die Hände und schloss die Augen.

„Vater im Himmel, lass sie heil wieder zurückkehren ..."

Alles würde Elisabeth dafür geben. Wirklich alles. Wie könnte Gott etwas anderes zulassen? Sie hatte ein redliches und christliches Leben geführt, war immer in die Kirche gegangen, und –

In die Kirche.

Zum Pfarrer.

Erinnerungen blitzten vor ihren Augen auf.

Johann, der den Pfarrer an jenem Tag in das Kloster verfolgt hatte. „Der Pfarrer verschweigt euch allen etwas."

Das Gesicht von Bichter, verzweifelt, der Blick ins Leere gerichtet. „... die rechte Sache wird bestehen ..."

Das Bild des Pfarrers, wie er aus der Sakristei auftauchte und die Tür sorgfältig mit dem schweren Schlüssel verschloss.

Elisabeth riss die Augen auf. „Bin bald wieder da!" Sie sprang auf, nahm ihre Strickweste und stürmte aus der Stube.

Verdutzt sah ihr der Großvater nach und schüttelte den Kopf. „Närrisches Madel."

Die dichten Nadelbäume ließen nur wenig Licht durch, dafür schützten sie vor dem tobenden Sturm. Immer wieder sauste eine Ladung Schnee von den Wipfeln, die vom Wind gebeutelt wurden, und ergoss sich auf den Waldboden und die Männer.

Die Formation des Trupps hatte sich aufgelöst, die Männer suchten sich jeder selbst einen Weg durch die verkrüppelten Bäume. In regelmäßigen Abständen blieben die Soldaten im verspießten Wurzelwerk hängen, das von einer dünnen Schneeschicht hinterhältig getarnt war, und stürzten fluchend zu Boden. Die Bauern hingegen stiegen über alle unsichtbaren Fallen hinweg, sie waren das Aufsteigen im Winterholz gewohnt.

„Eure Soldaten werden sich noch alle Knochen brechen", stichelte Riegler in Richtung des Kommandanten. „Vielleicht sollten wir doch besser –"

„Halt's Maul, Bauer!" Missbilligend beobachtete der Kommandant seine Männer, ärgerte sich über ihre Ungeschicklichkeit.

Der Nebel wurde immer dichter, bis die Sicht kaum mehr als zehn Schritte betrug. Der alte Albrecht sah besorgt in die weiße Wand vor ihnen. „Ich werd vorauslaufen, sonst rennen wir hier noch in einen Hinterhalt."

„Ist gut, Albrecht", entgegnete der Kommandant, „aber lass dich nicht überraschen."

Der Adjutant nickte knapp, dann eilte er davon und wurde von der Nebelwand verschluckt.

Elisabeth lief durch den Schneesturm, sie ignorierte die Kälte, fixierte eisern ihr Ziel: die kleine Kirche am Ende des Dorfes.

Wo es vielleicht einen Hinweis gab, warum der Pfarrer hinaufgestiegen war. Zu *ihnen*.

Etwas, das die Verbindung zwischen ihm und *ihnen* erklärte. Vielleicht lag in dieser Verbindung sogar die Lösung, vielleicht konnte man so ein besseres Zusammenleben zwischen dem Dorf und *ihnen* ermöglichen.

Vielleicht war dies alles nur ein Hirngespinst – aber es war einen Versuch wert, und allemal besser, als untätig in der warmen Stube zu sitzen.

Sie passierte den Kirchplatz, dann die zugeschneiten Grabsteine und stürmte auf die Eingangstüre zu. Mit einem heftigen Stoß drückte Elisabeth sie auf.

Düster lag das Kirchenschiff vor ihr.

Hilf mir, Gott. Leite mich.

Sie betrat die Kirche.

Albrecht blieb stehen, blickte hinter sich. Das Knacken brechenden Holzes und das Klirren des Kampfgeschirrs verrieten auch einem Blinden, dass hier ein Trupp im Anmarsch war.

Er schüttelte den Kopf. Sollte sie da oben wirklich das Unaussprechliche erwarten, wie es die Bauern beteuerten, dann würden sie sich schon von weitem verraten. Aber in den Wäldern vor ihnen war nichts, davon war Albrecht überzeugt. Märe und Aberglaube, die mit der Zeit immer mehr aufgebauscht wurden, waren eine Spezialität der Landbevölkerung.

Und wenn sie nichts finden würden – Albrecht wusste, dass sein gesamter Trupp des Totschlagens müde war, aber wahrscheinlich würde der Kommandant ein Exempel statuieren.

Statuieren müssen.

Albrecht blickte wieder nach vorn, stutzte: Undeutlich konnte er etwas im Nebel erkennen, es schien zwischen den Baumgruppen vor ihm zu hängen ... Er beschleunigte seine Schritte, umfasste seinen Säbel.

Umrisse verdichteten sich. Bäume. Und dazwischen –

Der alte Kämpfer, der schon so viel gesehen hatte, blieb stehen, sein Säbel fiel in den Schnee.

Das Unaussprechliche war eingetreten.

XXXV

In Inneren der Kirche war es genauso kalt wie draußen. Elisabeths Atem vermischte sich mit dem Dunst aus Weihrauch und Kerzenruß, der in der Luft lag. Langsam ging sie die Reihen der Kirchenbänke ab.

Nichts.

Sie war am Altar angekommen. Außer der fein gewobenen Schmuckdecke, einem schweren Kerzenleuchter und der Marienstatue befand sich nichts auf dem steinernen Aufbau, und auch dahinter konnte sie bis auf einen Holzschemel nichts finden. Verzweifelt blickte sie sich um: Sie war sich so sicher gewesen, dass sie mit ihrer Intuition richtig lag. Aber hier gab es nichts, die Kirche war genauso leer wie –

Elisabeth stutzte.

Die Sakristei. Sie hatte sie noch nie betreten, der Raum war allein dem Pfarrer vorbehalten.

Zaghaft ging Elisabeth auf die Tür zu, aus der ein großer, schmiedeeiserner Griff und ein Schloss ragten. Sie hielt einen Moment lang inne und lauschte.

Niemand zu hören.

Ihr Herz schlug schneller. Die Tür vor ihr strahlte etwas Verbotenes aus. Elisabeth hatte das Gefühl, dass sich bei der kleinsten Berührung unter ihr die Erde auftun und sie verschlucken würde, um ihr das letzte Geleit ins Purgatorium zu geben.

Sie hielt den Atem an, tippte dann kurz an die Tür.

Nichts geschah.

Sie fasste sich ein Herz und drückte die Klinke. Nach einem schier endlos langen Quietschen passierte – nichts.

Die Tür war versperrt.

„Herkommen! Schnell!" Albrechts Stimme schnitt durch den Nebel, die Männer liefen in seine Richtung.

Bis sie unwillkürlich erstarrten, sahen, was er gesehen hatte.

Ihre Warnung.

Es war Albin, besser gesagt, das, was *sie* zurückgelassen hatten. *Sie* hatten ihn zwischen zwei Baumstämmen aufgespannt, wie ein Fell zum Trocknen. Grobe Seile streckten seine Gelenke, die Kleidung war mit Blut vollgesogen und in Fetzen gerissen. Der Kopf hing leblos herab, der Hinterkopf war stark eingedrückt. Seine

Haut hatte jegliche Farbe verloren, unter Nase und Kinn hingen Eiszapfen.

Er war also noch eine Zeit lang am Leben gewesen, nachdem man ihn aufgeknüpft hatte.

Und dann unter unsäglichen Schmerzen erfroren.

Johann war geschockt, ebenso die Dorfbewohner. Aber auch die Soldaten waren von dem grausamen Bild nicht unberührt.

Der Kommandant schnappte sich Benedikt Riegler und zerrte ihn vor Albin. „Was zum Teufel ist das da?“ Er drehte seine Faust, die den Kragen von Riegler fasste. Dem wurde die Kehle eng, er begann zu wimmern.

„Wessen Teufelei ist das?“, brüllte ihn der Kommandant erneut an. Die Dorfbewohner blickten betroffen zu Boden, keiner wagte, einen Mucks von sich zu geben.

Kajetan Bichter umklammerte sein Eisenkreuz. „Es ist ein Zeichen vom Herrgott.“

Der Kommandant ließ Riegler fallen und schritt auf den Pfarrer zu. „Habt Ihr mir was zu sagen, Hochwürden?“

„Es ist Sein Zeichen. Wir sollten hier umkehren.“

„Wollt Ihr damit sagen, dass der Allmächtige selbst diesen armen Tölpel hier aufgeknüpft hat? Als Warnung für uns?“

„Nun, bestimmt nicht höchstpersönlich, aber –“

„Jetzt hab ich aber die Schnauze voll von Eurer Geheimnistuerei! Wir gehen jetzt den Berg rauf und werden uns wem oder was auch immer stellen! Und wenn wir nichts vorfinden sollten, dann werdet Ihr, Herr Pfarrer, der Erste sein, der seinem Schöpfer *höchstpersönlich* gegenübertritt, und alle eure Schäfchen werden euch folgen! Verstanden?“ Das Gesicht des Kommandanten war krebsrot vor Zorn, seine Halsschlagadern traten pochend hervor.

„Zuerst holen wir den Albin da runter.“

Johanns Worte waren leise, aber bestimmt. Und gleichzeitig der Tropfen, der das Fass zum Überlaufen brachte.

„Nichts dergleichen werden wir tun!“, fuhr Albrecht Johann an, während sich der Kommandant Johann langsam zuwendete und die Hand auf den Griff seines Säbels legte.

Johann beachtete die beiden nicht, er blickte die Bauern und Knechte an. „Er war mein Freund.“ Johann machte eine kurze Pause. „Er war euer Freund. Ein redlicher Knecht. Er hat sich so ein Ende nicht verdient. Holen wir ihn herunter und bestatten wir ihn, wie es der Herrgott von uns verlangt.“

Ein zustimmendes Gemurmel ging durch die Bauern, die Soldaten wurden unruhig. Der Kommandant, dem es endgültig reichte, zückte seinen Säbel und drückte ihn gegen Johanns ledernen Kehlschutz. „Schmied – das vorhin war ein Befehl! Und glaub ja nicht, dass ich deine Lederhaut nicht durchstoßen könnt!“

Johann wusste, dass jeder weitere Widerspruch die Situation kippen würde.

Es war also wieder einmal so weit.

Kein Zurück.

Blitzschnell schoss er am Säbel vorbei, drehte sich geschmeidig hinter den Kommandanten, packte diesen am Schopf und drückte ihm seine Axt gegen den Hals.

Die Männer erstarrten, die Soldaten legten nach einem Moment des Schreckens ihre Gewehre auf Johann und den Kommandanten an.

„Diese Axt ist so scharf geschliffen, dass sie Euch den halben Schädel abtrennt, wenn ihr nur stark hustet!“, knurrte Johann.

„Und danach machst du was, *Schmied*?“

„Das Danach ist mir vielleicht gleichgültig, habt Ihr daran schon gedacht?“

„Dir vielleicht. Aber was wird *sie* machen? Ohne Vater? Ohne dich?“ Der Kommandant grinste. „Dein Fehler, Schmied. Wenn du in den Kampf ziehst, lass niemanden zurück, der dir etwas bedeutet. Denn dann wirst du verwundbar.“

Kein Zurück. Oder doch?

Johann zögerte – dann ließ er die Axt genauso schnell verschwinden, wie er sie hervorgezogen hatte, und trat einen Schritt zurück.

Klack!

Der Hahn eines Vorderladers war zugeschnappt, der junge Soldat hielt die Waffe immer noch im Anschlag. Ein Blindgänger. Der Soldat schluckte und senkte zitternd die Waffe.

„Geht dem seine Waffe nicht los! Das wird ja immer besser“, ereiferte sich Albrecht. „Den nächsten, dem so ein Missgeschick passiert, werd ich eigenhändig vierteilen!“

Der Kommandant ließ seinen Säbel in die Scheide zurückgleiten. Er blickte in die Runde: verdutzte Soldaten, verängstigte Bauern, und alle müde von den Strapazen des Aufstiegs. Ein wahrlich prächtiges Kommando, das er da zusammengestellt hatte.

Er blickte zu Johann. „Ich hab jetzt keine Zeit, mich mit dir und deinem Verhalten zu beschäftigen, aber glaub ja nicht, dass ich deine Insubordination vergesse. Du scheinst der Einzige in dem Haufen zu sein, der Mut hat – dich können wir da oben vielleicht noch brauchen. Und wenn nicht –“ Sein Mund verzog sich spöttisch.

Johann nickte. „Mein Wort drauf.“

Der Kommandant blickte zu Albin hinauf. „Und deinen Freund kannst du dann ja auf dem Rückweg beerdigen.“ Er nickte Albrecht zu, der drehte sich zu den Männern um. „Abmarsch! Bewegt euch!“

Der Trupp setzte sich in Bewegung. Johann wartete, bis der Pfarrer zu ihm aufgeschlossen hatte, und ging einige Schritte mit ihm. Kajetan Bichter murmelte ein Gebet.

„Für den Albin wirst bezahlen, das schwör ich dir!" Johann spuckte zu Boden und ließ sich an den Reihen der vorüberziehenden Bauern vorbei nach hinten fallen.

Kajetan Bichter schien Johanns Worte nicht verstanden zu haben. Oder sie waren ihm einerlei. Er blickte starr nach vorne, betete weiter.

Albrecht und der Kommandant gingen gemeinsam an der Spitze. Beide wussten, dass die gesamte Aktion auf des Messers Schneide stand. Der Kommandant blickte zurück auf den Haufen, der ihnen folgte. „Als wir ins Dorf gekommen sind, hätten wir sie alle erschießen sollen."

Albrecht nickte, dann führten sie den Trupp in das unbekannte Grau hinein, das vor ihnen lag.

Elisabeth schlug verärgert mit der Hand gegen die Tür. Da sich das in einem Gotteshaus nicht ziemte, wandte sie sich, erschrocken über sich selbst, zum Altar und bekreuzigte sich. Dabei fiel ihr Blick auf den schweren Kerzenständer.

Genau das richtige.

Sie ging zum Altar, griff sich den schweren Ständer und eilte wieder zur Tür zurück. Schnell drückte sie den Standfuß zwischen Rahmen und Türblatt, dann zog sie an dem so entstandenen Hebel.

Mit einem lauten Knarren sprang das Schloss aus seiner Arretierung, die Tür ging auf. Elisabeth stürzte nach hinten, der Kerzenständer fiel ihr hart auf den rechten Unterarm. Tränen schossen ihr in die Augen, aber es war nicht die Zeit für Wehleidigkeiten. Sie stellte den Kerzenständer wieder auf seinen Platz, bekreuzigte sich abermals und lief zu der nun offenen Sakristei.

Elisabeth zögerte nur kurz, dann betrat sie den düsteren Raum ...

Der Nebel begann sich zu lichten.

Vor dem Trupp zeichneten sich die Konturen der alten Ruine ab. Der Kommandant wendete sich an Benedikt Riegler. „Das da?“ Der Dorfvorsteher nickte.

Plötzlich huschte ein Schatten hinter einem Baum hervor und rannte zur Ruine.

„Packt ihn!“ Albrecht war bereits losgelaufen.

Nun kam Bewegung in die Männer. Alle stürmten den Hang hinauf, in die Richtung, in die sie den Schatten hatten entkommen sehen.

Im vierkantigen Innenhof der Ruine sammelten sie sich wieder. Sie blickten sich um, immer noch außer Atem vom schnellen Lauf. Der verfallene Turm ragte in den Himmel, ein stummer Zeuge der Vergangenheit, sein Tor von einer Steinlawine verschüttet.

Vor dem nebligen Himmel sah er unendlich kalt und tot aus.

„Und was sollen wir hier nun finden?“ Albrecht sah sich verärgert um, aber nichts deutete auf Leben in den kalten Mauern hin. „Hier ist nichts!“

„Aber *sie* leben hier“, antwortete Riegler.

„Wer? Wer lebt hier, verdammt noch einmal!“ Albrecht war fuchsteufelswild geworden, sinnlose Vergeudung von Mensch, Material und Zeit war ihm immer schon gegen den Strich gegangen.

„Die Ausgestoßenen! Ich schwör’s bei der Heiligen Jungfrau Maria!“ Benedikt Riegler bekreuzigte sich. „*Sie* haben schon immer hier gelebt.“

„Und wo sind *sie* dann? Keine Behausung, kein Lebenszeichen, nichts! Nicht mal eine Feuerstelle! Hier oben war schon dutzende von Jahren keine Menschenseele mehr, schaut euch doch um!“

„Aber –“ Riegler rang nach Worten.

Albrecht ging auf ihn zu und schlug ihm die gestreckte Faust ins Gesicht. Riegler fiel zu Boden und wimmerte,

Albrecht baute sich über ihm auf, bereit, ihm eine gehörige Tracht Prügel zu verpassen.

„Herr Adjutant!“ Die Worte des Kommandanten waren scharf und ließen nichts an Deutlichkeit vermissen.

Albrecht hielt inne, dann trat er einen Schritt zurück und beruhigte sich etwas.

Keiner der Männer bewegte sich, nur das Rauschen des Windes, der über die Wipfel der Bäume strich, war zu hören.

„*Sie* leben hier –“, beteuerte Riegler, der schluchzend am Boden lag.

„Genau wie eure Einbildung“, entgegnete der Kommandant. „Wir haben euch gewarnt gehabt, und jetzt ...“

Die Bauern wurden unruhig. Johann sah sich um: Die einzige Fluchtmöglichkeit war der Mauereinbruch, durch den sie gekommen waren, und das war ein Nadelöhr. Wenn die Soldaten ernst machen würden, hätten sie keine Chance. Andererseits konnte er ihnen wohl kaum den geheimen Eingang verraten, dann würden sie alle da unten sterben.

Plötzlich schälte sich eine Gestalt in einer Kutte aus einer dunklen Ecke heraus und schlüpfte blitzschnell hinter einem riesigen Rosenstrauch in Deckung. Es war so schnell vor sich gegangen, dass keiner reagieren konnte.

Der Kommandant fasste sich als Erster. „Hackt mir das verdammte Gebüsch weg!“

Zwei der Bauern begannen, den jahrzehntealten Rosenbusch, der wild über die Turmmauer hochwuchs, umzuhacken. Mit jedem Hieb mehr legten sie eine Öffnung frei, ein Mauerloch, das in den alten Turm hinabführte.

Ein Soldat entzündete eine Ölfunzel und reichte sie dem Kommandanten. „Vielleicht ist an eurer Räuberpistole ja doch etwas Wahres dran. Wir steigen da hinab, ich brauch zwei Freiwillige, die vorangehen.“ Der Kommandant deutete auf zwei Knechte. „Ihr beide. Bewegt euch, na los!“ Die beiden erstarrten augenblicklich. Der Kommandant griff wütend zu seinem Säbel. „Wollt ihr wohl –“

„Ich geh voran.“ Johann nahm die Ölfunzel.

„Der Schmied natürlich, wer sonst?“ Der Kommandant rollte mit den Augen, zeigte auf Josias Welter, der neben Johann stand. „Dann geh du mit ihm. Und keine Widerrede!“

Josias umfasste seinen mit Nägel gespickten Dreschflegel fester und folgte Johann mit grimmiger Miene in das schwarze Loch hinab.

XXXVI

Eine Mischung aus Schimmel, Weihrauch und Bienenwachs lag in der Luft und machte das Atmen schwer. Irgendwie sah hier alles schmutziger und abgenutzter aus als in der übrigen Kirche. Alte Stofffetzen lagen in einer Ecke, manche hatten dunkelrote, fast schwarze Flecken. Das Schreibpult war von Kerzenwachs überzogen, in den Regalen standen dutzende schwere Bücher.

In der Ecke stand eine schmucklose Holztruhe. Elisabeth öffnete sie, fand aber nur einige einfache Holzkreuze und eine seltsam anmutende Peitsche, die wohl nicht für Pferde gemacht worden war.

Sie schloss die Truhe wieder, sah sich um.

Die Bücher?

Sie konnte unmöglich jedes Buch durchblättern, geschweige denn lesen. Rastlos zog sie das erstbeste Buch heraus und schlug es auf: Kunstvoll verzierte Buchstaben schmückten den Kopf jeder Seite, auch zwischen den Zeilen waren immer wieder Menschen und Tiere gemalt. Entzückt strich Elisabeth mit den Fingern darüber, sie hatte noch nie etwas so Schönes gesehen. Jede

Seite war ein Kunstwerk, wie lange musste ein Schreiber wohl dafür benötigt haben? Ein Leben lang?

Vorsichtig klappte sie das Buch wieder zu und stellte es an seinen Platz zurück. Das daneben war dünner, aber mindestens ebenso schön verziert.

Sie setzte ihre Suche fort, sah sich weiter um, aber auch auf dem Schreibpult lag außer einer Gänsefeder und einem kupferfarbigen Tintenfass nichts Auffälliges.

Elisabeth kämmte die Buchrücken hastig durch, aber keines der Werke war auf seiner Rückseite beschriftet. Fast am Ende der Reihe schlugen ihre Finger gegen die Rücken der letzten Bücher, die merklich weiter herausstanden als die anderen. Elisabeth zog die Bücher heraus und blätterte sie durch: In dem einen waren die Pflanzen- und Tierwelt illustriert und beschrieben, das zweite füllten Maß- und Gewichtstabellen. Die anderen beiden Bücher waren in einer Sprache geschrieben, die Elisabeth nicht verstand.

Enttäuscht wollte sie die Bände gerade zurückschieben, als sie an der Rückwand des Regals den Grund für das Herausstehen der anderen Bücher sah. Elisabeth griff in die Lücke und zog ein Bündel heraus, das sorgfältig in Leinentücher gehüllt war. Aufgeregt schlug sie die Tücher zurück, ein großes abgegriffenes Buch kam zum Vorschein. Sein Einband war aus dickem, braunem Leder, das so abgegriffen war, als wäre es durch hunderte Hände gegangen.

In den Umschlag war kunstvoll ein Titel geschnitten worden.

Er lautete „Morbus Dei“.

Vorsichtig tastete sich Johann die abgetretenen Steinstufen hinab, die kreisförmig in die Tiefe führten. Der Gang war gerade einmal breit genug für einen Mann. In seiner Linken hielt er die Ölfunzel, in der Rechten seine Axt.

Von weiter oben polterte Albrechts Stimme. „Weiter, na los, ihr feigen Hunde!“

Abrupt hörte die linke Mauer auf, und eine große kreisrunde Halle am Fuß der Treppe wurde sichtbar. Johann stieg die letzten Stufen hinab und schwenkte die Funzel, die den Raum aber bei weitem nicht auszuleuchten vermochte. Obwohl er schon einmal hier gewesen war, schien ihm alles fremd. Von der düsteren Halle führten mehrere Gänge sternförmig weg, wie weit es nach oben ging, konnte Johann nicht erkennen.

Mittlerweile hatten alle Männer den Fuß der Treppe erreicht und sammelten sich um Johann, der die Ölfunzel in die Finsternis streckte. Einige der Soldaten hatten ebenfalls Ölfunzeln mit dabei und entzündeten nun die Fackeln, die in schmiedeeisernen Halterungen an den Wänden hingen.

Es wurde heller, Johann erkannte, dass es nach oben hin wohl mindestens fünf Klafter sein musste. Außerdem waren schmale Öffnungen in den Wänden erkennbar, die Johann ganz und gar nicht behagten.

„Drei Schützen zu jedem Gang!“, befahl der Kommandant. „Das Ganze gefällt mir nicht“, raunte er Albrecht zu, dieser nickte zustimmend.

Die Soldaten schwärmten aus, knieten sich auf den steinernen Boden und pflanzten ihre Bajonette auf. Für die folgenden Handgriffe wartete keiner mehr die Kommandos ab, hektisch öffneten sie die Pfannen der Gewehre und schütteten Zündkraut darauf. Dann schlossen sie die Pfannen wieder, passten die Lunte auf und verharrten, den gemeinsamen Befehl erwartend.

„Nehmt euer Gewehr in die Faust – zugleich!“, schallte die Stimme des Adjutanten durch die Halle. „Schlagt an – zugleich!“

In einer einzigen Bewegung, einer gut funktionierenden Maschine gleich, legten alle an, auf einen unsichtbaren Gegner, der möglicherweise aus den Gängen kommen würde.

Gänge, in die man nur wenige Fuß weit hineinsah.

Die Bauern und Knechte sammelten sich argwöhnisch in der Hallenmitte und stellten sich so, dass sie sich gegenseitig den Rücken freihielten.

Es wurde still, nur das gleichmäßige Tropfen von Wasser war zu hören.

„Euer Befehl, Herr Kommandant?" Albrechts Stimme, leise, aber bestimmt.

„Wird wohl auf einen Kampf hinauslaufen, Albrecht. Spürst es auch?"

Der alte Kämpfer nickte müde. „Nur zu deutlich, Kommandant, leider nur allzu deutlich ..."

Josias Welter stand zwischen den anderen, seine Unruhe wuchs. Plötzlich spürte er etwas auf seiner Schulter. Es waren Funken, die –

Er blickte nach oben.

Ein brennendes Bündel Reisig stürzte auf ihn, sein Mantel fing sofort Feuer. Die Männer stoben auseinander, Panik breitete sich aus. Josias stolperte kreischend im Raum herum, einer menschlichen Fackel gleich, bis der Kommandant einem seiner Männer eine Muskete abnahm, auf Josias anlegte und ihn ohne zu zögern erschoss. Leblos sackte der Bauer zusammen und blieb brennend liegen.

Totenstille herrschte in der Halle. Dann war ein leises Prasseln zu hören, das von überallher zu kommen schien.

In Johann keimte ein böser Verdacht auf, er blickte nach oben.

Sah das Feuer in den schmalen Öffnungen, und dann die Bündel brennenden Reisigs, unzählige, die auf die Männer herabstürzten.

Elisabeth schlug das Buch auf, blätterte es gespannt durch. Sie sah lange Textpassagen in Deutsch und einer anderen Sprache sowie einzelne Illustrationen. Diese zeigten grauenhafte Bilder, Krankheitsbilder von Gesichtern, Händen, von Mund und Zähnen –

Die Krankheit der Ausgestoßenen.

Elisabeth schlug das Herz bis zum Hals. Jemand hatte die Krankheit sorgfältig studiert und sie in allen Einzelheiten ihrer Scheußlichkeit festgehalten. Die Abgebildeten waren jeden Alters, vom Säugling bis zum Greis, Männer und Frauen, den Datumseinträgen zufolge seit fast einhundert Jahren. Dies war mehr als nur eine Aneinanderreihung von Darstellungen, dies war eine Beweisführung!

Fast unbemerkt glitten ein einzelnes Blatt und ein Brief mit aufgebrochenem Wachssiegel aus dem Buch und fielen zu Boden. Elisabeth hob beides auf, las den Text auf dem vergilbten Blatt.

„*... nur sie, die leiden, die geschlagen sind mit Schwären und Seuchen, sind auserwählt, Ihm zu dienen. Und die, die ihnen beistehen, werden ebenfalls ins Reich Gottes eingehen ...*“

Sie erstarrte. Das war es. Das war das Geheimnis von Kajetan Bichter. Und gleichzeitig erkannte sie, was es für die Männer und Soldaten in den Wäldern bedeutete.

„Mein Gott!“ flüsterte Elisabeth entsetzt. „Er lockt sie in –“

„Eine Falle!“ brüllte Johann und hechtete an den Rand der Halle.

Die Reisigbündel barsten beim Aufprall auf dem Boden und hüllten alles in einen Funkenregen. Die Kleidung mehrerer Bauern fing Feuer, die anderen versuchten die Flammen zu ersticken, teils mit bloßen Händen.

„Raus hier!“ Benedikt Riegler hatte die Worte kaum ausgesprochen, als er bereits die ersten Stufen hinauf gelaufen war. Dann stutzte er, blieb stehen. Ein Feuerschein kam ihm entgegen, wurde immer heller. Mit Schrecken sah Riegler, dass ein Feuerball aus geflochtenen Zweigen auf ihn zurollte. Er drehte sich um, stolperte und stürzte die Treppe hinunter. Unten prallte er mit seinem ausgestreckten linken Arm auf den Boden. Es knackte derb, Elle und Speiche seines Unterarmes ragten aus seinem Ellbogen hervor. Der Dorfvorsteher heulte vor Schmerz auf.

Der Kommandant erkannte, dass sich etwas aus den Gängen schnell auf sie zubewegte. „Geduld, Männer, wartet, bis ihr sie seht“, rief er den Soldaten zu, die in die Gänge hineinzielten.

Warten, warten – da, jetzt konnte man sie sehen, vermummte Gestalten, die aus der Dunkelheit auftauchten. „Achtung!“ Der Kommandant wartete noch einen Atemzug lang. „Gebt Feuer!“

Die Soldaten feuerten ihre Vorderlader auf die Gestalten ab, die auf sie zuliefen, dichter Pulverdampf hüllte sie ein. Vor ihnen wurden die ersten der Angreifer von den handgegossenen Bleikugeln zerfetzt, die Nachkommenden liefen direkt in die Bajonette. Gedrillt zogen die Soldaten die Bajonette aus den zuckenden Leibern und stießen noch einmal nach, dann warfen sie die Gewehre weg, zum Nachladen war keine Zeit. Weitere Angreifer quollen aus den Gängen heraus, prallten auf die Soldaten und brachen ihre Reihen auf.

Abrupt stoppte der Feuerregen von oben, nun kamen die Ausgestoßenen auch die Treppe heruntergestürmt. Ihre zahlenmäßige Übermacht war überwältigend.

Der Kommandant entlud seine Muskete in die Fratze eines Angreifers, der nach hinten gerissen wurde. Er setzte nach, erblickte zum ersten Mal das Gesicht des Gegners: Dunkelrotes, fast schwarzes Blut pumpte rhythmisch aus der klaffenden Wunde des entstellten Gesichts, die wächserne Haut war wie Papier zerfetzt. Ein milchig wirkendes Auge blickte ihn entsetzt an.

Mein Gott, was seid ihr?

Er zog seinen Säbel und durchbohrte die Gestalt. Das milchige Auge brach.

Der Kommandant zog seinen Säbel aus dem Toten und warf sich wieder ins Kampfgeschehen.

Die Bauern wehrten, so gut sie konnten, die Angreifer ab. Ihre wuchtigen Waffen waren zwar nicht geschickt zu führen, aber wehe, wenn sie trafen. Sensen schnitten Körper regelrecht entzwei, Dreschflegel betäubten beim Aufprall oder rissen, wenn sie mit Spitzen bestückt waren, faustgroße Fleischbrocken aus den Leibern ihrer Opfer.

Alois Buchmüller wirbelte mit einer Axt um sich, zwei Ausgestoßene in Schach haltend. Plötzlich sah er aus dem Augenwinkel, dass jemand mit einer lanzenähnlichen Stange auf ihn zustürmte, er wich geschickt aus. Der Angreifer durchbohrte einen der überraschten Ausgestoßenen und starb einen Augenblick später durch die Axt, die Buchmüller ihm in den Rücken geschlagen hatte.

Der dritte Ausgestoßene ließ seine Haue fallen und wich entsetzt zurück, bis er die Mauer hinter sich spürte. Buchmüller riss die Axt aus dem verkrampften Körper, blanken Hass in den Augen. Er schritt entschlossen auf die Gestalt an der Wand zu, die sich nun auf den Boden kauerte und schützend gekreuzt die Arme vor das Gesicht hielt. Das Licht der Fackeln fiel auf sein Gesicht, der Ausgestoßene mochte keine sechzehn Lenze alt sein. Buchmüller berührte dies wenig, er holte aus und schlug unerbittlich zu. Seine Axt durchtrennte mühelos beide Arme des Ausgestoßenen und spaltete ihm dann den Schädel.

„Das war für den Albin."

Es waren Alois Buchmüllers letzte Worte, bevor eine Sichel aufblitzte und ihm von hinten die Kehle aufschlitzte.

XXXVII

Buchmüller sollte nicht das letzte Opfer bleiben. Ein Bauer nach dem anderen fiel, die Verwundeten schrien und wälzten sich auf dem blutgetränkten Boden. Aus den Löchern, aus denen das Reisig geworfen worden war, hingen nun bodenlange Seile.

Johann verteidigte sich, so gut er konnte, und streckte einen Gegner nach dem anderen nieder. Aber er wusste, dass dieses Gefecht nicht zu gewinnen war. Er musste zum Kommandanten und ihn davon überzeugen, den Kampf aufzugeben und zu retten, was noch zu retten war. Aber wo war der Befehlshaber?

Mit gezielten Säbelhieben bahnte sich der Kommandant einen Weg durch das Getümmel, suchte nach einem Ausweg für sich und seine Männer. Dies war nicht ihr Kampf, das war der Kampf der Bauern, und sie hatten sich benutzen lassen wie blutige Anfänger.

Der Kommandant blickte sich um: Der Widerstand schwand, die Übermacht wuchs. Wo war Albrecht?

„Adjutant zu mir!“, brüllte er in den Kampfeslärm, als er plötzlich Albrecht sah, an die Wand gedrängt. Er wollte gerade zu ihm durchbrechen, als diesem von oben blitzschnell eine Schlinge um den Hals gelegt wurde. Der Kommandant musste hilflos mitansehen, wie sein alter Waffengefährte zuckend nach oben gezogen wurde wie ein Tier in der Falle.

Die Seile waren tödliche Fangschlingen, an denen nur Augenblicke später immer mehr Leiber zu baumeln begannen.

Einer davon war Gottfried. Er keuchte, versuchte gurgelnd Luft zu holen, aber die Fangschlinge legte sich wie ein tödlicher Ring um seinen Hals. Die Augen traten ihm aus den Höhlen, das Herz trommelte ihm in den Ohren, seine Lunge schien zu bersten.

Dann wurde auf einmal alles ruhig, der Schmerz verklang. Und Gottfried erkannte in einem letzten Moment der Klarheit, dass er sich geirrt hatte.

Es würde kein Leben mit Sophie geben. Keine neue Chance.

Nur den Tod.

Und Dunkelheit verschluckte ihn.

Johann sah keine Möglichkeit mehr, es gab nur noch eine Hoffnung. „Alle Mann in die Gänge!“ Doch seine Worte blieben ungehört. Die wenigen Soldaten und Bauern, die noch standen, wurden eingekreist und verschwanden unter Hieben und Stichen, die gnadenlos auf sie niedergingen.

Der Kommandant hatte Johanns Worte gehört, er wusste, dass der Schmied, oder wer auch immer er war, Recht hatte. „Rückzug, jeder Mann für sich!“, brüllte er in die rauchgeschwängerte Halle, gleichzeitig durchfuhr ihn die bittere Erkenntnis, dass seine Worte nichts mehr ändern konnten.

Sie würden hier alle sterben.

Jeder Mann für sich. Johann kannte den Befehl, er bedeutete im Allgemeinen, dass jeder Mann für sich alleine kämpfte – und starb.

Aber nicht, solange er es verhindern konnte.

Er lief auf einen der Gänge zu, hier verringerte sich zumindest die Macht der Überzahl. Als er den Eingang fast erreicht hatte, schoss plötzlich ein Hüne von einem Mann vor ihm auf und schwang einen eisengespickten

Prügel. Johann rutschte aus, wurde am Kopf getroffen und fiel benommen zur Erde. Ein anderer Ausgestoßener tauchte auf und stach mit einem kurzen Schwert auf ihn herab. Johann konnte zwar instinktiv ausweichen, aber seine linke Schulter wurde trotzdem durchbohrt. Er schlug reflexartig mit der Axt nach oben und durchtrennte dem Angreifer fast den gesamten rechten Arm. Dieser schrie und hielt sich den Arm, der gleich einer Marionette an einzelnen Fäden baumelte, als die Eisenkeule des Hünen den eigenen Mann mit voller Wucht am Hinterkopf traf und zur Seite fegte.

Johann blickte auf, der Hüne machte einen Schritt auf ihn zu und holte aus.

Jeder Mann für sich.

Verzeih mir, Elisabeth.

Plötzlich stutzte der Hüne und blickte nach unten: Aus seinem Wams trat die Spitze eines Säbels hervor, die sogleich ruckartig mit einer Drehbewegung zurückgezogen wurde. Der Hüne wandte sich um und wurde von einem weiteren Hieb niedergestreckt.

Der Kommandant stand hinter ihm, den blutigen Säbel in der Hand, dann bückte er sich zu Johann und half ihm auf.

Johanns Schulter pochte, aber er ignorierte den Schmerz. „Hauen wir ab!“, rief er dem Kommandanten zu.

„Du zuerst, ich komme mit meinen Männern nach!“

Johann blickte sich schnell um. Welche Männer? Es war niemand mehr zu sehen, keine Bauern, keine Soldaten, nur mehr *sie*. Aber er verstand sein Gegenüber: Mut und Ehre gingen Hand in Hand, dicht gefolgt vom Tod.

Der Kommandant nickte ihm knapp zu. „Los jetzt. Ich halte sie auf.“ Dann drehte er sich um und stellte sich der heranrollenden Übermacht.

Bevor Johann im Gang verschwand, drehte er sich noch einmal um. Er sah eine große, breite Gestalt, die sich inmitten der Ausgestoßenen auf den Kommandanten zubewegte, eine Gestalt, die ihm nur zu bekannt vorkam ...

Johann lief durch den Gang in die Finsternis hinein. Er blickte sich immer wieder hastig um: Noch folgte ihm niemand.

Er streifte mal die eine, mal die andere Seite des Ganges, bis sich seine Augen an die Dunkelheit gewöhnt hatten und er schwache Konturen erkennen konnte. Dann kam er zu einer Abzweigung, aber welchen Weg sollte er nehmen? Alle Fackeln waren bewusst gelöscht worden, damit sich keiner der Eindringlinge orientieren konnte.

Vergiss deine Augen. Verlass dich auf deine anderen Sinne.

Johann schloss die Augen und konzentrierte sich. Nach einer Weile spürte er es: Ein kühler Lufthauch streifte seine linke Wange.

Ein Wegweiser. Johann folgte ihm.

Der Lufthauch wurde merklich stärker, führte ihn vorbei an Felsnischen und kleineren Räumen, die leer geräumt waren. Welch erbärmliches Leben musste hier unten geführt werden, wo die Kälte des Gesteins nur von der alles durchdringenden Feuchtigkeit übertroffen wurde?

Johann folgte dem Luftzug immer tiefer in den Berg hinein. Schließlich stand er vor einer schweren Holztür. Unter der Schwelle flackerte mattes Licht hindurch, Sand wurde vom Luftzug angesogen und kroch unter der Tür hindurch.

Johann lauschte.

Nichts.

Mit einem festen Fußtritt ließ er die Tür aufspringen, wollte gerade hinein, als ihm ein Schwerthieb die Haut an der Schläfe aufriss. Johann wirbelte herum –

und stand einer Frau gegenüber, in Lumpen gehüllt, die ihn verzweifelt anblickte.

Sie ließ den für sie zu schweren Bihänder sinken und wendete ihr Gesicht ab.

Johann folgte ihrem Blick, dann sah er *sie*: Frauen. Kinder. Greise. Alle in diesen kapellenähnlichen Raum mit seinen unzähligen roh gezimmerten Kruzifixen gepfercht, erbarmenswerte Geschöpfe, in Lumpen gekleidet und von der Krankheit entstellt. Johann sah schwarze Adern, die sich unter der alabasterfarbenen Haut verästelten. Sah schütteres Haar, manchmal auch gar keines mehr, selbst bei den jungen Frauen.

Dies waren sie also, die das Dorf seit jeher in Angst und Schrecken versetzt, ja terrorisiert hatten. Diese Jammergestalten waren – die Familien der Ausgestoßenen.

Alle mit blanker Angst in den milchigen Augen. Alle den Dämon erwartend.

Ihn.

Johann blickte auf seine blutverschmierten Hände. Ein Säugling begann zu weinen, kleine Kinder stimmten herzzerreißend mit ein.

Gut und Böse offenbart sich erst im Handeln, nie in der Gestalt.

Die Frau, die das Schwert hielt, machte einen Schritt zurück. Sie wusste, dass sie nur einen Hieb gehabt hatte, und der hatte nicht hart genug getroffen. Nun, dann würde es zu Ende sein. Sie fürchtete den Tod nicht, hier oben war er eine Erlösung. Ruhig blickte sie den jungen Mann mit der blutigen Axt in den Händen an.

Aber Johann senkte die Axt. Diese hilflosen Wesen vor ihm umzubringen vermochte nur der, der keinerlei Seele mehr im Leib hatte, dem nie Liebe widerfahren war oder der vom Glauben geblendet sein musste.

Die anderen schienen zu spüren, dass von dem Dämon vor ihnen keine Gefahr ausging. Johann erkannte so etwas wie einen Funken Hoffnung in ihren Augen. Und das nur, weil er sie hatte leben lassen.

Ein kleines Mädchen mit schmutzigem Gesicht sah Johann an. Dann, ganz langsam, streckte sie ihre Hand nach rechts.

Johann verstand. Er wandte sich ab und lief, wohin das Mädchen gezeigt hatte.

Selig sind die Barmherzigen; denn sie werden Barmherzigkeit erlangen.

Johann hoffte, dass dies auch auf ihn eines Tages zutreffen möge.

Er hörte Stimmen durch die Gänge hallen. Sie erinnerten ihn daran, dass nur ein Teil der Ausgestoßenen aus wehrlosen Frauen und Kindern bestand. Der andere Teil war todbringend – und hinter ihm her.

Der Gang machte eine starke Biegung. Nun würde sich zeigen, ob ihn das Mädchen in eine Sackgasse hatte laufen lassen. Er konnte es ihr nicht einmal verdenken, wenn sie ihn verraten hätte.

Plötzlich wurde es heller. Am Ende der Biegung konnte Johann vertrocknetes Blätterwerk erkennen, durch das sich das Tageslicht schnitt.

Leben oder Tod.

Johann lief schneller, er holte tief Luft – und hechtete durch die Laubwand ins Freie. Gewandt rollte er sich auf dem Waldboden ab, stand auf. Es brauchte einige Augenblicke, bis sich seine Augen an die gleißende Helligkeit gewöhnt hatten.

Leben. Vorerst.

Die alten Mauern lagen ruhig da, nichts ließ vermuten, welches Blutbad sich eben abgespielt hatte, unten in den düsteren Katakomben ...

Nichts bis auf die kleine Rauchsäule, die aus einer der Öffnungen an der Mauer des Turms in den Himmel stieg. Dunkel und Unheil verkündend.

Johann drehte sich um und verließ den unglückseligen Ort.

XXXVIII

Die Dämmerung hatte eingesetzt, warf fahles Licht auf die wie ausgestorben wirkenden Häuser und Wege.

„Wo ist denn der Vater?"

„Schscht, der ist bald wieder zurück! Die sind alle noch einmal ins Holz."

Das Mädchen war zu jung, um die Lüge und Verunsicherung in den Worten seiner Mutter zu spüren, aber für Elisabeth, die am Fenster der Dorfschenke stand, klang sie glockenhell in den Ohren. Sie blickte sich um, sah die Frauen, Kinder und Alten des Dorfes, die stumm im rußigen Zwielicht der Schenke saßen und an ihre Männer und Söhne dachten. Es hatten sich alle versammelt bis auf Sophie, die wieder die verwundeten Soldaten betreute.

Die alte Salzmüller bemerkte Elisabeths Blick. „Niemand kehrt von da oben zurück –"

„Sei ruhig!", zischte Elisabeth. „Sei ruhig und bet für unsere Männer."

Die Alte spuckte auf den Boden, sagte aber nichts mehr.

Elisabeth blickte wieder aus dem Fenster, auf den einsamen Dorfplatz und die verschneiten Wälder und Berge, die darüber thronten. Es war derselbe Anblick wie in so vielen langen Wintern zuvor.

Kalt.

Leblos.

Tot.

Und doch – ausgerechnet der Friedhof schien sich heute gegen den tristen Eindruck zu stemmen, die kleinen Kerzen und Lichtersteine auf seinen Gräbern flackerten im Wind und tauchten die Mauern der Kirche in warmes Licht.

Elisabeth sah den Grabstein ihrer Mutter, erinnerte sich daran, wie Johann ihr damals am Friedhof begegnet war.

Johann ...

Komm zurück zu mir.

Ich liebe dich.

Der Gedanke war in Elisabeth unwillkürlich aufgestiegen, und er schien ihr selbstverständlich und wahr.

Ich liebe dich.

Sie hatte es in der Nacht zuvor gespürt, aber jetzt war sie sich sicher. Und alles andere war auf einmal unwichtig ...

Plötzlich erstarrte sie. War da nicht eine Bewegung auf dem Schneefeld hinter der Kirche? Sie kniff die Augen zusammen und sah genauer hin: Tatsächlich, es war ein Schatten, der sich langsam, aber zielsicher auf das Dorf zubewegte, der näher kam und aussah wie –

„Er ist es!“, rief Elisabeth freudig aus, lief zur Tür und stürmte nach draußen.

Nach einer Schrecksekunde sprangen die anderen auf, um ihr zu folgen.

Als die Silhouette des Dorfes vor ihm auftauchte, blieb er stehen und atmete tief durch.

Sicherheit! Wenn auch nur für einen Augenblick.

Der Abstieg durch die Wälder hinab ins Dorf war Johann schwergefallen, nicht nur, weil er verwundet war, sondern auch, weil er wusste, dass er den Dorfbewohnern eine furchtbare Nachricht zu überbringen hatte. Sein Atem war immer schwerer gegangen, Blut war am Stiefelschaft hinabgeronnen und hatte Spuren im Schnee hinterlassen.

Er legte eine deutlich sichtbare Fährte, aber das kümmerte ihn nicht mehr.

Wichtig war nur Elisabeth. Er hatte das Bild der letzten Nacht vor Augen, als sie sich geliebt hatten und er sicher gewesen war, dass sie für immer zusammengehörten. Dieses Bild hatte ihn unermüdlich weitergetrieben – er wäre auch durch die Hölle gegangen, um Elisabeth noch einmal zu sehen.

Johann passierte den Friedhof, auf dem die Kerzen flackerten, jetzt waren es nur mehr ein paar Schritte bis zu ihr.

Das Dorf schien menschenleer – genauso, wie er es das erste Mal gesehen hatte.

Dann hörte er ein Geräusch. Die Tür der Dorfschenke flog auf, und Elisabeth kam herausgestürmt und lief auf ihn zu.

Und alles war gut.

Elisabeth stürzte auf Johann zu und umarmte ihn stürmisch. Die Dorfbewohner folgten ihr, blieben aber in einem gewissen Abstand zu den beiden stehen.

„Johann! Ich bin so froh, dass du –"

Dann fühlte sie die klebrige Nässe an ihren Händen. Sie starrte auf ihre Handflächen, die voller Blut waren. „Was –"

„Ist schon in Ordnung, nur ein paar Kratzer." Johann hustete bei diesen Worten.

Elisabeth realisierte erst jetzt die Blässe in seinem Gesicht, die blutunterlaufenen Augen und die Falten, welche sich tief in sein Gesicht gruben, jedoch am Morgen noch nicht da gewesen waren.

„Komm mit, ich werd dich versorgen."

„Wart noch." Er nahm ihren Arm. „Elisabeth, ich – ich muss euch noch etwas sagen."

Er wandte sich um, sah den kläglichen Rest der Bevölkerung des Dorfes vor ihm stehen. Er sah die Väter, Mütter, Söhne und Töchter derer, die oben in den Gewölben geblieben waren, sah in ihre erwartungsvollen Gesichter. Sein Mund war auf einmal staubtrocken, er schluckte, haderte mit den Worten.

In diesem Moment kam Sophie auf sie zugelaufen. Ihre Schritte wurden jedoch langsamer, je näher sie kam und je deutlicher sie erkennen konnte, dass außer Johann niemand zurückgekommen war.

Auch Gottfried nicht.

Mit weichen Knien blieb Sophie bei den anderen stehen. Aber sie wusste es bereits. Wie hatte sie nur glauben können, dass sich diesmal etwas für sie zum Guten gewendet hätte? Tiefe Trauer überfiel Sophie, schien sie innerlich zu zerreißen, aber sie konnte nicht einmal weinen.

Johann riss sich zusammen und wollte gerade sprechen, als ihm die alte Salzmüller zuvorkam.

„Keine langen Reden, Schmied. Wo sind die Mander?"

Johann blickte der Alten ins Gesicht, sah den letzten Funken Hoffnung erlöschen. Ihm fehlten die Worte.

„Hat irgendwer überlebt?", ächzte sie leise.

Er schüttelte schweigend den Kopf.

Dieses Schweigen traf Elisabeth und die anderen wie ein Donnerschlag, es schrie den endgültigen Verlust wie aus voller Kehle heraus. Einige Frauen begannen zu weinen, andere pressten die Lippen zusammen und umarmten ihre Kinder.

Die Alten umklammerten ihre Gehstöcke, sie wussten, dass ihre Zeit gekommen war. Wie töricht waren sie doch gewesen zu glauben, dass so eine Schuld ungesühnt bleiben würde.

Trauer und Verzweiflung machten sich unter den Letzten des Dorfes breit, ihre Klagelaute hallten über Schneefelder und Wiesen und wurden schließlich von den Wäldern verschluckt ...

Johann umarmte Elisabeth, die in seinen Armen schluchzte.

„Was sollen wir denn jetzt machen?“, erklang die verzweifelte Stimme von Anna Riegler, der Frau von Benedikt Riegler. „Wie sollen wir überleben?“

Sag es ihnen. Zum Schweigen ist noch genug Zeit danach.

„Hört her!“ Johann erhob seine Stimme. Was er ihnen jetzt noch zu sagen hatte, fiel ihm kaum leichter, aber er musste es tun. Da ihn niemand beachtete, ließ er Elisabeth los und klatschte in die Hände. „Hört mich an!“

Erschrocken starrten sie zu Johann.

„Wir müssen das Dorf sofort verlassen. Alle.“ Er machte eine Pause. „Sie werden kommen, um ihre Vergangenheit endgültig auszulöschen. Und damit eure Zukunft.“

„Woher willst du das wissen?“, flüsterte Elisabeth.

„Genau, woher? Wir können nicht einfach gehen!“, schrie Anna Riegler hysterisch. „Das ist trotz allem unser Zuhause, Schmied!“

Johann sah über das Dorf in die düsteren Berge hinauf. Als er anhob zu sprechen, war es auf dem Dorfplatz totenstill.

„Ich weiß es, weil – ich es an ihrer Stelle tun würde.“

Als er sie anblickte, aus seinem abgekämpften Gesicht, über das dünne Blutfäden liefen, mit den müden Augen, die so vieles gesehen hatten – da glaubten sie ihm.

XXXIX

Der beißende Gestank nach Rauch und verbranntem Fleisch hing in der unterirdischen Halle. Ruhig stieg Anselm über die Leichen der Bauern und Soldaten, die noch am Boden lagen. Ihre eigenen Toten und Verwundeten hatten sie bereits weggeschafft. Als Anselm die schmerzverzerrten Gesichter am Boden sah, fuhr ihm ein Stich ins Herz.

Gerechtigkeit.

Aber um welchen Preis?

Justitia.

Waren sie letztendlich doch zu den Bestien geworden, die man sie so lange geheißen hatte?

Anselm hörte ein leises Lachen. Er sah Jakob Karrer in der Mitte der Halle stehen, groß und blutverschmiert, über den Körper des Anführers der Soldaten gebückt. Karrer hob ein Beil vom Boden auf. Dann visierte er den Hals des Toten an und hob die Axt.

„Karrer! Nicht!“, peitsche Anselms Stimme durch den Raum.

Karrer ließ die Axt sinken, wandte sich Anselm zu. Dieser erschauderte – der Mann hatte überhaupt nichts mehr Menschliches an sich. Anselm hatte dies mehrere Male erlebt: Die Krankheit, an der sie litten, veränderte jeden Menschen auf eine eigene Weise, indem sie seine Eigenschaften, im Guten wie im Schlechten, verstärkte.

Jakob Karrer muss im Leben ein zutiefst böser Mensch gewesen sein, dachte Anselm grimmig.

„Er gehört mir!“, stieß Karrer harsch hervor. Seine Stimme war eher ein Knurren, mehr denn je glich er einem Tier – die blassen Augen, das blutverschmierte Gesicht, die Hände, die sich krallenartig bogen ...

„Satis est“, sagte Anselm ruhig. „Die Bayern bezahlen für ihre Sünden. Wie dein Dorf auch.“

„Noch nicht“, erwiderte Karrer und drehte die Axt in seinen Händen. „Der Herrgott will, dass wir sie bestrafen.“

„Quia? Sie haben Männer und Söhne verloren, was könnte eine größere Strafe für die Alten und Weiber sein? Denkt an die Kinder, die sich nicht versündiget haben. Innocentes sunt."

„Niemand ist unschuldig", flüsterte Karrer grollend.

„Ich habe gesehen, wie du gegen deine ehemaligen Freunde vorgegangen bist. Hör mir zu –"

„Freunde?" Karrer stieß ein höhnisches Lachen hervor. „Hier in den Bergen gibt's keine Freund. Hier gibt's nur dich und die anderen."

Anselm trat nahe zu Karrer hin und blickte ihm fest in die Augen. „Das mir tut leid für dich. Du aber wirst hier bei uns tun, was ich sag."

„Und wie geht's dann weiter? Deine unschuldigen Kinder da unten werden auch mal erwachsen, und was dann? Sie werden genauso handeln, wie ihr es vor langer Zeit getan habt. Ich sag, wir machen ein für alle Mal Schluss!" Karrer hatte diese Worte Anselm ins Gesicht geschrien.

„Und ich sage: Justitia ist Genüge getan."

Karrer schwieg.

Du wirst noch erfahren, was justitia heißt. Und die Hölle wird sich über diesem Tal auftun.

Jakob Karrer grinste unwillkürlich bei diesem Gedanken.

Der junge Heinrich trat mit einigen Männern von hinten an Anselm heran und flüsterte ihm etwas ins Ohr. Anselm nickte, flüsterte zurück, im Glauben, dass Karrer ihn nicht hören konnte.

Was ein Irrtum war.

Einer ist entkommen. Ein junger Mann, mit einem zerfetzten Ledermantel.

Wie konnte er –?

Er hat unsere Frauen und Kinder entdeckt, hat sie aber verschont. Da haben sie ihm den Weg gezeiget.

Sie haben recht getan ... Mag er entkommen sein, es ändert nichts. Nihil!

Johann.
Entkommen.
Das würde Jakob Karrer zu verhindern wissen.

Anselm sprach leise mit Heinrich. „Gebet Acht auf ihn, er ist zu allem –"

Das Beil fuhr ihm so schnell in den Kopf und wieder heraus, dass er noch einen Augenblick lang stehen blieb. Dann sackte er zu Boden, zu Füßen Jakob Karrers, der mit dämonischem Grinsen über ihm stand.

Heinrich und die anderen sahen ihn entsetzt an. Weitere Männer tauchten auf, die Halle füllte sich.

„Was hat er getan?"

„Er hat Anselm –"

„Seid ruhig, ihr Narren!", dröhnte Karrers dunkle Stimme durch die Halle. Sofort verstummten alle.

„Wir werden ins Dorf hinuntergehen und sie für ihre Sünden bezahlen lassen!", befahl Karrer grimmig.

Heinrich fuhr ihn zornig an: „Aber –"

„Wir haben euch fast verhungern lassen. Wenn es nach uns gegangen wär, würde das alte Gemäuer hier euer aller Grab sein! Aber *sie* waren zu feig, um die Sache in die Hand zu nehmen. Stattdessen wollten sie, dass die verfluchten Bayern die Drecksarbeit für sie übernehmen." Karrer spuckte zu Boden. „Ich bin jetzt einer von euch, und ich werd nicht warten, bis sich die Weiber da unten vom ersten Schrecken erholt haben und dann vielleicht um viel Geld ein paar Söldner hier heraufschicken!"

Er deutete auf den toten Anselm. „Er war genauso ein Feigling wie die da unten, nicht wert, euer Anführer zu sein. Ich sag, es wird Zeit, dass dieses verfluchte Dorf vom Erdboden getilgt wird!"

Jakob Karrer funkelte die Männer mit hasserfüllten Augen an, es schien, als ob er direkt in ihre Seelen blickte.

Die Männer sahen die toten Bauern und Soldaten.

Erinnerten sich an die endlosen Winter.

Wie oft sie fast verhungert und erfroren wären, während sie meinten, das Fleisch und die Suppen aus dem Dorf bis hier herauf riechen zu können. Den Duft nach Wärme und Behaglichkeit. Nach Leben.

Während hier in diesen kalten Gewölben ihre Kinder gestorben waren.

Heinrich und seine Männer blickten von Anselms Leichnam zu Jakob Karrer.

Und nickten, einer nach dem anderen.

„Gut. Dann hinab ins Tal, beeilt euch!“, grollte die Stimme von Karrer durch den Raum. Wie in Trance ergriffen die Männer ihre Waffen.

Einer nach dem anderem huschten sie über die Steintreppen nach oben.

Jakob Karrer griff nach seinem Beil, ging zu der Leiche des Kommandanten und enthauptete ihn mit einem einzigen Hieb. Dann folgte er den Seinen ...

XL

Johann und Elisabeth saßen am Stubentisch im Haus des Großvaters. Elisabeth hatte Johanns Kopfwunde bereits verbunden, jetzt widmete sie sich den tiefen Schnitten an Armen und Oberkörper. Sorgfältig säuberte sie die Wunden und wickelte weiße Stoffstreifen darüber.

Der Großvater betrat mit Vitus die Stube und setzte sich schwerfällig an den Tisch. Vitus rollte sich zu seinen Füßen zusammen. Nachdenklich blickte der Großvater auf die alten Vernarbungen an Johanns Oberkörper. „Sind ja wieder einige dazugekommen.“

„Ja“, sagte Johann kurz.

„Es heißt, dass die Falten im Gesicht eines Menschen sein Leben widerspiegeln, aber bei dir scheint’s der ganze Körper zu tun. Ich frag mich, was sie uns erzählen täten?“

„Sie würden von viel Leid und Elend zu berichten wissen. Von rechten und unrechten Taten.“

„Und auf welcher Seite hast du gestanden?“

„Nicht leicht zu sagen“, entgegnete Johann nachdenklich. „Zu oft hat jede Seite Recht. Aber wenn man tötet um größeres Unrecht zu verhindern, dann steht man als Mensch schon auf der richtigen Seite, würd ich meinen. Nur –“

Der Großvater blickte ihn interessiert an.

„Vor Gott steht man trotzdem als Mörder.“

„Da hast wohl Recht. Darum ist man gut beraten, rechtzeitig Buße zu tun.“

„Oder man versucht, es wieder gutzumachen ...“

Der Großvater nickte.

„Ich hab's zumindest vor“, sagte Johann entschlossen.

„Dann wird dir Gott wohl vergeben.“

Elisabeth war mit dem Einbandagieren fertig. Johann befühlte die Verbände. „Kein Arzt hätte es besser machen können.“ Er drückte ihr die Hand. Ein kurzes Lächeln umspielte ihre Lippen, aber sie wurde sofort wieder ernst.

„Johann – hat der Herr Pfarrer mit euch gekämpft?“

Johann schüttelte den Kopf. „Der feine Herr Hochwürden war schon wie vom Erdboden verschluckt, bevor der Kampf überhaupt begonnen hat!“

„Er hat euch verraten.“

Johann nickte müde. „Ich weiß.“

„Aber ich weiß auch warum.“ Elisabeth öffnete die Truhe neben dem Tisch. Sie holte das vergilbte Blatt und das schwere Buch hervor und legte es auf den Tisch. Johann wischte mit der Hand über die geschnitzten Lettern des Einbandes.

„Morbus Dei?“

„Ich hab es in der Sakristei gefunden.“

Johann sah sie anerkennend an.

„Lies zuerst den Brief, Johann.“

Johann las die Worte laut vor.

„... nur sie, die leiden, die geschlagen sind mit Schwären und Seuchen, sind auserwählt, Ihm zu dienen. Und die, die ihnen beistehen, werden ebenfalls ins Reich Gottes eingehen ...“

Johann und der Großvater blickten sich überrascht an.

„Das ist noch nicht alles.“ Elisabeth legte den Brief aus der Sakristei auf den Tisch. „Das hat der alte Pfarrer Jacobus Kettler dem Kajetan Bichter geschrieben.“

Johann nahm den Brief und las ihn langsam vor:

„Kajetan, nun, da ich bald sterben werde und du mein Nachfolger im Dorf wirst, ist es an der Zeit, dass du die Wahrheit erfährst, obwohl du sie vielleicht schon geahnt haben magst. Ich habe den Zweifel und die Fragen in deinen Augen stets bemerkt, auch wenn du große Sorgfalt darauf getragen hast, sie zu verbergen.

Die Ausgestoßenen, wie man sie im Dorf so ungerecht schimpft, haben nicht nur Kinder mit der Krankheit auf die Welt gebracht. Ab und an wurden auch gesunde Kinder geboren. Manche hat man weggebracht, zu anderen Klöstern, aber deine Mutter hat dich heimlich zu mir gebracht und mich angefleht, dich im Dorf zu behalten.

Ich hab gelobt, dich im Namen Gottes aufzuziehen, um wenigstens an dir wieder gutzumachen, was dieses verfluchte Dorf den Deinigen angetan hat.

Um Buße dafür zu tun, dass sie euch verstoßen haben, und um dir die Möglichkeit zu geben, Seinen Willen zu vollenden, wozu ich nicht mehr in der Lage bin.

So bitte ich dich – sei dem Dorf trotz seiner Sünden ein Pfarrer mit reinem Herzen. Und bemühe dich gleich-

zeitig, für die Deinen einzutreten und ihnen, wenn auch verborgen, eine Stimme zu geben.

Der Herr vergebe uns unsere Sünden.

Und ich bitte dich, stellvertretend für die Deinen – vergebt auch ihr uns.

Jacobus Kettler, im Jahr des Herrn 1680.“

Niemand sprach ein Wort.

„Er kommt von oben –“, sagte Elisabeth.

„Das hab ich nicht gewusst“, meinte der Großvater erschüttert. „Sicher, die Leut haben geredet, als der Kettler mit einem Kind dahergekommen ist, aber er hat gesagt, dass es ihm seine Schwester aus der Stadt hatte anvertrauen müssen.“

Johann starrte ins Leere. „Gesunde Kinder ...“ Er schlug das Buch auf und blätterte durch die Zeichnungen der Krankheitsbilder, sah, dass sie mit Fortlaufen des Buches immer morbider wurden.

„Jemand hat das Leiden der Ausgestoßenen von Anfang an festgehalten“, sagte Elisabeth.

Johann nickte. Er blätterte die letzte Seite um und stutzte.

„Hier hat jemand die letzten Seiten“, er sah genauer hin, „herausgeschnitten. Ja, fein säuberlich, man sieht kaum den Steg.“

„Was mag da wohl gestanden haben?“, fragte Elisabeth.

„Das spielt doch jetzt keine Rolle mehr“, sagte der Großvater.

Johann schlug das Buch zu. Der alte Mann hatte Recht.

„Johann – eins wollte ich dich noch fragen.“ Der Großvater schien kurz zu überlegen, ob er fortfahren sollte. „Hast den Jakob gesehen?“

Elisabeth wurde rot. Man konnte ihr den Gedanken deutlich ansehen: Er ist mein Vater, und ich hab nicht einmal nach ihm gefragt.

Der Großvater sah Johann immer noch fragend an. Und ob er Jakob Karrer gesehen hatte.

Blutüberströmt, sinister, die schwarzen Adern pulsierend, wie er sich mit Beil und Holzprügel gnadenlos auf den Kommandanten zubewegte ...

„Nein“, sagteJohann. „Oben war er nicht.“

Nicht immer ist die Wahrheit das höchste Gut.

Elisabeth atmete erleichtert auf, aber in den Augen des Großvaters sah Johann deutliche Zweifel.

Aber Johann hatte keine Zeit, um darüber nachzudenken, er stand abrupt auf. „Wir sollten das Nötigste zusammenpacken. Morgen müssen wir in aller Früh aufbrechen. Alle.“

„Lass gut sein, ich bin schon zu alt. Ich würd euch nur aufhalten“, sagte der Großvater müde. „Am besten, ich bleib hier in der Stube, beim Vitus, und wart, bis das Feuer im Ofen ausgegangen ist ...“

„Wir lassen dich nicht zurück, Großvater. Entweder wir alle oder keiner!“, sagte Elisabeth bestimmt.

Der Großvater sah sie an, sah die Entschlossenheit in ihren Augen. „Also gut“, flüsterte er leise. „Also gut.“

Johann und Elisabeth waren schon fast bei der Tür, als der Großvater sie noch einmal zurückrief. „Elisabeth!“

Die beiden blieben stehen und sahen den alten Mann an.

„Bist ein rechtes Maderl geworden. Ich werd immer stolz auf dich sein.“

„Aber Großvater –“ Elisabeth verstand nicht.

„Dir dank ich auch, Johann. Pass mir schön auf mein Lisele auf, hörst mich?“

Johann nickte. „Ich versprech’s dir.“

Der Großvater schien erleichtert. „Dann ist ja alles recht. Und nun beeilt euch.“

Als die beiden die Stube verlassen hatten, ließ der alte Mann seinen Kopf in die Hände sinken. Er wusste, dass Johann die Unwahrheit gesagt hatte. Und er wusste, was das zu bedeuten hatte – dass sein Sohn zurückkommen würde.

In das Dorf – zu ihm.

Und vielleicht ist das nur gerecht. Vielleicht hab ich schon immer zu wenig Kraft gegen ihn aufgewendet. Stattdessen hab ich meinen eigenen Sohn feig aus meinem Gebet ausgeschlossen und ihm nicht nur einmal den Tod gewünscht.

Es war still in der Stube, nur das Knacken der brennenden Holzscheite im Ofen war zu hören, und Vitus, der leise im Schlaf jaulte.

Der alte Mann dachte an seine geliebte Frau, und wann er sie wohl wiedersehen möge.

Er war schon lange bereit.

Langsam griff er zu Pfeife und Tabaksbeutel ...

Johann und Elisabeth liefen durch das Dorf. Überall herrschte gespannte Ruhe, vor vielen Häusern standen bereits Fuhrwerke und harrten ihrer Beladung.

Als sie im Hof angekommen waren, kam ihnen Sophie entgegen, eine kleine Schale in der Hand.

„Sophie, hast schon alles zusammengepackt?“, fragte Elisabeth unruhig.

Sophie nickte. „Freilich, hab ja nicht viel.“ Sie rang sich ein müdes Lächeln ab. „Bin gleich zurück.“

„Aber beeil dich.“

Sophie nickte. Sie zögerte, sah Johann und Elisabeth an. Dann gab sie Johann schnell einen Kuss auf die Wange und lief zum Stall. Johann verstand nicht, aber Elisabeth zog ihn schon ins Haus.

Sophie füllte die kleine Schale mit frischer Milch, nahm ihren Melkschemel und setzte sich in die Mitte des Stalls. Die Schale stellte sie zu ihren Füßen. Nur wenige Augenblicke später kamen die drei kleinen Kätzchen und begannen, gierig die Milch zu schlabbern.

Sophie beobachtete sie verzückt, dann blickte sie zur Stalltür und wurde ernst. Das ganze Dorf macht sich doch was vor, dachte sie. Glaubt denn wirklich einer, dass sie eine Chance hatten zu entkommen?

Sie selbst hatte sich jedenfalls nichts vorzuwerfen. Die Familie, die sie immer haben wollte, blieb ihr versagt, aber sonst gab's wenig zu bereuen. Es hatte eben nicht sollen sein. Sie dachte an Gottfried, und ob er sie wohl erwarten würde.

Dann nahm Sophie eins der Kätzchen auf den Arm und streichelte es sanft ...

XLI

Der Wolf, der sich auf seinem nächtlichen Beutezug befand, schlich lautlos über den verschneiten Waldboden.

Der Wald war sein Revier.

Plötzlich vernahmen seine scharfen Ohren ein Geräusch – er stutzte. Dann roch er etwas. Der Wolf kannte den Geruch von Menschen, aber er kannte auch diesen Geruch.

Dann sah er Lichter, die von oben auf ihn zukamen. Schnell glitt der Wolf hinter einen Baum, drückte sich in den Schnee.

Das Licht der Fackeln schnitt sich durch den Wald, die vermummten Gestalten huschten fast geräuschlos durch das verschneite Unterholz, vorbei an dem Baum, hinter dem sich der Wolf versteckt hatte.

Als sie vorbei waren, kam der Wolf wieder hinter dem Baum hervor und blickte den Gestalten nach.

Fast schien es, als ob hier ein Raubtier dem anderen ausgewichen wäre ...

In Albins Kammer warf Johann seine Habseligkeiten in den Rucksack und verschnürte ihn fest. Er blickte sich noch einmal um, sah Albins leeres Bett, sah –

Albin zwischen zwei Baumstämmen aufgespannt.

Die Kleidung in Fetzen gerissen.

Dieses Bild im nebligen Wald würde er nie mehr vergessen können. Johann fühlte Trauer in sich aufsteigen. Er hatte den Freund nicht einmal mehr zur letzten Ruhe betten können.

„Warst ein guter Kamerad, Albin. Danke dir", sagte Johann leise und bekreuzigte sich.

Dann verließ er die Kammer.

Schneller, schneller.

Die vermummten Gestalten hatten den Rand des Waldes erreicht, Jakob Karrer vorneweg.

Gnade euch Gott. Wir werden euch alle töten.

Johann trat vor Jakob Karrers Haus und schmauchte sich eine Pfeife an. Die Häuser des Dorfes waren hell erleuchtet, die Bewohner packten ihre Habseligkeiten zusammen. Wie sie über die verschneiten Wege kommen würden, war eine andere Frage, aber irgendwie würden sie es schon schaffen, da war Johann sich sicher.

Sein Blick streifte die Wälder hinter dem Dorf. Fast war ihm, als hätte er ein Licht gesehen, aber –

Nichts.

Er musste sich getäuscht haben. Johann dämpfte seine Pfeife aus und ging wieder ins Haus.

Die Ausgestoßenen bewegten sich lautlos aus dem Wald auf das Dorf zu und warfen ihre Fackeln in den Schnee.

Elisabeth packte gerade ihre wenigen Habseligkeiten in eine Truhe, als Johann hereinkam und sich ans Fenster stellte. Konzentriert blickte er hinaus.

„Ich bin froh, dass der Großvater mitkommt“, sagte Elisabeth.

Johann reagierte nicht.

„Johann?“

Er wandte sich ihr zu, schien sie erst jetzt wieder bewusst wahrzunehmen. „Wir dürfen das Buch nicht vergessen“, sagte er.

Elisabeth nickte. „Das hab ich beim Großvater liegen lassen. Soll ich's schnell holen?“

Die vermummten Gestalten hatten den Rand des Dorfes erreicht. Geräuschlos zogen sie ihre Waffen.

Plötzlich fühlte Johann die Gefahr so stark, dass es ihn siedendheiß durchfuhr. Sein Instinkt hatte ihn noch nie getrogen, seine Sinne schrien geradezu, dass sie so schnell wie möglich weg mussten.

Aber auch, dass es eigentlich schon zu spät war.

Johann trug Elisabeths Truhe zur Tür. „Wir müssen gehen. Jetzt sofort!“

„Aber die Frauen und Kinder –“

„Die auch! Hol den Großvater und das Buch, ich spann den Schlitten an!“

Sie verließen die Kammer und eilten die Treppe hinunter Richtung Eingangstür, als sie von draußen Rufe und Lärm hörten.

Johann stieß die Tür auf.

Elisabeth schrie.

Es war, als hätte sich die Hölle vor ihnen aufgetan.

Flammen schossen in den Himmel empor, einige der Bauernhäuser brannten bereits lichterloh. Schreiend liefen die Einwohner um ihr Leben, Mütter hatten ihre Kinder unter den Armen und suchten Schutz. Und um sie herum, wie Raubvögel: vermummte Gestalten, die alles töteten, was ihnen vor die Waffen kam.

Die Ausgestoßenen waren gekommen, um ihre Vergangenheit endgültig auszulöschen.

„Großvater! Wir müssen ihn holen!", schrie Elisabeth und stürmte los.

„Elisabeth, bleib hier!" Johann rannte hinter ihr her, wurde aber nach wenigen Schritten von einem Ausgestoßenen angefallen und zu Boden geworfen. Johann sprang auf, schlug seinem Gegner die Faust auf die Kehle, zog seine Axt und streckte einen anderen mit einem schnellen Hieb nieder. Der Vorgang hatte nur wenige Augenblicke gedauert.

Wo war Elisabeth? Johann bemühte sich, im Chaos des Gemetzels etwas zu erkennen, aber dichter Rauch verringerte die Sicht.

„Elisabeth!" Seine Stimme verlor sich in den Todesschreien, die von überallher zu kommen schienen.

Johann zog sein Messer.

Elisabeth hatte das Haus ihres Großvaters erreicht. Sie wollte gerade die Tür öffnen, als sie von hinten gepackt und herumgerissen wurde. Eine vermummte Gestalt stand vor ihr und hob eine zugespitzte Haue. Elisabeth duckte sich, die Haue fuhr in die Tür und blieb stecken. Der Angreifer zog wütend daran, Elisabeth nutzte die Gelegenheit, hob einen Holzscheit vom Boden auf und zog ihn dem Ausgestoßenen über den Kopf.

Er fiel schwer zu Boden und rührte sich nicht mehr.

Elisabeth riss die Tür auf und stürmte durch die Labe in die Stube. Die Tür zur Stube war aus den Angeln gerissen, Elisabeth erstarrte, als sie das Bild der Verwüstung vor sich sah: Stühle und Tische waren umgeworfen, die Holzvertäfelung eingeschlagen. Am Boden lag das große Kruzifix, das jahrhundertelang vom Herrgottswinkel aus über die Stube gewacht hatte. Jetzt war es in zwei Hälften geschlagen, der Corpus des Heilands zersplittert, das Holz mit feinen roten Tropfen übersäht.

Blut.

Elisabeth sah erst jetzt die Gestalt in der Ecke liegen, seltsam verkrümmt, leblos. Sie ging zitternd zu der Gestalt und kniete sich hin.

Nicht!

Sie berührte vorsichtig den Kopf –

Bitte nicht!

– drehte ihn zu sich, dann schrie sie auf.

Das fahle Gesicht ihres Großvaters starrte sie an.

Elisabeth schluchzte verzweifelt, sie wurde von einem alles erdrückenden Gefühl des Verlustes übermannt, der ihr das Herz zerriss. Nicht er, der ihr mehr Vater gewesen war als ihr leiblicher.

Oh Gott, warum er?

Elisabeth begann bitterlich zu weinen.

So viel, das sie noch zu sagen hatte. So wenig, das ihr nun blieb. So tief, dass ein unaussprechlicher Hass in ihr aufkeimte. Gegen *sie*.

Ein kalter Luftzug streifte ihren Nacken, als ob sich die Stubentür geöffnet hätte.

Schritte.

„Elisabeth …“ sprach eine dunkle und doch schrecklich vertraute Stimme, die sich tief in ihr Innerstes bohrte.

Ein Schatten fiel auf sie, hüllte sie und die Leiche ihres Großvaters ein.

XLII

Die Hölle hatte Johann List schließlich doch noch eingeholt.

So kam es ihm zumindest vor. Dies glich keinem der Schlachtfelder, auf denen er gekämpft hatte, dies glich dem gnadenlosen Abschlachten von Vieh. Die Ausgestoßenen übten ihre Art von Gerechtigkeit aus und machten keinen Unterschied. Greis, Weib, Kind – es gab kein Entrinnen. Diejenigen, die noch laufen konnten, fielen. Diejenigen, die noch lebten, starben. Zukunft und Vergangenheit, beides wurde in einem Handstreich getilgt.

Vielleicht hatte Elisabeth Recht gehabt, als sie es Gottesgericht genannt hatte.

Elisabeth. Er musste zu ihr, sonst –

Plötzlich sah er ein kleines Mädchen, das heulend am Rockzipfel seiner Mutter zog, die reglos im Schnee lag.

Johann wollte zu dem Mädchen laufen, aber eine andere Gestalt bewegte sich blitzschnell an ihm vorbei und kam ihm zuvor. Einen Augenblick später sah Johann nur noch ein lebloses Bündel bei seiner toten Mutter liegen.

Johann fiel auf die Knie. In diesem Moment verschloss sich etwas in ihm, eine menschliche Seite, die er sich während seiner Flucht mühsam wieder erkämpft hatte und die nicht zuletzt Elisabeth zur vollen Entfaltung gebracht hatte.

Er schloss die Augen, der Lärm um ihn herum wurde immer gedämpfter, und er wurde wieder zu dem, der er einst auf den Schlachtfeldern gewesen war.

Johann stand auf.

Steckte sein Messer ein und griff sich ein Beil.

Dann fiel er über die Ausgestoßenen her.

Elisabeth wurde mit voller Wucht gegen die Holzwand geschleudert. Benommen taumelte sie zurück. Verschwommen sah sie ihn:

Seine strähnigen Haare hingen ihm ins Gesicht, das von schwarzen Verästelungen durchzogen war. Seine Kleidung war zerfetzt, die Hände voll getrocknetem Blut. Er glich eher einem Dämon aus der Hölle als einem Menschen, aber ob Dämon oder Mensch – Jakob Karrer war zurückgekehrt, um seine Tochter zu holen.

Langsam schritt er auf sie zu ...

Die Ausgestoßenen wussten nicht, wie ihnen geschah, als sich Johann schattengleich durch ihre Reihen kämpfte. Lautlos und tödlich, dabei geschmeidig wie ein Katze, so schnitt er sich durch ihre Leiber. Schritt für Schritt bahnte er sich seinen Weg, tötete jeden, der sich ihm in den Weg stellte.

Ungläubig starrten ihn die wenigen an, die noch nicht gefallen waren, Dorfbewohner und Ausgestoßene, einen Augenblick vereint.

Blutüberströmt, die Augen weit aufgerissen, die Waffen wie Werkzeuge gebrauchend – in diesem Augenblick kam Johann List ihnen wie der leibhaftige Tod vor.

Karrer packte Elisabeth am Hals und hielt sie in die Höhe, ihre Füße baumelten in der Luft. „Dein Platz ist bei mir!“, stieß er hervor.

Elisabeth rauschte das Blut in den Ohren, sie war knapp davor, ohnmächtig zu werden. Und doch weigerte sie sich aufzugeben, sog das bisschen Luft in die Lungen, das ihr noch geblieben war und blickte ihren Vater grimmig an.

„Niemals ...“

Röchelnd fiel der Vermummte zu Boden. Johann stolperte um ihn herum, bog um die Ecke eines brennenden Hauses – und erstarrte.

Vor ihm stand Kajetan Bichter, der ihn entgeistert ansah und abwehrend die Hände in die Höhe riss. „Johann – ich hab's euch doch allen gesagt – ihr hättet nicht hinaufgehen dürfen!", rief er verzweifelt.

Langsam ging Johann auf ihn zu und blieb dicht vor ihm stehen.

„Ihr habt euch alle vorm Herrgott versündigt! Und gegen *sie* – gegen die Auserwählten ...", flüsterte Bichter seine Rechtfertigung.

Johann packte Bichter am Hals. Pfeifend stieß der Pfarrer die Luft aus. „Johann ... bitte nicht ...", stieß er gurgelnd hervor. „Hab Mitleid ..."

List, bitte nicht.

Johann zögerte.

Der Schnitter im Totentanz, bleiche Gesichter, Blutfäden an der Wand, im Licht des Mondes ...

Der blutrote Nebel, der ihn verschluckt hatte, seit er über die Ausgestoßenen hergefallen war, lichtete sich.

Verschont uns.

Und mit einem Male wusste Johann, was er zu tun hatte. Oder besser gesagt was er nicht tun durfte. Nicht noch einmal.

Er atmete tief durch, dann ließ er den wehrlosen Kajetan Bichter los.

Der Nebel verzog sich. Und mit ihm wurden auch die Stimme und die Bilder aus der Vergangenheit, die Johann so lange verfolgt hatten, zum ersten Mal schwächer, es kam ihm vor, als ob sie in seinem Inneren noch einmal aufflackerten und dann langsam vergingen ...

Der Pfarrer fiel röchelnd zu Boden und hustete krampfhaft. Johann sah zu ihm hinunter. „Du hast den Albin auf dem Gewissen und alle verraten, die dir vertraut haben.“ Er deutete auf das sie umgebende Chaos, auf die lodernden Flammen und die Leichen, die den Boden übersäten. „Schau dich um, sieht so dein Himmelreich aus? Glaubst du wirklich, dass es das war, was Jacobus Kettler von dir wollte? Was Er von dir wollte?“

„Woher weißt du von Jakobus?“, stammelte Bichter.

„Ich weiß zumindest, dass er das hier nicht gewollt hätte.“

„Aber die Auserwählten –“

„Sind auch nur aus Fleisch und Blut“, beendete Johann den Satz für ihn. „Und wie alle Menschen sich selbst am nächsten. Was in Gottes Namen hast denn erwartet?“

Der Pfarrer kniete sich auf und packte Johann am Bein. „Johann, ich wollt doch nur –“

Johann maß ihn verächtlich. „Rechtfertigen kannst dich vor deinem Gott, Pfarrer. Und jetzt geh mir aus dem Weg.“ Er trat Bichters Hand weg und eilte weiter, auf das Haus von Elisabeths Großvater zu.

Kajetan Bichter sah sich langsam um, er hörte die Schreie der Dorfbewohner, sah das Feuer. Innerlich wusste er, dass Johann Recht hatte, er wusste, welche Schuld er auf sich geladen hatte. Wieso hatte er das Rad des Schicksals nicht angehalten, als es losgetreten worden war? Er hätte doch der Erste sein müssen, der sich ihm in den Weg stellte.

Er hatte ja nur gewollt – aber getan hatte er es nicht. Er hatte tun lassen.

Bichter begann zu weinen und hob den Kopf gen Himmel.

Gott, vergib mir. Ich flehe dich an, hilf mir.

Und dieses eine Mal schien Gott ein Einsehen mit dem verzweifelten Pfarrer zu haben. Wie als Antwort auf Bichters Flehen stürzte das brennende Haus neben ihm endgültig zusammen, wuchtige Holzbalken fielen herab und begruben den Pfarrer unter sich.

Kajetan Bichter lag still. Trotz der glühenden Schmerzen war er ruhig, er wusste, dass in wenigen Augenblicken alles vorbei sein würde. Er hoffte nur noch eines: dass er vor seinem Tod so etwas wie inneren Frieden empfangen würde. Zumindest dies sollte ihm der Vater doch nicht verwehren.

Er wartete.

Aber er fühlte nichts.

Dann wurde alles dunkel.

XLIII

Jakob Karrer schleuderte Elisabeth in eine Ecke, sie blieb regungslos liegen. Er beugte sich über sie und packte sie am Hals.

Dein Platz ist bei mir! Und wird es immer sein.

„Lass sie los!", brüllte eine Stimme hinter ihm.

Karrer richtete sich auf und drehte sich langsam um. Johann stand an der Tür, in seiner Rechten ein Beil.

„Du!", schnaubte Karrer, dann stürzte er sich blitzschnell auf Johann.

Der letzte Kampf hatte begonnen ...

Wie besessen schlug Karrer auf Johann ein, der den Axthieben auszuweichen und sie zu parieren versuchte. Die Wandvertäfelung splitterte unter Karrers wuchtigen Hieben.

Johann wusste, dass er entscheidend im Nachteil war: Zwar war er seinem Gegner an Technik und Erfahrung überlegen, aber das nützte ihm hier auf engem Raum nichts. Außerdem litt er unter etwas, das sich tödlich auswirken konnte.

Erschöpfung.

Er war müde, er war verletzt und hatte sich durch das halbe Dorf gekämpft, um hierher zu gelangen. Lange würde er den mörderischen Kampf nicht mehr durchhalten.

Immer und immer wieder prasselten die Hiebe auf Johann herab. Der Kampf trieb die beiden quer durch den Raum.

Johann und Karrer kämpften wie zwei Tiere, beide warteten auf die entscheidende Gelegenheit. Plötzlich deutete Karrer einen Hieb an, zog aber stattdessen seine Axt von unten her durch und verletzte Johann am Bauch.

Wieder eine Narbe mehr, vielleicht die letzte, dachte Johann.

Er taumelte zurück und stürzte zu Boden. Das Beil fiel ihm aus der Hand, instinktiv tastete er danach, bekam es aber nicht zu fassen.

Dann sah er verschwommen, wie etwas auf ihn zukam. Er vermeinte, ein Zischen zu hören –

Jetzt sah er wieder klar, warf sich blitzschnell nach rechts. Die Axt von Jakob Karrer fuhr donnernd in den Holzboden. Johann rollte sich auf den Rücken, als plötzlich Karrer auf ihm kniete. Johann fiel das Atmen schwer, er kam sich vor wie in einem Schraubstock.

Karrer sah höhnisch auf ihn herab.

„Ich werd dich töten, Schmied, so wie ich dich an dem verfluchten Tag hätt töten sollen, als du wie ein Hund vor meiner Tür gelegen hast."

„Das haben schon mehr versucht", keuchte Johann.

Karrer grinste hässlich, dann beugte er sich hinunter und drückte Johanns Hals mit mörderischer Gewalt zu. „Stirb, du verfluchter Hund. Stirb endlich!"

Pfeifend fuhr die Luft aus Johanns Lungen, Sterne tanzten vor seinen Augen. Dann fiel sein Kopf auf die Seite, er sah sein Beil, das außer Reichweite war.

Johanns Kräfte schwanden.

War es das? Würde es so enden?

Hinter dem Beil sah er Elisabeth reglos am Boden liegen.

Nicht so. Nicht heut.

Verschwommen hörte er das triumphierende Lachen seines Gegners über sich. Etwas in seinem Hals begann leise zu knacken. Bilder blitzten vor seinen Augen auf. Elisabeth, wie sie im Kampfgetümmel verschwand. Das kleine Mädchen. Der Ansturm der Ausgestoßenen, das Beil in der Hand, das Messer eingesteckt, damit er beide Hände –

Sein Messer.

Hatte er es noch? Verzweifelt tastete er mit der Hand an seiner rechten Körperseite hinab, dann fühlte er die lederne Scheide.

Und das Messer darin.

Er bekam den Griff zu fassen, zog das Messer aus der Scheide – und wollte es Jakob Karrer mit letzter Kraft ins Gesicht rammen.

Karrer ließ blitzschnell Johanns Hals los und fing dessen Arm ab. Die Messerspitze blieb nur wenige Zentimeter vor Karrers Auge stehen. Er grinste teuflisch, die schwarzen Adern, die sich über seinen Kopf zogen, pulsierten.

„Das war es, List." Karrer drückte mit aller Kraft sein Knie auf Johanns Brustkorb.

„Deine letzte Chance. Hast sie vergeben."

Jetzt!

Johann suchte die Vertiefung im Griff des Messers, fand sie und drückte hinein. Die verlängerte Klinge schoss heraus, bohrte sich durch Karrers Auge und schnitt sich tief in seinen Schädel.

Karrer öffnete zuckend den Mund. Ein tiefes Grollen schwoll heraus, wie Johann es noch nie gehört hatte.

Blut strömte aus der Nase, dann hörten die Adern auf Karrers Gesicht auf zu pulsieren. Das Auge brach, der Körper versteifte sich, fiel zur Seite.

Jakob Karrer war tot.

Johann rollte sich weg, blieb keuchend liegen.

Er hatte überlebt. Wieder einmal. Aber er spürte keine Euphorie, sie war einer allumfassenden Leere gewichen, alles war anders, heute war dieses Überleben nichts wert, wenn –

Er setzte sich auf, blickte zu ihrem reglosen Körper hinüber. „Elisabeth!" Sein Hals brannte wie Feuer, er brachte nur ein Flüstern hervor. „Elisabeth, hörst mich?" Sie reagierte nicht. Johann stand mühsam auf und hastete zu ihr, er beugte sich hinab und rüttelte sie. „Elisabeth, es ist vorbei ... Elisabeth, bitte ... lass mich nicht im Stich ... sonst ist alles umsonst gewesen!"

Bitte Herr. Bitte lass sie leben!

Ein leises Seufzen, dann öffnete Elisabeth stöhnend die Augen. Johann umarmte sie, küsste sie auf die Stirn. „Elisabeth. Gott sei Dank!"

„Johann", murmelte sie benommen, „was –" Ihr Blick fiel auf Jakob Karrer. „Vater?"

„Schau nicht hin ... das war nicht mehr dein Vater."

„Oh doch", flüsterte sie traurig. „Das war mein Vater. Bis zuletzt."

Dann sah sie ihren Großvater, wollte etwas sagen, aber Johann schüttelte den Kopf. „Wir können hier nichts mehr tun, Elisabeth. Wir müssen fliehen, sofort!" Er half ihr auf und zog sie zur Tür, aber Elisabeth hielt ihn am Arm fest.

„Wart, ich möchte mich noch vom Großvater verabschieden."

„Elisabeth, wir –"

Tränen schossen ihr in die Augen, aber Elisabeth presste entschlossen den Mund zusammen. Johann ließ sie los. Was würde schon dieser eine Moment mehr ausmachen?

Elisabeth ging zitternd zu der Gestalt in der Ecke, kniete sich hin. Liebevoll strich sie ihrem Großvater über die dünnen Haare, über das gütige, zerfurchte Gesicht, das jetzt ruhig, fast friedlich wirkte. Tränen rannen unaufhörlich über ihre Wangen, aber sie holte mehrmals tief Luft und riss sich zusammen. Dafür war jetzt keine Zeit.

Dank dir, Großvater. Für alles. Sie beugte sich hinab und küsste ihn auf die Stirn.

Ein Stöhnen kam über die Lippen des alten Mannes.

Elisabeth erstarrte. Dann hörte sie es wieder, leise zwar, aber unverkennbar: ein fast lautloses Atmen. „Johann, schnell! Der Großvater – er lebt!" Elisabeth blickte ihn freudestrahlend an.

Johann eilte hin, fasste den alten Mann am Hals, wie er es auf den Schlachtfeldern gelernt hatte. Er fühlte das Schlagen des Herzens. Elisabeth hatte Recht, Martin Karrer lebte!

„Hilf mir, ihn aufzurichten, ich trag ihn." Gemeinsam hoben sie den Großvater auf, dann legte Johann ihn sich vorsichtig über die Schulter. Allzu weit würde er ihn nicht tragen können, aber es würde gehen.

Sie verließen die Stube.

Johann und Elisabeth lugten vorsichtig durch die Tür nach draußen. Dichter Rauch umfing die Häuser, herbstlichem Morgennebel gleich, der Schnee war übersät mit den Leichen der Dorfbewohner. Die Ausgestoßenen plünderten die Häuser, huschten schattenhaft durch die gespenstische Szenerie.

Nichts war mehr zu hören außer dem Prasseln der alles verzehrenden Flammen.

Der Kampf war vorbei, die Rache genommen.

Elisabeth stöhnte unwillkürlich auf.

Johann drückte ihre Hand. „Wir müssen zum Stall vom Riegler. Dort ist sicher ein Schlitten, den wir benutzen können."

Elisabeth nickte wortlos.

Die beginnende Morgenröte tauchte die Bergspitzen in ein weiches Licht, geradezu grausam gegensätzlich zu den Ereignissen, die stattgefunden hatten.

Johann und Elisabeth huschten durch das Dorf, tasteten sich vorsichtig von Hütte zu Hütte zum Stall von Benedikt Riegler. Johann atmete schwer unter seiner zusätzlichen Last, aber zum Glück war es nicht mehr weit.

Dann hatten sie den Stall erreicht. Drinnen waren ein großer Holzschlitten und sogar noch ein Ochse, der sie verängstigt ansah. „Das ist mehr Glück, als uns zusteht", sagte Johann und tätschelte dem Ochsen den Hals. „Du kannst den Schlitten ziehen."

Plötzlich hörten sie ein Knurren. Johann und Elisabeth erstarrten.

Das Knurren wandelte sich in ein Winseln. Der Hund, der aus der Dunkelheit schlich, war zwar über und über mit Ruß und Schmutz bedeckt, aber doch unverkennbar.

„Vitus!", rief Elisabeth freudig aus. Der Hund verzog die Lefzen, schien fast zu grinsen. Er ließ sich genüsslich von Elisabeth hinter den Ohren kraulen. „Du kommst mit uns, du Dreckspatz!" Vitus bellte einmal kurz und zustimmend.

Johann legte den Großvater, der sich langsam wieder regte, auf den Schlitten. Dann holte er mehrere Hände voll Heu und bettete es über den alten Mann. Elisabeth nahm eine alte Pferdedecke, die über einem morschen Balken hing, und deckte ihren Großvater damit zu.

Johann spannte den Ochsen vor und half Elisabeth aufzusteigen.

Als sie alle im Schlitten saßen, schlug der Großvater die Augen auf, sah sich verwirrt um. „Was –?“

Elisabeth nahm seine Hand. „Ganz ruhig, Großvater – es ist alles in Ordnung.“

„Elisabeth? Was ist denn –“

„Psst, ich erklär dir alles später. Du musst jetzt ganz ruhig sein.“

Der alte Mann sah den Ernst in ihren Augen. Er nickte langsam und legte seinen Kopf wieder auf die Bretter des Schlittens.

Johann drehte sich zu den beiden um. „Betet, dass sie uns nicht sehen.“ Dann blickte er wieder nach vorne, zu dem angeschirrten Ochsen. „Alsdann – bring uns fort“, sagte er leise und bewegte die Zügel.

Der Ochse zog an ...

Als Johann, Elisabeth und der Großvater mit dem Schlitten aus dem Dorf entkamen, sahen sie nicht die vermummten Gestalten, die ihnen vom Hügel aus nachblickten.

Eine war sehr klein, fast wie ein Kind.

Sie winkte ihnen nach.

XLIV

Als sie außer Sichtweite des Dorfes waren, hielt Johann den Schlitten an. Hinter ihnen zog sich eine schwarze Rauchsäule in den Himmel.

Der Großvater blickte starr zurück, zu dem Dorf, in dem er geboren worden war. Wo er sein gesamtes Leben verbracht hatte. Das ihm so viel Freude und so viel Kummer geschenkt hatte. Und das jetzt zu einem Raub der Flammen geworden war, einem Ort, wo nur mehr der Tod herrschte.

Und die Ausgestoßenen.

Elisabeth fasste ihn behutsam am Arm, aber der alte Mann wies ihre Hand sanft zurück. „Nicht jetzt Kinderl – lass mich einen Augenblick allein mit meinen Gedanken." Elisabeth nickte verständnisvoll, ihr Blick folgte den Rauchschwaden.

Plötzlich sah sie Johann erschrocken an. „Das Buch, es ist noch –"

Johann winkte ab. „Das ist jetzt nicht mehr wichtig", meinte er ruhig, „es ist dort, wo es hingehört. Und außerdem – "

Er überlegte. Entgegen seinen Befürchtungen kamen sie im hohen Schnee zügig voran, sie würden das Tal tatsächlich verlassen können.

Deshalb galt es noch eine Sache zu tun.

„Was wolltest du sagen, Johann?"

Johann hielt den Schlitten an und stieg ab. „Elisabeth." Sie sah ihn besorgt an. „Du musst nachschaun, ob ich mich angesteckt hab."

„Nein –", entfuhr es ihr unwillkürlich. Sie schloss die Augen.

„Es muss sein." Er zog seine Jacke und sein Hemd aus und drehte sich langsam.

Erst einmal, dann noch einmal.

Elisabeth öffnete vorsichtig ein Auge, dann das andere. Aber sie konnte keine dunkle Verästelung erkennen. Und auch seine Bauchwunde hatte aufgehört zu bluten.

„Nichts. Du hast dich nicht angesteckt!", rief sie erleichtert aus.

Johann lächelte und zog sich wieder an. Die kalte Morgenluft hatte ihn munter gemacht, er spürte, wie ihn frischer Mut und Lebenskraft durchströmten.

Dem Schnitter wieder einmal von der Schippe gesprungen. Zu neuen Taten.

Johann musste bei dem Gedanken daran schmunzeln.

Er stieg auf den Schlitten und umarmte Elisabeth. Dann griff er in seine Jackentasche und zog das Kettchen heraus.

„Hat mir Glück gebracht." Er legte es Elisabeth um den Hals und schloss die kleine Öse in ihrem Nacken.

„Hab gewusst, dass du es mir wieder bringst", sagte Elisabeth leise.

Der Großvater betrachtete die beiden. Sie hatten überlebt, das war alles, was zählte. Er wusste, dass Elisabeth in guten Händen war.

Und dass es eine Zukunft gab.

„Wohin ziehen wir?", fragte Elisabeth.

„Wohin du willst."

Elisabeth lächelte.

„Aber zuvor muss ich noch meine prallgefüllte Geldkatze abholen", sagte Johann grimmig.

„Du hast nie gesagt, dass du Geld hast, Johann. Wo ist es denn?"

„Ein Bauer bewahrt es für mich auf. Aber nicht mehr lang." Johann zwinkerte ihr zu, dann schnalzte er die Zügel.

Der Schlitten fuhr in die Morgendämmerung davon ...

Epilog

Vitus war froh, dass sie den unangenehmen Ort hinter sich ließen, der so voll von dem Geruch nach etwas war, das er nicht mochte. Etwas, das er schon oft gerochen hatte, wenn er die Menschen in den Wald begleitet hatte.

Der Mann, der den Schlitten lenkte, war nett zu ihm gewesen, auch die Frau kannte Vitus schon lange. Nur sein Herr – irgendetwas war mit ihm heute, das ihn unwillkürlich verängstigte. Vitus lief neben dem Schlitten her, als sein Herr lächelte und ihm die Hand entgegenstreckte.

Vitus roch an seiner Hand, und dann sah er etwas Schwarzes, das am Handgelenk war und sich unter der Haut zu bewegen schien.

Sein Herr roch nach denen, die heute gekommen waren.

Er knurrte, dann bellte er laut.

„Was hat er denn?"

„Ich weiß nicht, Elisabeth", sagte sein Herr und rieb sich das Handgelenk.

Vitus bellte noch einmal, dann lief er voraus. Einige Augenblicke später hatte er bereits alle Gerüche und Menschen vergessen und tollte übermütig im Schnee herum.

Dank

Viele Menschen haben dazu beigetragen, diesen Roman möglich zu machen. Stellvertretend für alle möchten wir an dieser Stelle danken:

Ricky Zach und Monika Bauer, die uns durch ihr ehrliches Feedback immer den Mut gaben, weiterzumachen. Unseren Eltern und Großeltern, die uns fortwährend unterstützt und Rückhalt gegeben haben. Und natürlich unseren Freunden, die all die Jahre an uns geglaubt haben.

Danken möchten wir auch Johannes Köck von Cine Tirol, der einen wesentlichen Anteil an der Entstehung von „Morbus Dei“ hatte.

Für die Unterstützung zu den Recherchen geht unser Dank an Dr. Jürgen Kraus vom Bayerischen Armeemuseum in Ingolstadt und Mag. Karl Berger vom Tiroler Volkskunstmuseum in Innsbruck.

Bastian Zach / Matthias Bauer
August 2010

Kurt Bracharz
Cowboy Joe
Kriminalroman
HAYMONtaschenbuch 17
216 Seiten
€ 9.95/sfr 17.90
ISBN 978-3-85218-817-1

Die heimische Polizei ist nicht zu unterschätzen – besonders nicht Johann Natter, genannt „Cowboy Joe“. Früher nur ein kleiner Dorfpolizist, wandelt er sich in seinem neuen Job bei der Kripo zu einem mit allen Wassern gewaschenen Ermittler. Joe taucht ein in einen Verbrechenssumpf, wo ihm serbische Mafiosi und türkische Heroinhändler, Zuhälter und Boxer über den Weg laufen – eine Jagd durchs Rotlicht- und Drogenmilieu beginnt ...

„Kurt Bracharz ist einer der wenigen deutschsprachigen Autoren, deren Romane gleichwertig neben den besten der harten amerikanischen Krimis stehen.“
Jurybegründung zum Deutschen Krimipreis

„‚Cowboy Joe‘ erinnert mit seinem derben Humor an die Wolf-Haas-Verfilmungen mit Josef Hader. Feine Sache, glauben Sie mir!“
Sonntagsjournal/Nordsee-Zeitung, Ulrich Kroeger

„Bracharz hat dem Genre ‚Kriminalroman‘ schon früh gehörig Schub gegeben.“
Die Presse, Nils Jensen